曆物語
コヨミモノガタリ

西尾維新
NISIOISIN

BOOK & BOX ORIGINAL DESIGN by VEIA

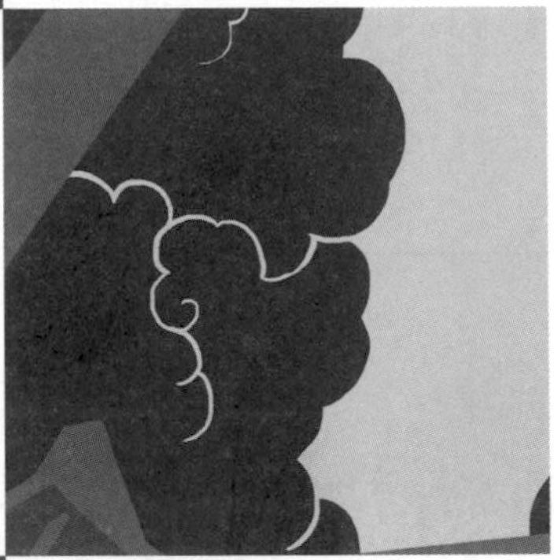

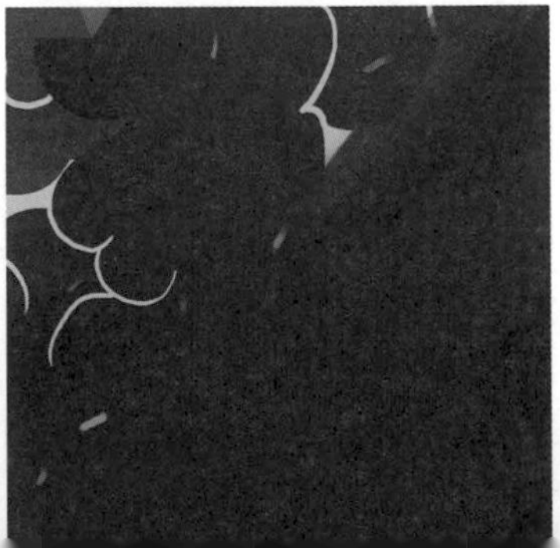

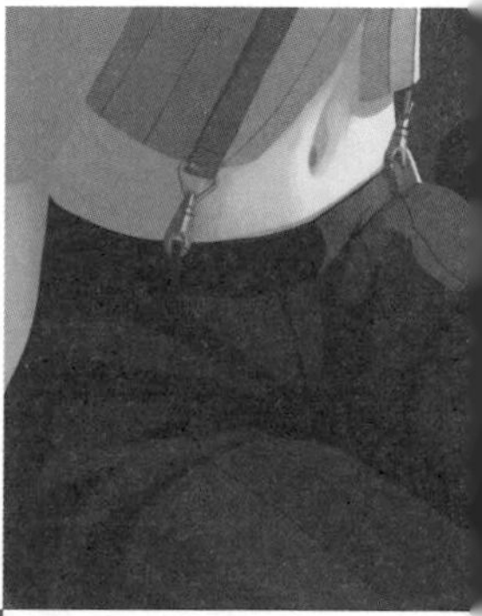

BOOK&BOX DESIGN
VEIA

ILLUSTRATION
VOFAN

第一話　曆・石

U N	M O N	T U E	W E D	T H U	F R I	S A T
						1
2	3	4	5	6	7	8
9	10	11	12	13	14	15
16	17	18	19	20	21	22
23	24	25	26	27	28	29
30						

4

April

001

剛認識羽川翼，並且和她同班的四月上旬，我是以何種心情上學、以何種心情走在通學路、以何種心情走路？總之，我只能說沒什麼特別的心情。

我不覺得走路要抱持什麼具體的心情。

不認為路是具體的東西。

找不到上學的具體理由。

我被妹妹們叫醒，換上制服，騎著腳踏車，前往我配不上的升學學校——直江津高中。這種日常，這種像是家庭作業的日常作業，我已經重複做了兩年，卻想都沒想過這樣的反覆有什麼意義或是沒有什麼意義。

不，再怎麼思考，這個問題都完全沒答案，所以或許該說我早就放棄思考。

總之，在名為日本的這個國家，掛著高中生頭銜的青少年大多如此，肯定是如此，所以我並非特立獨行。完成義務教育，接受這種並非必要，換言之至少在表面上是「自願接受」的高中教育。這種生活別說要找出具體的意義，連要找個抽象的意義都模糊難找。這才是青少年們真正的心聲吧。

對於極少數腳踏實地，確實過著充實生活的高中生來說，我是個如同妖怪的局外人，所以我在學校把歪頭納悶或發呆疑惑當成家常便飯應該也理所當然。

不，我並不是有所不滿。

只是一不小心想到這件事，內心就稍微不平靜罷了，並不是有所不滿。如果不用上學，我想用這些時間做什麼事嗎？有什麼能做的事嗎？也沒有。

我什麼都沒有。

但是正因為我一無所有，所以我的高中生身分、叫作「學校」的這個地方，保證了我依然是我。

若要說我有什麼特別值得一提的地方，就是高三第一學期開始前的春假，我經歷了如同地獄的春假。

我看見地獄的最底層，差點忘記自己是一介高中生，差點再也無法上學。

在那個春假，我徹底體認到「普通是無上的幸福」，「平凡的日常正是最珍貴的寶物」這種老套佳句多麼中肯又值得流傳，所以那份保證肯定是我很大的助力。即使如此，我騎腳踏車上學的途中，依然詫異自己為什麼像是理所當然般，像是遵守既定的法則般上學、聽課、然後放學。

真奇怪。

既然經歷過那樣的地獄，我明明應該深刻體認到平凡日常的好，珍惜這樣的平凡，珍惜地度過每一天，但是從地獄回來的我，依然只是我。

如同過喉就會忘記熱度，即使是地獄，也同樣過了就會忘記嗎？

我曾經找羽川商量這件事一次。

我該不會是毫無情感的木石，無法理解平凡日常的恩惠與珍貴吧？我試著找羽川商量這件事，結果她是這樣回答我的。

以一如往常，令人以為無所不知，洋溢著安心感的笑容，這樣告訴我。

「就是這樣喔，阿良良木。因為日常是理所當然『存在』的東西。你不會從這種『存在』感受到『恩惠』或『珍貴』吧？有路就要走，這是理所當然的。」

002

「什麼？石頭？」

「嗯，石頭。」

「妳說的石頭是……路邊的那種石頭？還是寶石？」

「不對，不可能是寶石吧？」

就算她說「不可能」，但我還完全聽不懂她在說什麼，所以無法區分「有可能」以及「不可能」。

說穿了，就是一頭霧水的狀態。

但我不願意維持這種一頭霧水的狀態，我不擅長處理混亂狀態。所以我決定依照順序逐一理解。整理的基本功就是循序漸進。

今天是四月十一日，這裡是放學後的教室。我和羽川兩人在這間是沒有其他人的教室開會，討論下週舉辦的班級聯歡會。說到我為什麼和羽川開這種會，原因在於我是副班長，羽川是班長。不，各班班長或代表原本也要參與這種會議，不過大家像是如法炮製般各自宣稱有其他要事忙不過來而告假。

他們說「有要事」……嗯，應該不完全是說謊吧，不過這麼低的出席率，肯定是以「只要交給羽川，大部分的事都沒問題吧」這種依賴的安心感撐腰，想到這裡就莫名覺得羽川的優秀也是一種罪，而且是挺重的罪。

她優秀到讓我這種拖油瓶不足掛齒，不知不覺讓周圍依賴成性。不過就我個人來說，這個環境讓我能夠單獨和羽川共處交談，我當然不會不高興。

不，我並不是有非分之想，原因在於直江津高中是升學學校，學生升上三年級幾乎都是考生，氣氛相當緊張，就我這種吊車尾看來，「現在哪有空辦什麼班級聯歡會啊？」這種極度肅殺的氣氛令我相當不自在。

換句話說，我不只因為可以和羽川共處而高興，更因為沒有其他神經緊張的學生在場而高興。以羽川的能耐，即使明天就要考試，她考全世界任何一所大學應該都能榜首錄取吧，所以緊張的氣氛和她無緣。

說到無緣，在這所升學學校完全不想備考，甚至連畢業都有問題的我，同樣和緊張的氣氛無緣。基於這層意義，參加這場會議的兩人，或許是精挑細選理應出席的兩人。

話是這麼說，但我基本上怕麻煩，如果有其他重要的事，我或許也已經早早回家，不過很不巧的是我很閒，閒到快死掉了。與其在家裡和妹妹們吵架，和羽川面對面還比較像是在度過人生。

然後，在這場會議……應該說議題幾乎討論整合完畢，正在閒聊的時候……

「石頭。」

羽川主動開了這個話題。

「關於石頭……」

「……慢著，所以石頭怎麼了？嗯？」

石頭。

難道她說的是同音的「意志」？

她想聊「阿良良木意志薄弱」這樣的話題嗎？不過依照剛才聊天的方向，肯定用不著責備我的生活態度才對。剛才肯定只是順利開會才對。

「該說是石頭嗎……我想想……」

羽川說。

感覺她難得講得這麼含糊。應該說她看起來難以決定如何形容「那個」。

她在迷惘。

不是迷惘於如何判斷。

現階段還無法決定「那個」是什麼，現階段還無法為「那個」命名，所以她故意不決定。

因此，她含糊地說那是「石頭」。

這是她給我的感覺。

「總之，硬要說的話……是石像吧？」

「石像？」

「不對，不是石像。」

「……」

「所以我才說『硬要說的話』是石像喔。唔～～嘻嘻。」

羽川微微一笑。

這張笑容超可愛，不過既然她是刻意微笑，代表她是用笑容敷衍。我個人不介意被她敷衍，但是內心對這個「石頭（或石像）」的興趣略勝一籌。

「喂，羽川，妳說的『石頭』是什麼？」

「啊～～不用了。自己不知道的事，不應該拿來問別人。」

「這什麼至理名言啊？」

不懂就問人啊？

她不知道「問是一時之恥，不問是一生之恥」這句諺語嗎？不對，既然我知道，羽川就不可能不知道。

「只是我覺得，忍野先生的工作，應該就是在收集這種話題吧。」

「哪種話題？」

「都市傳說，街談巷說，道聽途說……」羽川彎曲手指計數般說。「既然這樣，我覺得學校的七大不可思議，應該也在他要收集的範圍。」

「七大不可思議？咦？」

「沒有啦，並不是真的有七大不可思議，不過你想想，學校這種地方大多是鬼故事的寶庫吧？例如曾經是墓地，或是在戰爭時遭受過空襲之類的……」

「咦？直江津高中的歷史這麼悠久？」

「沒有。」

這是怎樣？

總之，我也不曉得這所學校的歷史，不過仔細想想，不曉得自己學校的背景其實挺危險的。換句話說，這代表我就這麼抱著不清不楚的心情，在不清不楚的地方求學。

如同理所當然。

這也太不清不楚了。

「呼……換言之，我對這所學校的陌生程度，正是第一大不可思議嗎……」

「不，這樣一點都不帥。」

羽川吐我槽。

我並不高興。

她聽不懂這是玩笑話嗎？羽川個性正經，卻絕對不是不懂幽默的人，那麼應該單純是我講得不好笑。我想到這裡不只是不高興，甚至受到打擊。

即使不提這一點，天底下沒有男生聽女生說「不帥」會高興。

「並不到陌生的程度，而且將這個列為第一大也很奇怪吧？」

羽川進一步糾正。

與其說她在吐槽，不如說在糾正。

該更正的地方就要徹底更正，我覺得她這樣的態度確實了不起，但我很不希望她將矛頭指向我。

該說不希望還是明顯抗拒，總之，我不擅長應付她這種態度。

與其說不擅長，應該說我束手無策。

「校舍看起來還算新，所以我不覺得是二戰前就成立的老學校。」

記得學校簡介宣傳過「創立幾週年」之類的數字？好像宣傳過，但是就算宣傳過，我也記不清楚……到頭來，我未曾抱持興趣檢視這種數字。

「姑且是從類似學校的機構改制的，不過直江津高中有十八年的歷史喔。今年是十八歲，和我們差不多大。」

「是喔……比想像的還……」

我原本想說「比想像的還老」，不過有鑑於和我以及羽川同年，或許可以說並沒有那麼老。

不過，不愧是羽川。

和我這種人不一樣，確實掌握自己就讀學校的歷史與背景。大概是國三升學考試的時候，就詳細調查過自己要讀的高中是怎樣的地方吧。

不，也可能在這之前就當成常識記下來……無論如何，這種國中生真討厭。

「嗯嗯？什麼？比想像的還？」

「沒有啦……我覺得比想像的還不上不下。」

「啊哈哈，或許吧。不過，如果要講七大不可思議，還是要有點歷史才行。畢竟好像也沒聽說過校內有學生意外喪命。」

「就算好像沒聽過……」

這終究很難說吧？

我覺得「人的生死」並不是考試時查得到的情報，更不是常識。

必須將十八年分的歷史、十八年分的校史進行相當詳細的解讀，才查得到這種情報。

「所以，該怎麼說……直江津高中沒有近似或疑似鬼故事的鬼故事。」

「是喔……不過，我也沒特別聽過什麼傳聞就是了。」

只是以我的狀況，我原本就極少接觸學生之間的傳聞。

像是某人和某人交往、某人和某人打架，到頭來，我不想將這種熱門話題放進腦袋。

並不是企圖在資訊氾濫的現代唱反調，但我不想自詡為萬事通或包打聽。明顯不想。我的立場是想隔離新聞活下去。

雖然這麼說，但我也崇拜羽川這種「無所不知」的傢伙，所以我的生活態度也很隨便，得過且過。

「那個……剛才在聊什麼？抱歉，羽川，妳講得太沒重點，我跟不上……」

「咦？阿良良木，所以我不是說了嗎？就是石頭……」

「我就是聽不懂妳說的『石頭』。希望妳可以依序說明。」

「我不是正在依序說明嗎？」

羽川詫異地問。

總之，該怎麼說，羽川肯定自以為是這樣，自以為正在依序淺顯說明吧，而且實際上，只要是水準夠高的人來聽，羽川的說明應該是淺顯易懂。

不過說來遺憾，我這種人完全聽不懂。對話必須配合對方的水準。當然是水準高的配合水準低的。

現在是在聊石頭還是鬼故事？希望她至少講明這一點。

「嗯嗯。那個，所以是……」

羽川聽到我的要求，有些為難地說。

「……石頭的鬼故事？」

「？」

石頭的階梯？（註1）

003

不是「石頭的階梯」。

是的話，羽川一開始就會說「石階」，不會像這樣拐彎抹角賣關子。

是「石頭的鬼故事」。

但即使她表明是「石頭的鬼故事」，話題也沒有進展，我依然一頭霧水。

只不過……

「啊啊……」

只不過，後來鎖好教室門窗，就這樣被羽川帶到直江津高中的中庭時，話題稍微有進展了。

註1　日文「鬼故事」與「階梯」音同。

雖說有進展，也只在我腦中有進展，並不是什麼東西真的有動靜。

狀況本身像是石頭般動也不動。

羽川沒說明用意就帶我到中庭，我原本以為她要帶我到對面的垃圾場，但她的目的地是中庭的花壇。

不對。

是位於花壇的石頭。

這顆石頭，也像是石頭般動也不動。

「原來如此。不過……這很難形容成『石頭』或『石像』呢……不……」

確實，我可以理解羽川為何只是含糊形容。中庭的花壇，就我看來不曉得究竟是誰負責照料的這座花壇深處，就是那個石頭所在的地方。

石頭。

硬要說的話是石像。不過，真的只是羽川在我的催促之下勉強形容，真的只是勉強這樣形容而已，實際看起來不是「石像」。

落在地上的石頭。

本身看起來只是一塊石頭，不過無論是被迫形容或硬是形容，也絕對不缺乏將其形容為「石像」的理由。

因為這顆石頭供奉在小廟裡。不只是供奉在小廟，還恭敬附上供品。

「…………」

不對，形容為「恭敬」有點過度。包括供品的放置方式以及小廟的結構，都粗糙到距離恭敬還差得遠，應該說拙劣。實在不像是依照正確程序祭拜，應該說整體看來像是孩子的傑作，是家家酒的產物。

「這間小廟，感覺一腳踢下去就爛掉了……」

「居然想踢小廟，阿良良木，你的想法好誇張呢……會遭天譴喔。」

羽川說。

總之，這部分羽川說得對。經歷春假的事件，我的想法確實稍微暴力了些。

而且先不提是否會遭天譴，要是真的踢下去，看起來只以木板釘成的這間小廟本身或許會輕易被踢碎，但是裡面供奉的石頭就沒這麼簡單吧。

我甚至可能會骨折。

石頭當然沒有大到岩石的程度，卻也不是踢得動的小石頭。

我沒有隨身攜帶捲尺，所以不知道正確的體積，不過大致是橄欖球大吧。

是一顆凹凸不平，而且有點髒的橄欖球。從這個大小就可以預料羽川這樣的女生搬不動，即使是我這個男生或許也搬不動。想到這裡，我就不敢貿然出手。

我不想在羽川面前出這種醜。

我是愛面子的男高中生。

「羽川，妳說的就是這顆石頭？」

「嗯，沒錯。」

「那個……」

她這樣同意，話題會就此結束。不過在這種時候，為了接續話題，我應該問什麼問題比較合適？

「……這些供品是妳放的嗎？」

「怎麼可能。我不會帶零食到學校喔。」

「我想也是……」

對話變得有點雞同鴨講。

看似回答了我的問題，卻答非所問。

不過，和小廟本身一樣簡易，應該說充滿手工感的木製供桌擺放的零食，先不提羽川會不會帶零食到學校，我覺得這些零食不符合她的品味。

這傢伙看起來會吃更時尚的零食。她的生活方式似乎會消耗大量糖分，所以應該不討厭甜食吧。

「說到我原本的用意……你想想，我們在春假備受忍野先生照顧吧？所以我在想該怎麼謝謝他。」

「妳說妳要謝謝他……」

不對。

春假受到忍野照顧的不是「我們」，是「我」一個人，而且這部分他已經另外請款了（合計五百萬圓），所以羽川思考「該怎麼謝謝忍野」不合邏輯。不過羽川在這方面是不講邏輯的少女。

真要說的話，我才應該思考該怎麼謝謝羽川。不對，這方面我絕對不是沒思考過，而且我就是為此甘願接下「副班長」這個不適合我的頭銜……現在也像這樣被帶到中庭配合她，不過到頭來，我這種人做得了什麼有助於羽川的事嗎？

想到這裡就覺得空虛。

羽川不知道我在思考這種事（不，或許她連這個都知道），繼續說明。

「然後，忍野先生在蒐集怪異奇譚對吧？該說這是忍野先生的本業嗎……這應該是工作吧？」

「工作？不過那個傢伙會工作嗎？這麼說來，我好像聽他說過他在蒐集怪異奇譚……可是真要說的話，這只是他的興趣吧？」

我認為他這麼做不是要集結成冊或在學會發表，不是這種放眼未來的行為。畢竟他是居無定所，過一天算一天的流浪漢……

「收集怪異奇譚絕對賺不到錢吧？不會推動經濟吧？」

「阿良良木，工作並不是為了賺錢喔。」

「…………」

這句話好沉重。

這是高中生會講的話嗎？但是反過來想，或許正是高中生才講得出這種話。但我覺得以羽川的狀況，即使她實際出社會開始工作也講得出這種話。

「回到正題喔。終於回來了。所以，如果直江津高中有七大不可思議，或是類似『學校鬼故事』之類的，我覺得可以將這些告訴忍野先生當成謝禮。」

「這算是……謝禮嗎？不，我完全不想對妳這份心意潑冷水……不過忍野收集的怪異奇譚，應該是更正統的東西吧？像是吸血鬼……」

「『學校鬼故事』並不是一定不正統吧？何況說到知名度，『學校鬼故事』是怪異界的翹楚喔。知道『倩兮女』的人不多，但是『廁所的花子』就眾所皆知吧？」

「是啦……如果把『膾炙人口』設為怪異的指標，高知名度應該很重要吧，不過……」

這方面就是文化的矛盾之處了。

要是知名度過高，就可能連結到「廉價」或「低俗」……也就是和「高尚」拉開距離。

「就是因為膾炙人口，才會逐漸演變成都是傳說或街談巷說……是程度的問題嗎？還是分寸的拿捏……如果大家都知道，就失去謠傳的意義了。」

「我覺得忍野先生沒在追求高尚感啊？而且『傳聞』果然是大眾文化吧？」

「嗯，或許是這樣吧，實際上又如何呢？我並不是要否認妳的誠意，不過蒐集『學校鬼故事』帶過去，那個傢伙應該會嗤之以鼻吧？」

「忍野先生不是這種人喔。」

「…………」

他在我心中完全就是「這種人」，不過在羽川心中似乎不是。

「不，我不是這個意思。換句話說，羽川，我的意思是忍野尋找的並非眾所皆知，高知名度的『學校鬼故事』……這種知識他應該理所當然早就知道吧？」

「很難說喔。或許他當然知道吧，但『學校鬼故事』會依照學校有所差異，而且……長大成人之後就很難進入學校吧？換句話說，就忍野先生這樣的大人來看，這會變成難以蒐集的怪異奇譚吧？」

「難以蒐集……」

啊啊。原來如此。

我是高中生，「理所當然」來到學校求學，所以乍聽之下沒什麼感覺，不過從局外人，尤其是大人的角度來看，學校或許是很難進入的封閉空間。

尤其像是忍野這種大人……沒有像樣的固定職業，也沒有像樣的固定居所，這種大人光是踏入校區一步，搞不好就會有人報警。

所以，如果想調查校內的怪異奇譚，大概只能向該校的學生個別打聽，不過這也是可疑人物的舉動。

又不是電視節目，即使公然申請採訪，肯定也會吃閉門羹吧……

「原來如此。所以羽川，妳想調查『學校鬼故事』，親自傳授給忍野？」

「講『傳授』太狂妄了，要說『提供』。而且或許如你所說，忍野先生其實不需要這種東西。即使如此，只要自己做得到，還是會想全部試試看吧？」

「……不，我沒辦法對人生這麼積極。」

別說「做得到就想全部試試看」，「盡量不做任何事」才是我的生活方針。

「可是……」羽川嘆了口氣。「如我剛才所說，雖然我調查過，但我們就讀的直江津高中歷史不算悠久，所以完全沒塑造出這一類的鬼故事……我覺得這應該就是『揮棒落空』吧。」

羽川自然而然使用「揮棒落空」這四個字。

表示「做得到就想全部試試看」的羽川，在自己人生中經歷的「揮棒落空」次數，肯定多到我無法想像吧。但她即使如此依然沒受挫，繼續反覆地「揮棒落空」或是「轟出安打」，我覺得這樣的她果然非同小可。

忍野在這方面形容得很好……他是怎麼說的？

「但我還是在意一件事。該說在意嗎……應該說不知不覺就想注意。」

「……？就是這顆石頭？是嗎？該說是石頭……還是石像……」

我說著再度看向這個物體。

看起來果然只是普通的石頭。不過因為以小廟與供品裝飾，看起來莫名像是有求必應，值得祭祀的石頭。

看起來也逐漸像是為此雕刻而成的石像。

啊啊，這麼說來……說到有求必應，我對這方面完全不熟，所以這麼講或許很冒失，不過記得在石頭之中，有一種光是帶著就能當成護身符的「能量石」？

「能量石」或「靈力地點」這種話題，實際上應該不太算是怪異奇譚吧。

「嗯……對。就是這麼回事。」

「換句話說，妳調查各種傳聞的時候，發現中庭花壇深處這顆神奇的石頭。不過再怎麼調查，都查不出這顆石頭的真面目。是這麼回事嗎？」

總之我以自己的方式，在腦中整理至今的情報。我不是很擅長整理，不過我很怕那種凌亂混沌的狀態，習慣像這樣迅速將事物整理到易於理解。但我也早就知道，即使整理到易於理解，也不一定會成為通往真相之路。

相對的，羽川處理情報的能力遠勝於我，甚至得用不同的單位計算，所以即使是這種程度的混亂，她似乎也能當成「早就整理好」的狀態應對。

「不是這麼回事。」

她很乾脆、委婉地否定了我的「整理」。

我覺得這傢伙的房間或許出乎意料亂七八糟。不只是羽川，天才的房間都給人凌亂的印象。

不過這應該是偏見吧……

「到頭來，我早就知道這裡有這麼一顆石頭。」

「……妳真是無所不知呢。」

「我不是無所不知，只是剛好知道而已。」羽川隨口回應。「但是以前不是這樣。」

她接著說。

「『以前不是這樣』是什麼意思？」

「我一年級的時候，也就是剛入學的時候，曾經徹底調查校內一遍。」

「妳為什麼會做這種事啊……」

「沒有啦，姑且是自己接下來三年要就讀的學校，當然想知道是什麼樣的地方吧？所謂的好奇心？」

「與其說是好奇心……」

與其說是好奇心，應該說是好奇特的行徑。優等生的行動充滿疑點。

回想起來，我原本擅自想像她肯定在考前詳細調查過直江津高中，不過天才的奇特行徑遠遠超越我的想像。

總之，現在不是計較這種事的局面。

「換句話說，妳大約在兩年前調查……應該說在學校探險的時候，這座花壇沒有這種石頭是吧？」

「錯了錯了，聽我說啦。當時有石頭。我差點絆倒，所以記得很清楚。」

「絆倒？咦？妳會被東西絆倒？」

「阿良良木，你把我當成什麼人啊……」

羽川一臉不耐煩的樣子。

非常露骨。

她由衷討厭別人把她當成優等生或超人。

「就算是我，也曾經差點被東西絆倒喔。」

「這樣啊……真意外呢。」

總之實際上，她曾經被我這顆石頭絆倒，在春假吃了不少苦頭，所以她在這方面或許難以稱得上完美。

但她說的是「差點」，不是真的絆倒，這一點必須注意。

「不過，既然當時就有，那不就沒問題嗎？」

「就說不是這樣了。當時有石頭……卻沒有小廟。」

「？」

「也沒有供品與供桌。換句話說，是某人……」羽川說。「是某人在這兩年之間，將這顆石頭當成石像裝飾、供奉。」

「…………」

004

當晚，我前往某棟廢棄大樓。

數年前倒閉的補習班遺址。

由於是使用整棟大樓的補習班，所以應該頗具規模吧，不過某知名預備學校進軍站前，這間補習班敵不過凶猛如火的侵略，不曉得是撤退還是捲款潛逃，這部分眾說紛紜，但真相不得而知。

總之，該怎麼說，基於這層意義，我現在是從來歷不明的高中前往來歷不明的廢棄大樓。居然毫無危機意識就走在如此不明確的道路，我自己都很傻眼。

然而，對於不是羽川的我來說，這並非不惜調查也想知道的事。

「嗨，阿良良木老弟，我都等得不耐煩了。」

忍野——專家忍野咩咩，以這種一如往常的裝傻話語迎接我。

這裡是四樓教室。

教室角落有個金髮幼女，不過關於她的描寫容我割愛。

我將事情原委告訴忍野。

但我並不是沒有稍做修飾。「嗯，石頭啊……」忍野——夏威夷衫大叔說。「石頭這種東西，很容易成為信仰的對象。阿良良木老弟，你說的能量石雖然方向不同，但追本溯源也可以認定是同類喔。」

「是喔……相傳寶石蘊含魔力，也是同樣的道理嗎？」

「總之，在現代——也就是現代社會，寶石之所以吸引人，價格因素應該大於美觀因素吧。」

忍野輕聲一笑。

他笑得非常吊兒郎當，老實說，我不擅長應付這種人。

不過，忍野咩咩絕對不只是個吊兒郎當的大叔。他是曾經拯救我的生命、尊嚴與人類性質的大叔。

但他的吊兒郎當是貨真價實的。

「依照阿良良木老弟的說法，那顆石頭和所謂的橄欖球差不多大吧？既然這樣，那顆橄欖球是往哪個方向擺的？」

「『哪個方向』是指？」

「直立？還是橫躺？既然是橄欖球，就有這兩種擺法吧？」

「啊啊……」

我心想他問得真詳細，不過反過來想，我之所以來到這裡，就是為了代替羽川說明細節，所以這算是我的疏失。

雖然覺得還是羽川直接過來比較好，但這不是什麼十萬火急的緊急狀況，良知告訴我不應該在深夜帶年輕女孩到處跑。

「感覺像是地藏……包含小廟來看，那顆石頭或許真的是模擬地藏……那是怎麼說的？記得地藏是佛教的神？」

「就憑你阿良良木老弟，居然知道這種事呢。」

「不准這麼說我。」

不准脫口而出。

不過，我無法否認我只是湊巧擁有這方面的知識，而且也只講得出這麼多。

甚至不知道地藏在佛教是什麼神。

「那個……記得是守護道路的神？不對，但我聽過『六地藏』……咦？可是『笠地藏』是……」

總覺得越說越露出馬腳。

「哈哈，因為在日本，地藏和道祖神被混為一談了。總之即使如此，這東西在花壇也很奇怪。」

忍野難得沒有消遣我的慌張模樣，甚至講得像是在為我補充。

「石像。」他這麼說。「聽你形容成『石像』，所以是石像形狀的石頭嗎？不是單純圓圓的石頭，而是雕刻成人型，或是原本就像是人型……」

「不，我不確定……老實說，以我的狀況，羽川給我這種先入為主的觀念，所以就我看來確實是這樣……不過，如果是毫無偏見的人湊巧經過花壇看到那顆石頭，應該覺得只是一顆冰冷的石頭吧。」

「這樣啊。」

「不對……」

忍野咧嘴點頭回應，我見狀搖了搖頭。

「或許不是。即使我湊巧經過花壇，經過時還沒聽過任何描述，既然像那樣加蓋木製小廟還設置祭壇，我依然會認為那是雕刻得像是石像的石頭吧。」

「擬像現象。」

「啊？」

「人類看到像是臉的東西，就會把這個東西當成臉。像是把牆壁水漬或汙點看成人臉之類的。總之引用古詩就是『朦朧幽靈影，真面目已然揭曉，乾枯芒草枝』這樣吧？」

「幽靈的真面目……所以無論是怪異以及怪異奇譚，都和你說的那個現象有關嗎？」

「不不不，這是兩回事。還有，阿良良木老弟，假設那顆石頭是石像，也不代表是有人雕刻的喔。或許是風吹雨打自然風化成那個形狀。」

「風化啊……」

「實際上呢？聽你剛才所說，你那個親愛的朋友兩年前也看過那顆裝飾前的石頭，現在的形狀和當時不一樣嗎？」

「她說一樣。」

到頭來，無論當時是否差點被絆倒，常人不會記得兩年前看到的石頭形狀，但羽川翼在這方面並非常人。

兩年的時間，即使隨著時代而點綴，但她說之前看到那顆石頭時，也是那種橄欖球形狀。

換句話說在這兩年，即使有人裝飾外側周圍，主體——石頭本身也沒受到任何加工。

「嗯。所以班長妹的意見是？」

「該說是意見嗎……」

忍野稱呼羽川是「班長妹」。

她討厭被當成優等生，所以應該不太喜歡這個綽號，但或許因為取名的是忍野，所以她看起來沒什麼不滿就接受了。

順帶一提，我曾經開玩笑叫她「班長妹」一次，結果她氣到讓我嚇一跳。我還以為從此會無法振作。

「羽川看過那顆石頭沒被裝飾的狀態，當時她果然認為只是普通的石頭。不過忍野，這次她說要當成送給你的謝禮，開始調查學校，察覺兩年前看過的石頭似乎怪怪的，她覺得非常詭異……大致是這樣。」

「詭異是吧……」忍野複誦我的形容。「確實，明明只是一顆普通石頭，卻蓋了一間小廟祭拜，當然詭異吧。不過班長妹覺得哪裡詭異，哈哈，我也猜不透就是了。」

「這一點都不好笑。」

或許因為羽川如此描述，該怎麼說，校內出現神祕的信仰，確實是無可撼動的詭異事態，就算不詭異也很難視而不見。

連我這種對學校沒什麼歸屬感的人都這麼認為。

「那麼，首先應該要調查供奉石頭的零食是什麼來歷，但以班長妹的作風，應該在告訴你之前就調查完畢了吧？」

「…………」

他依然說得像是看透一切。

而且，聽忍野講得好像早就知道羽川會怎麼做，我內心莫名不愉快。這是一種神奇的情感。即使要指責他「明明剛認識卻講得好像跟她很熟」，但我和羽川的交情也只比忍野多幾天。

到頭來，我才對羽川一無所知。

「嗯。她從零食牌子與保存期限反推販售時期，鎖定販售的店家以及可能會買的學生……」

「簡直是名偵探呢。難道她逐一找人偵訊嗎？」

「不，好像還沒做到這種程度。」

「是認為這樣太深入了嗎？」

「不是。因為她在調查的過程中，確定並不是某人獨自供奉，而是不特定的多數人各自將零食之類的東西擺在那間小廟，這麼一來就不得不擴大調查範圍，她判斷這樣無法暗自行動。」

「…………」

「所以，羽川覺得你應該會喜歡這種話題，要我代為轉達。這是羽川之前受你照顧的謝禮。」

總之，我判斷該講的都講完了，像這樣做個總結。

不，雖然不確定是否好好總結，總之我強調自己現在之所以來找忍野，絕對不是想商量學校那顆神祕石頭的事，只是基於善意提供學校發生的神奇事件。

如果沒有預設這樣的立場，我欠的錢可能會繼續增加。不，現在的五百萬圓我就完全付不起，就算欠債金額增加也沒差。這是逆向思考。

聽說要是欠債龐大到超過某個程度，雖然並不是自暴自棄，卻會慢慢對於不還錢或繼續欠錢感到麻痺。或許我出乎意料就站在這條界線。既然這樣，我果然無法背負更沉重的債務。

基於這個立場，我被收取顧問費的風險不高，所以即使稍微……更正，即使露骨講得像是在賣人情，也是逼不得已的做法。

「哈哈！」

忍野像是早就看透我這份想法，笑得很假。

羽川提過「倩兮女」這個妖怪，他的笑聲令我覺得這種妖怪就是這樣笑的。

「怎……怎麼了？」

我假裝為難。

不，如果他真的看透，我就不是假裝，而是真的很為難。

「你……你這樣的專家，果然對學校鬼故事之類的話題沒興趣嗎？比較喜歡那種參照文獻的艱深話題？」

「不不不，關於這方面，班長妹的推測是對的喔。即使我專長的領域是全方位，確實也有拿手與不拿手的部分。在學校這種封閉空間的話題挺難蒐集的，謝謝你們的提供。」

「我……我想也是。」

「不過，阿良良木老弟，就算這麼說，這是來自班長妹的善意，不是你的善意，所以你欠的錢不會因為這件事一筆勾銷，這部分請多關照啊。」

「…………」

總之，光是沒增加就要謝天謝地。

我並不是沒期待過，不過應該就此妥協吧。

「雖然很難認定是怪異奇譚，但我收到一個好話題了。哈哈，得好好紀錄下來才行。」

「……忍野，我想問一個問題當參考，你蒐集的這些『物語』，等到蒐集完畢之後打算怎麼做？」

「嗯？」

「那個……就是說，例如集結成冊，或在學會發表……你有這種計畫嗎？」

這是我放學後和羽川交談時想到的事，雖然沒必要現在確認，卻是有機會就想問清楚的事。

我在意到這種程度。

換句話說，這個男人，也就是我的恩人，究竟是真的基於工作所需而蒐集怪異，還是堅稱把興趣當工作，實際上只是個無業遊民……

「哈哈，我並不是什麼怪異學的權威，所以不會做那麼偉大的事喔。不過，我會把蒐集到的怪異奇譚賣給想要的人。」

「拿去賣？有人會買鬼故事這種東西？」

「差點成為鬼故事主角的阿良良木老弟，居然說鬼故事是『這種東西』？」

「……順便問一下，大概能賣多少錢？」

「哈哈，居然要求賣方透露賣價，我對此不以為然喔。」

「…………」

總之，聽他這麼說，我也只能就此打住。不過，他向我收顧問費解決怪異事件，然後把這個怪異奇譚賣給別人，該怎麼說，總覺得是很賺錢的生意。

大概是所謂的「仲介」吧。

實際上當然沒外行人想像的那麼好賺，不過……總之，哎，光是知道忍野的蒐集是收入來源就是好事。

「不過，這些奇譚是別人會買的東西嗎？」

「天曉得。『那個人』什麼都想要，不過最近好像又在做莫名其妙的事，我覺得保持距離是正確的做法。哎，就算這麼說，也只能賣給『那個傢伙』……」

忍野似乎在盤算今後的計畫，不過該說他有點性急嗎？應該只是如意算盤打得響吧。

只是學校花壇供奉一塊怪石頭，根本就沒頭沒尾，稱不上是完整的物語。在其中找出某種解釋，才叫作專家。

「所以忍野，怎麼樣？」

「嗯？什麼怎麼樣？」

「慢著，你這樣反問，我很難回答……你站在專家的立場，覺得這件事怎麼樣？」

我整理疑點，重新詢問。「兩年前還只是塊普通的石頭，卻在兩年後受到部分學生──不特定多數人的信仰，成為近似怪異的東西。這種事有可能嗎？」

「物體成為怪異，並不是什麼稀奇的事。畢竟怪異原本也是以某種基準誕生的。不過……」

「嗯？」

「究竟是『因為是怪異，所以受到信仰』，還是『因為受過信仰，所以變成怪異』，這部分難以斷定。」

「究竟是『因為是怪異，所以受到信仰』，還是『因為受到信仰，所以變得怪異』？」

我自認只是率直複誦忍野講的話，但是似乎有點差異。

「不對不對。」忍野說。「不是『因為受到信仰，所以變得怪異』。我說的是『因為是怪異，所以受到信仰』，還是『因為受過信仰，所以變成怪異』。」

「……？啊啊，我說的確實在細節上不一樣……不過需要刻意訂正嗎？」

「在這種場合需要訂正。」忍野語帶玄機。「不過，光是聽你說還是有點難懂。阿良良木老弟，可以畫張圖嗎？」他問。

「咦？」

「嗯，既然是放學直接過來，應該有帶筆記本跟文具吧？」

「哎，是有帶啦……」

沒想到他居然在這種時候要求我畫圖。我雖然大吃一驚，但是既然他提出要求，我就不得不答應。

「你可能會覺得意外吧，不過老實說，我沒有繪畫天分。」

「學校沒上美術課？」

「我的學校是升學學校，不注重藝術方面的科目，而且還是選修，我選修的不是美術。」

「是喔……哎，那麼，畫個大概就好。」

「知道了。」

我拿出筆記本，依照自己的記憶，以自動鉛筆作畫。如果是兩年前的往事，我只能說我完全記不得，但如果是短短幾小時前的事，我好歹是十幾歲的現任高中生，即使記憶力沒羽川好，也一樣回想得起來。

「大概像這樣吧。」

「啊啊，這樣不行。」

第一句感想就這樣數落我。

如果我的志願是當畫家，肯定一蹶不振。

就算是說謊也好，難道不能誇獎幾句嗎？

「別說不行啦。別看我這樣，我自認很拚命照著畫耶。線條看起來或許有點歪歪扭扭，不過真的是這種形狀。」

「我不是這個意思。不要只畫石頭，也得畫小廟與祭壇才行。」

「是喔？可是……」

「先畫吧。」

忍野沒講原因就催促，我不得已只好照做。總之，加畫小廟與祭壇不會花太多時間，畢竟並不是造型很複雜的建築物。

之所以形容為「小廟」，只是因為只有這種形容方式，實際上的構造簡單至極，如果沒釘釘子，看起來就像是積木。

「是喔，原來小廟是這種形狀啊。」

「嗯。不過……」

我畫完之後回答。原本想發揮服務精神，連背景都一起畫，但我決定別勉強自己。

「關於祭壇，該說形狀很常見嗎？看起來只像是用來擺供品的小桌子，不過說到這間小廟的外型，感覺像是很笨拙地模擬某個東西。」

「是嗎？」

忍野仔細端詳我遞給他的筆記本，對我這段話起反應。

「看起來像是某間寺廟……或者真的像是路邊的地藏或道祖神……雖然我不確定，但是我對這間小廟的外型有印象。」

「喂喂喂，你有這方面的知識應該早說吧？還是你原本想當成炫耀自己博學多聞的壓箱寶？」

忍野咧嘴笑著說。

語氣聽起來不是責備，而是明顯在消遣。

「不，我原本只是隱約有這種感覺，不過現在像這樣畫出來，就第一次意識到這件事。基於這層意義……」

是多虧你要我畫才想起來的。我原本想這麼說，卻連忙作罷。要是我貿然說出「多虧」這種字眼，我覺得他恐怕會收費。不，我並非覺得忍野是這麼貪心的守財奴。因為剛剛才聊到錢的話題，所以我自然就提高警覺。

不提這個。

「那個……不過我並不是具體想到什麼，只是覺得似曾相識，並不是第一次看見……忍野，如果這間小廟是在模擬某種東西，你知道是什麼嗎？」

「……不，我沒辦法說我知道。只是……」

忍野說到這裡停頓，默默將筆記本還我。難得精心畫出來的作品，不到五分鐘就功成身退。我雖然覺得落寞，但現在並不是評論我繪畫實力的時候。

「只是什麼？不要講到一半就不吭聲啦。如果心裡有底就好好告訴我吧。」

我自認是從理性的角度詢問，不過大概是不滿於自己的力作這麼不管用，真要說的話就是覺得「叫不擅長畫圖的傢伙畫圖，卻是這種反應？」而不滿，導致語氣變得有點粗魯。

不過，忍野似乎不在意，把我這種反應當成耳邊風。

「哈哈，阿良良木老弟真是有精神啊，是不是發生了什麼好事啊？」他只有如此回應。「我想順便問問阿良良木老弟的想法。務必想徵詢博學多聞的阿良良木老弟。阿良良木老弟對這件事是怎麼解釋的？」

「怎麼解釋……慢著，其實你剛才也稍微提過，我覺得這雖然是『學校鬼故事』，卻覺得不太能當成怪異奇譚。」

「是喔。換言之？」

「沒有啦，從無聊的現實觀點解釋，換言之，就是我們不認識的某人，把一顆花壇的石頭像那樣當成神祭拜。因為小廟必須有人打造才會出現吧？」

「如果是吸血鬼，或許可以憑空製作喔。」

忍野說著看向教室角落的金髮幼女。

哎，確實也有這種例外。

「不過，那間小廟明顯是人類製作的。我是這麼認為的。但我沒辦法百分百斷言就是了……」

「嗯……」

「所以，在這種場合的『某人』可能是複數，也就是不特定多數的學生組成一個宗教或是信仰團體，將那顆石頭當成御神體……是這種感覺嗎？」

我沒辦法好好說明，也難以形容這件事的問題點，不過校內出現奇妙的信仰果然詭異。

挺恐怖的。

「不過，信仰是一種自由喔，受到憲法保障。」

「沒有啦，話當然是這麼說，但在這次的場合，依照羽川的證詞可以確定，被供奉的這顆石頭，在短短的兩年前還只是普通的石頭。想到這裡不覺得毛毛的嗎？」

只有十八年歷史的直江津高中沒有「學校鬼故事」，相對的，受到信仰的石頭在兩年前還只是路邊的石頭，不禁令人難以接受。

我覺得就是這麼回事。

「怪異奇譚並不是一定需要歷史或緣由，因為新的怪異也是接連主動或被動誕生。」

「之所以會覺得『毛毛的』，我認為原因在於這件事似乎暗藏某種惡意，羽川應該就是在擔心這一點。換句話說，或許是某人偽造信仰、偽造御神體，藉以誆騙許多學生……」

「誆騙？」忍野問。「誆騙學生，然後徵收零食？」

「……不，這個就……」

「如果要誆騙，應該使用更能誆騙的東西吧？我雖然沒有親眼看過，不過光是從阿良良木老弟拙劣的圖畫來看，小廟也打造得很拙劣吧？和那張圖一樣拙劣吧？」

「忍野，我自己也知道畫得很差，但是聽別人明講還是會受傷耶？」

不准講得像是拙劣的小廟被我一畫就變得更拙劣了。

「如果想誆騙別人，應該會打造更氣派的廟吧？我朋友說過，必須注入心血才騙得了人。」

「忍野，你沒朋友吧？」

「說得也是，那個人或許不算朋友吧。」

我想還以顏色才這麼說，但忍野不只沒受打擊，反倒只是快樂一笑。

這是什麼心態？實在搞不懂。

「何況以那個傢伙的狀況，這句話也可能是假的。總之就算這樣，阿良良木老弟對小廟的印象怎麼樣？」

「哎，確實……和你說的一樣。如果要騙，應該不會用那種像是小孩亂搭的小廟吧。畢竟如果自己做不到也可以發包。這樣的話，有可能真的是信仰嗎？例如基於教義，即使技術拙劣，也必須親手蓋廟之類的。唔～～不過就算信仰是國民的自由，在學校創立獨自的信仰也有點……」

何況以這種狀況，如果是寶石就算了，為什麼偏偏要信仰路邊的石頭也是一個問題……難道只是我與羽川感覺不到，其實那是非常強力的能量石？

「如果是能量石，現在的阿良良木老弟應該感覺得到某些端倪吧……嗯。那麼，阿良良木老弟，你對班長妹這麼說吧。那孩子聽完肯定會理解一切。」

忍野——平常咧嘴笑嘻嘻的忍野，不知為何在這時候露出更愉快的表情。

「暫時停止調查『學校的鬼故事』，改成調查直江津高中的課程表如何？畢竟學生的本分是求學。」

他說。

005

隔天。

我在早上的教室，將看透一切般的專家——忍野咩咩說的話，轉達給聰明絕頂的女高中生羽川翼。

「啊啊！」

她似乎理解一切了。

這兩人是怎樣？好恐怖。

雖然這麼心想，但凡庸如我當然什麼都不懂，所以在這之後，為了從羽川那裡問到真相，我盡量別講得太失禮。

「怎麼回事啊？」

我只有這麼問。

「嗯嗯？啊，沒有啦，這次的事件是我自尋煩惱……啊啊，讓忍野先生與阿良良木看到我出糗的一面了。感覺不只是揮棒落空，而是揮棒落空三振。」

「慢著，我完全聽不懂……妳出糗了？意思是我疏忽了什麼嗎？所以說是怎麼回事？」

「沒什麼。雖然這樣講是辯解，但我原本也並不是沒質疑過。如果要信仰，應該要更加好好信仰才對……不過御神體與小廟這麼粗糙，這種不搭調的感覺，和忍野先生說的『詭異』以及阿良良木說的『毛毛的』連結在一起，我就不禁擔心起來了。幸好沒發生任何事。」

「羽川，加油吧。妳肯定可以說明到讓我聽懂。」

「就算要我加油……」

羽川露出苦笑。

看來我的拜託方式很好笑。

「總之，只要整理各種疑點，就可以得出一個和平的結論。我與阿良良木至今都把石頭當中心對吧？」

「咦？啊啊，嗯……不過，除了石頭……有別的東西能當中心嗎？」

「所以說是小廟喔。小廟。」

「小廟……？」

「對，小廟。別把石頭當中心，而是把小廟當中心思考，就不需要勞煩到忍野先生了。」

沒什麼勞煩不勞煩的，那個傢伙只是在廢棄大樓聽我說話而已……

「就算要我以小廟當中心思考……這麼做會怎樣？那種破爛的小廟……」

「嗯嗯。換個淺顯的說法，那顆石頭應該不是為了供奉而放進小廟，是獲選為放進小廟的物體。」

「……這兩種說法有差別嗎？」

「差別可大了。小廟始終是容器，小廟本身不是信仰的對象。至少這件事基本上和奇妙的信仰無關。」

「可是，這也沒什麼兩樣吧？如果妳說和信仰無關，反倒變成是某人企圖偽造信仰吧……」

「不，這是誤會。」羽川說。「因為到頭來，那間小廟從建造的時候就不是小廟。」

「…………」

「關於直江津高中的課程表……嗯，用不著重新調查，我在報考之前就調查過一次，所以很快就想到了。」

她果然做過這種事。

我不寒而慄。

「你想想，一年級不是有選修形式的藝術課程嗎？我當時選了美術，不過藝術課程除了美術，不是還有書法與工藝嗎？忍野先生建議我調查，我覺得就是在暗示工藝課程的內容。」

「工藝……？」

「嗯。總之，就是木工之類的課程。而且工藝課程包括了……小屋的自由創作。」

「…………」

「我沒有實際上過這堂課，所以不太確定，不過總歸來說，我覺得那間小廟就是在上課時製作的小屋。」

「…………」

「而且就成品看來，應該是失敗的作品。接下來是我的假設，但是當時發生的事應該差不多吧。某個學生在工藝課製作小屋，可惜失敗了。就算失敗，但這是在課堂上製作的成品，所以老師要求帶回家。不過就算帶回家也只會扔掉，所以這個學生前往垃圾場，想要偷偷扔在學校。在這個時候，他經過花壇附近。」

確實，那座花壇旁邊就是垃圾場。

教室垃圾桶沒辦法扔那麼大的垃圾，所以一般都會選擇直接扔在垃圾場。

「經過的時候，他看到那顆石頭……不，或許和我一樣差點被絆倒。總之他發現大小剛好的石頭，覺得要是將這種石頭擺進小屋，這個失敗作品或許也會變得有模有樣……」

並不是因為有小廟，所以石頭看起來像是石像。

而是因為有石頭，所以破木屋看起來像是小廟。

應該和「擬像現象」不一樣吧。

這個學生的失敗，這個學生的失敗作品，變得不是失敗作品了。

「相反——顛倒嗎……」

我好不容易才以顫抖的聲音這麼說。

「嗯。這個作品當然還是一樣拙劣，但至少不是讓人想扔掉的失敗作品，看起來像是小廟——像是小屋，所以這個學生就這麼將作品留下來，自行離開了。像是受到信仰的石像就這樣誕生。」

「祭壇跟……供奉的零食呢？」

「關於祭壇，來源應該大同小異吧。某個學生在上課或社團活動製作的『失敗作品』，放在這間小廟前面看起來像是祭壇，所以就這樣放著離開……零食不是上課的失敗作品，只是照顧花壇的人或是路過的學生，隨手將身上的零食放在上面吧。」

「絕對不是信仰之類的誇張行徑，只是因為那裡有類似的東西，就不經意供奉起來了？」

「或許不是供奉，只是帶進學校的零食有剩就放在那裡……雖然原本就有這種可能，不過既然石頭的出身不是信仰，嗯，那麼這就是可能性最高的解釋。」

原來如此……

擺放的不是零錢而是零食，原因很可能是「因為有剩所以擺上去」……

「雖然不知道花壇是誰在管理……不過要是突然出現一間小廟，管理員應該會處理掉啊……」

「不，從正常人的觀點，應該不敢隨便破壞看似小廟的東西吧？會覺得可能遭天譴。」

「確實……」

而且不久之後，小廟的存在變成「理所當然」嗎……

不追究緣由。

成為理所當然位於該處，「受人供奉」的東西。

「…………」

「呼～～舒坦多了！」

羽川說完舒服地伸個懶腰。

以她這樣的個性，「不懂某件事」的狀態肯定會造成壓力吧。她的笑容看起來真的很舒坦。

「這樣啊……不過這個結論讓我不太能釋懷，百感交集……」

「沒那回事喔。都是託阿良良木的福。」

「咦？託我的福？」

「因為，阿良良木對忍野先生說你對那間小廟有印象，忍野先生才會明白真相吧？就算是忍野先生，如果沒有判斷的材料，還是沒辦法想到這一點。畢竟學校是『封閉場所』，他不可能預測學校的課程表。你不是因為小廟模擬某間建築而有印象，是因為上課時製作過相同的東西而有印象吧？你說過你選修的藝術課程不是美術，換句話說，你選修的是工藝吧？」

「……哎，沒錯。就是這麼回事。」

不是在寺廟或路邊看過，是在工藝教室看過。

忍野要求我畫圖的時候，單純只是想知道小廟的外型吧。不過他看到我當時「畫著畫著就回想起來」的反應，因而推測出真相。

就是這樣。

「那麼，事件就此告一段落……咦，阿良良木，你要去哪裡？要上課了耶？啊，喂，不可以在走廊奔跑啦……」

006

接下來是後續，應該說是結尾。

我不聽羽川的制止，沿著走廊跑出校舍，前往中庭，抵達花壇，拿起供奉石像形狀石頭的小廟，摔到地上砸毀。

「呼，呼，呼，呼……」

不，事到如今破壞小廟也沒有任何意義，即使如此，我依然嚥不下這口氣，將小廟分解還原成普通的木板。

用不著這麼做，光是內部沒有石頭，這就變得像是一堆木板了。總之我將這些木板搬到垃圾場。

這個行為，是相隔兩年的搬運行為。

「…………」

是的。

不用說，這間小廟正是我兩年前在木工課製作，而且沒拿回家，大致依照羽川所說的流程，扔在花壇不管的東西。

之所以有印象，並不是因為上課時製作過相同的東西，而是因為這正是我上課時製作的東西。

我完全忘了。

即使我和羽川不同，記不得兩年前的事，但這終究很誇張。說什麼拙劣、孩子的作品或是破爛，我數落到這種程度的東西，正是我自製的小屋。

我知道忍野為何露出那種討厭的笑容了。

其實他肯定強忍著捧腹大笑的衝動。雖然羽川說她出糗，但完全比不上現在的我吧。

不可能有人會完全忘記短短兩年前的事。羽川大概是以此為前提，所以幸好還沒被她發現……但我已經難為情到不敢直視她的臉了。

雖然這麼說，要是開始上課，出席日數有危險又被羽川命令洗心革面的我，一定要回到教室才行。

我垂頭喪氣離開垃圾場時，直到剛才供奉在小廟的石頭映入眼簾。嗯，看起來只像是普通石頭了。

動也不動。

只是顆普通的石頭。

零食供品姑且還在，不過光靠供品的效果，似乎無法讓石頭變成石像或御神體。

只要收拾那些零食，今後肯定再也不會有人放零食吧。

想到這裡，我就為剛才一時難為情而破壞小廟的行為感到愧疚。不過我是製作者，最清楚這麼做絕對不會遭天譴……

只是，我不想把失敗作品拿回家的嫌煩與羞恥心態，導致這顆石頭被當成神供奉，如今又變回普通的石頭。我多少覺得對不起這顆不得安寧的石頭。

對石頭道歉也很奇怪……我即使如此心想，依然進入花壇抬起這顆石頭。

究竟是『因為是怪異，所以受到信仰』，還是『因為受過信仰，所以變成怪異』？

忍野曾經這麼說。

確實，雖然只是零食，但這顆石頭接受過供品，這是毋庸置疑的事實。

想到我的無心知過可能讓這顆石頭成為怪異，我的愧疚之意也更加強烈。

從理所當然位於那裡的石頭，成為受到供奉的石像，並且可能成為不應存在的怪異……已經和原本的出身無關了。

「不可能」變成「理所當然」。

這樣的日子或許會來臨。

想到這裡，我就漠然覺得上學也是得動腦，不禁百感交集。

如果回到教室的時候老師還沒來，我就問問羽川吧。不知道平凡日常多麼值得感恩的我，是否是一塊木石。

既然石頭會成為石像，木頭也會成為小廟，那麼當個木石也不差吧。

「……嗯？咦，這顆石頭……」

此時，我察覺了。

我是以觸感察覺的，不過我兩年前沒察覺這件事。是的，這種觸感、這種質感，肯定沒錯。

「這是水泥塊耶。」

第二話 曆・花

UN	MON	TUE	WED	THU	FRI	SAT
	1	2	3	4	5	6
7	8	9	10	11	12	13
14	15	16	17	18	19	20
21	22	23	24	25	26	27
28	29	30	31			

5

May

001

和戰場原黑儀結下奇特緣分的五月初，也就是黃金週剛結束的時候，雖然並不是要說喪氣話，但我當時身心都疲憊至極。與其說身心疲憊至極，應該說身心被折磨至極。總之很慘。

該說慘慘淒淒嗎……慘到令我無法相信日常生活。

隔著一片船板的下方就是地獄——記得這是搭船出海的漁夫使用的比喻，不過在陸地上似乎也一樣。

隔著一片地面的下方就是地獄。

平常自己行走的地面、所走的地表，原來是如此不可靠、脆弱又容易毀壞的東西。我痛切感受到這一點。

隨著疼痛一起感受。

即使是理所當然般通往學校的道路，或是理所當然從學校返家的道路，都建立在危險的平衡上，隨時可能理所當然般輕易崩塌。我親身得知這一點。

得知？

不，我一無所知。

雖然不是模仿擁有異形翅膀的少女羽川翼說話，但是我所知道的，頂多只是我剛好知道的事情而已，而且我目前只知道一件事，就是我這個男生多麼愚蠢。

不過，戰場原黑儀——曾經被稱為深閨大小姐的那個同班同學，在我親身得知日常如此脆弱的很久之前，就已經知道這個道理。

或許該說她不得不從她的生活、她的人生理解到這個道理。我曾經聽她低調說明自己像是走在古老鋼索上的前半生，光是只聽一半都覺得恐怖。

「日常與非日常中間有一道牆壁……這種想法根本是錯的。日常與非日常當然非得區隔開來，不過『那裡』與『那裡』是毗連的。兩邊連結在一起。」

她以平坦、平淡，毫無情感的語氣淡然說。

「也沒有高低之分。不會從日常掉到非日常，也不會從非日常爬到日常。就像是走著走著，忽然就走到錯誤的場所，或是走到陌生的場所。」

大概是「走錯路」之類的意思吧。

走在人行道上，忽然就不知不覺走到車道上……總之我可以接受這種譬喻。

確實，如果沒有護欄或斑馬線，車道與人行道應該沒什麼區別。

「沒錯。而且可能會意外遭遇車禍，但是沒人知道車子與行人哪邊是日常、哪邊是非日常。畢竟也有理所當然般來往於車道與人行道的交通工具，像是阿良良木騎的腳踏車。」

嚴格來說，腳踏車騎在人行道違反日本道路交通法，不過就算這麼說，從汽車的角度來看，腳踏車騎在車道也很傷腦筋，也就是不符合現代社會的原則。

「是的。換句話說，即使行走的地面不會崩塌，即使自以為筆直行走，也可能會遭遇『意外』。並不是踏腳處消失，也不是從日常摔到非日常。不過，阿良良木……」

戰場原沒抱持特別的情緒說下去。

「有可能從日常摔到日常。也可能從非日常爬上來之後還是非日常。」

002

「啊，原來如此。就覺得怎麼從剛才就莫名想吐，不過我知道了，因為我正在和阿良良木走在一起。」

「咦？怎麼回事，妳試著用這種頓悟般的自言自語攻擊我？」

五月九日星期二傍晚。

我和戰場原黑儀從那間補習班廢墟踏上歸途。我自認是基於紳士禮節要送身為女性的戰場原回家，但她的態度強勢又嗆辣，非常尖銳。

「哎呀？阿良良木，為什麼擅自聽別人自言自語？難道你教養很差？」

「是妳擅自說我壞話給我聽吧！」

「呵，但我自認是在稱讚你喔。」

「不准變成冷嘲熱諷的角色！『走在一起就想吐』這種自言自語，要從多麼善意的角度解釋才會變成稱讚啊？」

「我說想吐，也可能是害喜吧？」

「意思是和我走在一起就可能會懷孕嗎？」

不對，這也不算是稱讚吧？

「剛才的獨白是出自我的內心，我想對全世界宣傳阿良良木的男子氣概。」

「這是哪門子的抹黑活動？根本是負面宣傳！」

「不過我才要說，阿良良木從剛才一直自言自語好煩。」

「啊？咦，奇怪了，我自認是在和妳交談啊……」

感覺我平均每五秒會受傷一次。

我究竟在和誰講話？

和女生？還是和利刃？

「……………」

哎。

即使如此，如果以極為紳士的角度解釋，戰場原黑儀——這個同班同學的這種態度並非令我猜不透。不，其實我非得極力扮演紳士的角色，但她的態度並非令我猜不透。

因為她至今一直受苦。一直受苦到感受不到痛苦。

持續受苦到不只麻痺，進而中毒。

她為病而苦。

持續對抗病魔。

而且在昨天，她偶然和我有所交集，對抗病魔的生活因而打上終止符。

不，將原因講成「和我有所交集」像是在賣人情。以她的能力，即使沒有遇見我，也遲早可以自力救濟吧。總之，這方面暫且不提。

她的怪病和怪異有關，所以拜託忍野之後，總之算是解決。這是昨晚的事，至於我們今天再度造訪忍野，是為了解決一些不會造成問題的小麻煩，算是收拾善後或事後處理那樣。

現在則是踏上歸途。

以戰場原的立場，事情才解決沒多久而已，她為了對抗病魔而變尖的個性，應該不會突然回復正常吧。我個人只能以朋友身分，祈禱她的刺早早磨平。

「不過……一般治好病之後會體認到健康多麼美好，但是就長年生病的我來看，即使像現在這樣『正常走路』都很新奇。」

「是喔，原來如此。」

「感覺像是行走在完全不一樣的新天地。」

「新天地啊……」

雖然覺得「光是走路就很新奇」太誇張了，但這應該是她——原本極盡虛假能事的她所說出，毫不虛假的真心話吧。

順帶一提，我昨天是騎車到補習班廢墟，但今天我也和她一樣徒步來回。基於某些隱情——應該說昨天解決事件時發生一些小問題，所以腳踏車不能用。

總之，幸好這個小問題後來也順利解決，明天又能騎我喜歡的越野腳踏車到處跑了。

基於這層意義，我甚至想踩著小跳步回去。

但要是這麼做，不曉得走在旁邊的戰場原怎樣數落我，所以我正常走路。

「話說阿良良木，你奇蹟似地有幸和女生一起走路，所以給我靠馬路走吧。真是不貼心的人渣。」

「…………」

我沒踩小跳步也被數落了。

總之，這方面如戰場原所說，確實是我的疏失，所以我站到她的左邊。

沒什麼，只要當成戰場原要將我培養成紳士，我的心就不會受傷了。

「慢著，可以別站在我左邊嗎？我看透了。你的目標是我的心臟對吧？」

「…………」

只是想和我結下梁子而已。

太超乎我的預料了。

我只是想以朋友身分，祈禱她的刺早早磨平，但是先不提祈禱，我甚至懷疑自己能不能成為她的朋友。

「……既然妳這麼有精神，看來不用送妳到家門口也沒關係了。那麼，我先告辭了……」

「說這什麼話？要送就好好送我到家吧。要是戰場原黑儀回家時只被男生送到半路的傳聞傳出去怎麼辦？我這個眾所皆知的深閨大小姐還有臉見人嗎？」

「居然只擔心自己……」

「要是阿良良木現在離開，我就放出你想取我性命的傳聞。」

「別人的評價一點都不重要嗎？」

而且誰會相信這種傳聞？

我可不是赫赫有名的殺手。

「到頭來，你沒有放傳聞的對象吧？」

「我會在教室或任何地方一直自言自語，沒問題的。」

「這種女生問題可大了吧？」

總之送妳回家就行了吧？我聳了聳肩。

原本只是出自好心，卻莫名變得像是義務……但也無妨啦。反正我很閒。閒到沒事做。

何況要是我說錯話，被她像是昨天那樣「封口」的話，可不是鬧著玩的。畢竟先前沒收的那堆文具都還她了。

「好啦……不過該怎麼辦呢……」

「嗯？什麼事？」

「啊，等一下。我想想要怎麼講才能讓你也聽得懂。」

「在這之前，妳先想想要怎麼講才能避免讓我不愉快吧。」

「你想想，這次的事件，忍野先生不是向我請款嗎？」

「嗯，是啊。」

十萬圓。

比起我欠忍野的五百萬圓，這個金額或許不算什麼，但是以女高中生的角度來看，果然是一大筆錢。

之所以有種討厭的感覺，是因為考量到戰場原的家庭狀況，十萬圓是勉強付得起，令人覺得「應該籌得到」的金額。

「妳有存款嗎？」

「沒有存款。欠款倒是有。」

「咦？如果是家人欠錢就算了……除了忍野，妳還以自己的名義借過錢？」

「嗯？我的球隊在去年的賽季以勝差4告終。」（註2）

「原來妳是職棒球隊老闆？」

根本是大富翁吧？

區區十萬給我立刻還清吧。

註2　日文「勝差」與「欠錢」同字。

刷卡付清。

不過，就算沒其他債務，她沒存款應該是真的。這麼一來，戰場原今後非得想辦法賺十萬圓才行。

「只能像忍野先生說的那樣，去速食店打工了嗎……」

「哎，妳的債務也和我一樣，不會突然就被催繳，所以我覺得沒必要這麼急著籌錢。」

「我和阿良良木不一樣，想好好處理錢的問題。」

「不准預設我花錢無度。」

「要賴帳的話，我希望好好賴帳；要付帳的話，我希望好好付帳。」

「…………」

賴帳要遵照什麼正當程序嗎？

話說回來，我不太能想像戰場原在速食店打工的樣子……

「歡迎光臨。您好，請問要外帶嗎？」

「要提供內用的選項，不准強迫客人離開。」

「需要加點一份潑特托嗎？」

「為什麼用音譯？」

「需要加點一份馬鈴薯嗎？」
「感覺好像會直接拿一顆馬鈴薯出來……」
「嗯，看來我果然不適合陽極氧化處理呢。」
「如果是陽極氧化處理，妳肯定很適合喔。」（註3）
此時，我說出剛才想到的事。
我想到的是上個月和羽川聊到的事。忍野的「工作」是收集怪異奇譚，將收集到的怪異奇譚賣給某人賺錢。
「戰場原，妳知道什麼鬼故事嗎？」
「如果像這樣和阿良良木走在一起叫作鬼故事，那我就知道。」
「這不是鬼故事。」
「那我不知道。」
煩死了。
有句話說「踐踏別人的好意」，但我還沒表達好意就被踐踏，這種經驗真罕見。
我繼續說下去。

註3　日文「打工」與「陽極氧化處理」音近。

「沒有啦，忍野這個專家的本分是收集怪異奇譚，所以如果妳知道什麼稀奇的怪異奇譚或冷門的都市傳說，我覺得或許可以抵債。」

「是喔……聽起來像是以物易物呢。就憑阿良良木居然能提供這個好情報，值得嘉獎。」

「…………」

她就不能正常說句「謝謝」嗎？

值得嘉獎……這是現存的感謝話語之中，最不令人高興的一句吧？

「不過很抱歉，我不知道哪個怪異奇譚更優於我的親身體驗。」

「我覺得怪異沒有優劣之分喔。」

「哎呀，講得真高傲呢。不愧是和怪異之王有所交集的御阿良良木，講起話來就是不一樣。差太多了。」

「叫我『御阿良良木』是怎樣？」

「從御阿良良木的高度審視，任何怪異或怪異現象或許都平等吧，但是從小女子這種底層的賤民來看，差距可是有點大喔，大阿良良木。」

「『大阿良良木』是……」

這傢伙是怎樣？明明架子擺很高，講起卑微的話語卻有模有樣……

「像是大巴哈與小巴哈，居然有人敢在別人的名字前面加個『小』字……這種取名品味，我實在學不來。」

「總之，加個『大』字就算了，加『小』字很過分呢。」

「欸，極小阿良良木。」

「如果妳說的是名字就算了，如果妳說的是身高，我可是要嚴重抗議啊！」

「怎麼了，那叫你『偉大阿良良木』可以嗎？偉大阿良良木？」

「…………」

適合卑微……

這是個大問題呢。

「總之，我不知道什麼鬼故事。畢竟我生性不敢聽恐怖的故事。既然比起勞動更抗拒鬼故事，看來還是只能打工了。」

「這樣啊……總之，隨妳想怎麼做吧。」

但我怎麼想都覺得她比較擅長講恐怖故事……而且老實說，我昨天第一次遇見她的經歷，感覺就足以當成「恐怖故事」了。

瘋狂釘書機女。

忍野那傢伙願意買嗎……

大概用五百萬圓買。

「阿良良木，你在想沒禮貌的事。」

「妳為什麼莫名敏銳啊……」

甚至不准別人在內心發牢騷？

她對自己的負面評價管太嚴了吧？

「阿良良木，我話先講清楚，在我半徑兩百公尺以內，你的內心沒有自由的權力。」

「這是苛政呢。」

「你的表現不自由、信仰不自由與思想不自由受到保障。」

「這是暴政吧？」

而且管轄範圍出乎意料地大。

天底下哪有這種人？

「世人稱我為『紅心女王』。」

「愛麗絲夢遊仙境？」

「或是稱我為『赤之他人』。」（註4）

註4　日文「陌生人」的意思。

「根本就被討厭了吧？」

「也有人稱我『鮮紅謊言』。Red Fake。」（註5）

「這是什麼別名？聽起來很帥，但妳根本被討厭至極吧？」

「……咦？我是不是被討厭至極啊？這樣的我，今後的人生沒問題嗎……」

戰場原似乎突然不安起來，停下腳步開始認真思考。

這個情緒不穩定的傢伙……

我剛才頗為認真打算中途道別，卻很難將這種傢伙留在光天化日之下。我覺得好好送她回家是朋友的義務。不，即使不是朋友，也是公民的義務……

「糟糕，得想辦法討好世間才行。我可不想繼阿良良木之後被稱為討人厭的傢伙。」

「……妳真的想成為我的朋友嗎？想和我做朋友嗎？」

「當然想。我想成為阿良良木的敵友。」

「意思是敵人加朋友嗎？」

「沒錯。換句話說我們是敵人，也是朋友……」

「慢著，是敵人又是朋友的傢伙，根本是敵人吧？」

註5　日文「純屬謊言」的意思。

不准講得像是競爭對手的關係。

我和妳沒什麼好競爭的。

「順帶一提，我最討厭那種宣稱自己完全沒朋友，卻至少有朋友聽他講這種話的傢伙。」

「…………」

心胸好狹窄……

度量也太小了。

「我會很想告訴這傢伙，怎樣才真的叫作沒朋友。」

「免了啦，原諒這個人啦。因為妳已經有我了。」

「唔……」

戰場原看向我。以誇張的眼神看我。

我還以為會被她的眼睛吃掉。

該怎麼說，從她的個性考量，她大概也討厭像這樣自稱朋友的傢伙吧。

唔〜〜……

果然沒辦法像羽川那樣呢……

「呵，也對。」

片刻之後，戰場原這麼說。沒拿出釘書機或美工刀就這麼說。

我鬆了口氣。至今從來沒有這樣安心過。

「我就寬宏大量原諒你吧斑馬。」

「斑馬？」

「想說用動物當語尾或許會變可愛。」

「我完全看不出妳的個性……」

神祕過頭了。

過頭神祕了。

還是說，這該不會是她遮羞的方式？那她就有可愛的一面了。

「鬼故事啊……有就好了。」

即使確立要打工的方針，但戰場原像是姑且將我的提案納入考慮，像這樣展露出思索的樣子。

不過，這或許也是在遮羞。

「瞎掰鬼故事也是可行之道呢。」

「不可行。」

果然不可愛。

這傢伙居然面不改色企圖編故事欺騙我的恩人，欺騙她自己的恩人。

「哎，確實……要是企圖編謊言賺錢，就和那個卑劣小子一樣了。」

「嗯？那個卑劣小子？妳在說誰？」

「咦？啊啊……只要我提到『卑劣小子』，就一定是在說阿良良木。」

「慢著，從文理來看很奇怪吧？」

「哎呀……」

此時，停在原地的戰場原突然動了。

而且不是往前，是往旁邊。換句話說是忽然從人行道跳向車道。

我不可能理解戰場原為何突然這樣行動，不過雖然交情稱不上久，至少也是從昨天就共同行動，所以我已經習慣她的古怪行徑，反射性地擋住她的去路。

摟住她的肩膀阻擋。

即使是女生，但終究是一人分的體重，所以擋住她的時候，雙手果然傳來沉重的感覺。

和昨天——昨天在階梯接住戰場原的時候不一樣。

「……什麼事？」

「咦？」

「不要隨便摸我。」

「啊，抱歉。」

我放開戰場原的肩膀。

「只是因為妳好像突然要衝到馬路上……」

「怎麼了，以為我要自殺？一時衝動？」

「該說是一時衝動嗎……」

雖然講出來不太好，但這個傢伙確實令人擔憂。

即使對抗病魔的生活結束，但這件事在她內心應該還沒完全結束吧。除去非得到醫院接受精密檢查的要素也一樣。

「放心。我和一天自殺三次，把自殺當吃飯的你不一樣，不會自殺。」

「我可沒以這種吃藥的心情自殺啊。」

「咦？那為什麼全班女生都叫你『自殺同學』？」

「咦？原來全班女生都這樣叫我……？」

那我不就真的是自殺哥了？

我想這肯定是謊言，卻還是挺在意的，改天好好找羽川確認吧……不過要是問「全班女生怎麼叫我」這種問題，羽川可能會嚇一跳吧……

「那我這個『自殺同學』想請教一下，妳為什麼突然想衝到馬路上？」

「不是想衝出去，只是想看一下那個。」

「『那個』？」

我看向戰場原手指的方向。她指著馬路對側人行道……的電線桿。不對，正確來說不是電線桿，而是電線桿的基部。

那裡擺著一束花。

而且是全新的花束。

那裡不是供花台，所以是……

「電線桿擋到視線，看不到那裡有什麼東西，所以我才想換個角度。看來這附近發生過車禍。」

「似乎是這樣……最近發生的嗎？」

從補習班廢墟通往戰場原家的路，不是我平常走的路，真的不在我熟悉的範圍，所以無論這裡發生車禍或是什麼意外，我都無從得知。不過……

「不過，要是妳因為那束花而分心被車撞，出車禍的人也不會瞑目喔。小心一點。」

說來悲傷，聽說世間可能會發生這種二次意外。像是駕駛分心注意「前方車禍頻傳」的告示而和對向車相撞。

「我至少好好確認過沒有車子經過啦，不需要卑劣小子的擔心。」

「我擔心的是把朋友稱為卑劣小子的妳。」

而且，感覺她說「確認過」是騙我的。

她看起來完全被花束吸引注意力。加上她昨天從階梯摔落的事件來看，這傢伙或許出乎意料地冒失。

神經質又冒失，簡直是最糟糕的組合。

明明好不容易治好「病」，但要是沒陪著她，她似乎會死掉。這傢伙是瀕臨絕種的動物嗎？別說送她到家門口，我甚至想送她進家門。

唔～～我和一個麻煩到恐怖的傢伙成為朋友了……

「我想起來了。」

「嗯？」

戰場原突然這麼說，所以我歪過腦袋。

「想起來？妳想起什麼？我的尊嚴？還是對我謝罪的禮儀？」

「不存在的東西，我想不起來。」

「這樣啊。」

「我想起來的是『恐怖故事』喔。阿良良木……」

「什麼事啊？」

「這是公主大人的命令。交給你處理了。」

「……………」

天底下哪有這種語氣的公主大人？

003

我依照戰場原公主的命令，在隔天的五月十日清晨，來到直江津高中的校舍樓頂。獨自前來。

依照事情進展，原本戰場原應該也要同行，不過很可惜，從今天起的這段日子，她非得每天前往平常去的醫院。

所以我以「朋友」身分代替她行動。不，與其說朋友，總覺得她把我當成下人使喚，不過我沒理由拒絕她的請求。

畢竟我很閒。

「拜託了。事成之後，我會再度露胸部給你看。」

「不用露了。」

不准說「再度」。

雖然包含這樣的拌嘴，總之我爽快答應，依照戰場原的吩咐來到校舍樓頂。

「校舍樓頂？哪間校舍？」

「哪間都可以。因為每間都是『這樣』。」

既然戰場原這麼說，所以我先選擇自己班級所在的校舍，爬上樓頂。不對，我這樣講，聽起來或許像是按照正當程序爬到樓頂。

不過，直江津高中的樓頂基本上都是封鎖的，禁止一般學生進出。通往樓頂的門上鎖，別說一般學生，比一般學生還不如的我，原本無法進入這裡。

所以，說到我入侵屋頂——非法入侵屋頂的方式，就是從頂樓窗戶沿著校舍外牆爬上去。

手稍微打滑就會立刻沒命。

為什麼只是前天認識的女生拜託，我就不惜冒這種危險？我自己也難以理解原因，但我或許出乎意料渴求著「朋友的委託」。

唔～～……

雖然我已經撤回「交朋友會降低人類強度」這個主義，不過一旦遇到這種局面，就覺得這個主義果然沒錯……

姑且為了戰場原的名譽解釋一下，她肯定沒想到我會做到這種程度。

而且，戰場原是這麼說的。

「拜託跟你要好的羽川同學吧。只要羽川同學編個理由向老師申請，老師肯定會樂於出借通往樓頂的鑰匙。」

總之，只要由優等生羽川出面拜託，無論再怎麼強人所難，老師也大多會答應吧。但我基於對羽川的顧慮沒這麼做。畢竟發生過黃金週那件事，我不願意過度依賴她。

哎，雖說是危險的行為，也只是爬校舍外牆。這當然不是我主動想這麼做，但是只要回想起黃金週的那場惡夢，回想起春假的地獄，這種事對我來說沒什麼風險。

然後……

「啊……真的耶。戰場原說的沒錯。」

我從外側爬上屋頂圍欄，腳踩屋頂瓷磚的時候，得知戰場原沒有騙我。若問我是否曾經覺得是謊言，哎，我曾經覺得可能是謊言。

沒有啦，雖然這麼說很抱歉，不過那個傢伙把說謊當呼吸那麼簡單，我無法輕易將她說的話照單全收。

得好好擦亮我的鷹眼才行。

我致力於擦亮眼睛檢視，所以不小心忘記預先說明，不過說到校舍樓頂有什麼事正如戰場原所說（由於我質疑她可能說謊，所以到這裡為止都刻意沒詳加說明），就是花束。

花束。

靠近屋頂圍欄的某處，擺著以塑膠紙包裝的花束。像是擺著，也像是供奉。

總之，本應禁止進入的樓頂，有一束全新的花。

「…………」

戰場原昨天發現路旁電線桿擺著頗新的花束，似乎因而想起樓頂的花束。反過來說，代表這件事不足為提到令她忘記。

只是不足為提，會輕易忘記，不經意回想起來的事。

不過，即使不足為提，她依然覺得不可思議。

「慢著，戰場原……到頭來，妳為什麼去了樓頂？」

昨晚，依然對她的發言充滿質疑的我，為了稍微得到證實而這麼問。

「樓頂禁止進入，妳是怎麼進去的？」

「雖然沒羽川姊姊那麼優秀，但我也是優等生喔。只要編個藉口拜託老師，只是借個鑰匙完全沒問題。」

「或許吧，但是不准用『羽川姊姊』稱呼羽川。」

「哎呀哎呀，你想主張只有你可以叫羽川『姊姊』？」

「我也沒這麼叫過。」

戰場原不知為何胡亂推測我單戀羽川。不知道她是基於什麼根據……

「那麼，總之現在先不提這個，先放到一邊。妳什麼時候去樓頂的？去做什麼？妳剛才說『編個藉口』，看來妳沒對老師說實話……」

「唔哇，好土。你在強調自己有推理能力。」

「…………」

看來我沒權利深入推敲戰場原的話語。總之我每講一句話就會被她攻擊。繼續這樣回憶將會沒完沒了，所以這部分容我割愛。

「總之，我就讀直江津高中之後，考量到我的身體有異，我採取了某種有益的行動。」

這就是戰場原當時說的話。

先不提她為何講得像是雙關語，總之她這個女生對旁人的戒心很重，甚至在班上通訊錄也是寫假地址。

羽川在報考時或是入學後，曾經調查過直江津高中。戰場原基於不同的意義也徹底調查過直江津高中，確認哪裡危險、哪裡安全；誰是己方、誰是敵方。

不只是剛入學那時候，這兩年來，她一直像這樣繼續追蹤調查。既然這樣，她應該早就知道我不久之前到中庭花壇毀掉的那座小廟，不過她應該是判斷那個東西是「安全」的，不以為意而忽略吧。

禁止進入的樓頂擺放的花束，同樣是她忽略的事物之一。

「雖然不是怪異奇譚或鬼故事，不過仔細想想，這是不可思議的事吧？」

是的。

這是不可思議的事。

因為，羽川也說過。

在直江津高中十八年的歷史中，未曾發生任何學生死亡的事件。

所以，像這樣如同曾經有人從校舍樓頂跳樓自殺般供奉花束，是不可思議的事。

「…………」

和路過學生將零食供奉在陽春小廟不一樣，是如此正統的獻花。

我抓住樓頂設置的水塔梯子，爬到更高的地方，環視其他校舍的樓頂。結果也正如戰場原所說。

所有校舍的樓頂，都各自擺放一束花。雖然只是遠眺無法確定，不過就我所見，花束的花都是相同種類……

「……………」

羽川——調查校內的「學校鬼故事」想提供給忍野做為謝禮的羽川，居然不知道這件事……原因應該是她和戰場原不同，只會調查「合法」的場所吧。

那個傢伙確實也不是無所不知呢……在這種場合，知道這件事的戰場原比較奇怪，應該說恐怖……

「明明沒發生過跳樓自殺的案件，卻一直神不知鬼不覺，不為人知，偷偷在所有校舍樓頂供奉花束。忍野先生會想要這種情報嗎？」

戰場原照例面無表情，以平淡的語氣說。

「具體來說，有十二萬圓左右的價值嗎？」

「……………」

居然想倒賺兩萬圓。

這傢伙的個性真的很怪……

感覺她的個性因為生病、因為怪異而扭曲，而且也確實很扭曲，但我覺得即使不討論扭不扭曲，她的個性也怪透了。

她說「深閨大小姐」這個稱號來自她的好演技，那麼如果沒有這層偽裝，她究竟會得到什麼稱號呢……

總之，戰場原的說法就此得到證實。

這麼一來，我該做的就是將這件事原封不動告訴忍野。

這種說法聽起來像是我態度平淡，對這件事完全不感興趣，但我個人對於忍野如何解釋這個狀況感興趣。

獻花給不存在的自殺者。

花束。

其中是否有明確的目的或意圖？還是——

「……總之，不提這個。」

我輕聲說。

在水塔上面說。

「該怎麼回到校舍呢……」

004

「上去容易，下來難。哈哈，簡直和人生一樣呢。所以，阿良良木老弟，你實際上是怎麼下來的？」

先不提收集怪異奇譚是基於興趣還是工作，看起來很喜歡聽我失敗事蹟的忍野，以一副非常快樂的模樣詢問。

事不宜遲，我當天放學後就造訪補習班的廢棄大樓，卻沒想到他先問的是我的冒失。

看向教室角落，金髮幼女板著臉看我。看來無論是怪異奇譚或失敗事蹟，我講的事情對她來說都沒那麼有趣。

總之，無論在講什麼，只要是關於我的事，那個傢伙肯定都不會愉快吧。

「沒有啦，總之就是正常下來。很正常地努力下來。翻越圍欄，以手腳抓住外牆，爬回上去時打開的頂樓窗戶。」

「哈哈，那你真是努力呢，阿良良木老弟。該不會懷念起吸血鬼之力了吧？只要擁有吸血鬼之力，以校舍樓頂那種高度，直接跳下來都沒事喔。」

「哎，應該沒事吧……但我完全不懷念就是了。光是類吸血鬼的力量，我就完全承受不起了。」

「嗯，說到類吸血鬼的力量……」忍野朝教室角落的幼女示意。「阿良良木老弟，這週末左右得餵小忍血喔，不然那孩子輕易就會死掉。」

「……知道了。」

啊啊。

這麼說來，忍野幫那個金髮幼女取名為忍野忍。老實說，我還完全不習慣，但也不能叫她真正的名字，所以我非得硬是讓自己適應。

「要餵忍血。」

話說回來，我覺得從黃金週開始，似乎太常來這座補習班廢墟了。我為什麼要將高中時代，將人生中僅有一次的這段寶貴青春，用來在這棟廢棄大樓見這個輕佻大叔？

哎，忍野那傢伙在這棟廢棄大樓也住得挺久了，所以與其說他輕浮，應該說他成為一個邋遢的大叔……

「…………」

雖然這麼說，但我其實不認為高中時代是人生中僅有一次的寶貴青春。雖然是人生中僅有的一次，而且應該是青春沒錯，卻不覺得寶貴。

我覺得這是一吹就飛走般的縹緲玩意。

發生一件怪事就灰飛煙滅的玩意。

說到青春也沒什麼。

春天過了，也只會迎接夏天。如此而已。

「所以忍野，怎麼樣？我剛才講的這件事，有沒有十二萬圓……更正，十萬圓的價值？」

「唔～～……」

「怎麼了？」

忍野照例故作思索般沉默，我也不得不繼續詢問。

「沒有啦，不是全額也沒關係啊？就算十萬圓太多了，也可以改成八萬圓，或是五萬圓……」

「…………」

「或……或是兩萬圓……」

啊，看來不行。我開口時就這麼認為。

雖然忍野沒有好懂到光看表情就猜得出內心，但我還是有直覺在運作。該怎麼說，完全無望。

羽川提供那間小廟的事情給忍野時，忍野還一副感興趣的樣子（如果羽川當時請款，忍野應該會付錢吧），但這次看起來和那時候不一樣。

「阿良良木老弟，你知道那位小姐的電話號碼或電子郵件網址嗎？」

「不，我沒問……」

忍野突然這麼問，我老實回答。

「早知道前天應該問的。那麼阿良良木老弟，你現在聯絡不上那位小姐？」

「算是吧……沒有啦，我打算過一陣子問她。不過……」

用不著像這樣講得瞧不起人吧？

我不習慣和別人交換電話號碼。

「為什麼要聯絡？」

「希望你這樣告訴她…『無法回應您的期待，請另外想辦法籌措費用。』」

「…………」

總之，我早已做好心理準備，所以不感驚訝。

何況這件事也用不著聯絡。戰場原本來就打算好好靠著打工還清十萬圓。

該說這始終是備案嗎……

所以我和她說好，死馬當活馬醫的這個方案如果成功，就會在今天回報。換句話說，如果我沒回報，那個傢伙應該不會有什麼特別的感想，而是開始翻打工雜誌找工作吧。

…………只是我直到忍野指摘才發現，假設戰場原這個情報值錢，不知道她電話號碼的我，得專程再度造訪她住的公寓……

亂七八糟。

走在時代尖端的高中生完全不會這麼勤快。不，我完全不把自己當成走在時代尖端的高中生就是了。

「這樣啊。哎，那你就等下次在學校見到她的時候正式轉達吧。」

「嗯……總之，那個傢伙這幾天都要去醫院，應該不會來學校……不過將來回報這件事的時候，如果我沒說明理由，就會被那個傢伙殺掉，所以可以告訴我這個情報為什麼一文不值嗎？」

「講一文不值就太誇張了。只是因為我不寫帳簿，所以記帳的時候得省略零錢，否則收支會混亂。」

「零錢……」

他說的「零錢」大概是哪個範圍？

就我的感覺，五百圓硬幣已經很難形容為零錢，假設他說的零錢包含五百圓硬幣，那麼他這種省略零錢的做法，感覺不是把我的情報當成沒價值，而是在嘲諷這個情報的價值。

該說不貼心嗎……這個傢伙真的可能會這樣暗諷呢……我由衷慶幸戰場原不在場。很可能演變成春假或黃金週那種激戰場面。

唯獨這種結果非得避免才行……

「哈，怎麼啦？阿良良木老弟真是有精神啊，是不是發生了什麼好事啊？」

「不，該怎麼說，我個人只是想做好萬全準備，避免壞事發生……」

因為擔憂將來，所以我對忍野這句老話的反應也變得有點遲鈍。忍野對我的失敗事蹟一笑置之，但他似乎沒有無情到對於擔憂未來的我一笑置之。

「這樣啊。說得也是。」他說。「原本很想收取諮商費，但我和阿良良木老弟也算是老交情了，只有這次破例免費告訴你吧。」

「……感謝幫忙。」

即使基於不良心態，但是明明在幫你完成收集怪異奇譚的工作，為什麼反倒得付錢給你？我原本也想這樣反駁，不過既然他肯免費告知就再好也不過了。

不過，忍野是這樣回應我的。

「我沒幫你。人只能自己幫自己。」他這麼說。「首先，關於阿良良木老弟你們看到的車禍現場……那裡在上個月發生死亡車禍。想過馬路的行人被小貨車撞死。」

「是喔……這樣啊，你居然知道呢。」

「那裡距離這座補習班廢墟很近，而且用不著阿良良木老弟幫忙，我原本就為了收集怪異奇譚而走訪各地調查，當然會知道。」

「這樣啊……」

聽他說用不著我幫忙，明顯有種疏離我的感覺……不過無疑是事實。而且忍野講話本來就是這種拒人於千里之外的調調。

雖然早就知道，但是某人遭遇車禍而喪命，實在令人痛心。但我不知道對方是住在哪裡的誰，所以要哀悼也有極限。

在那裡放花束的恐怕是死者親屬吧，雖然我的心意比不上他們，依然姑且在內心祈求死者一路好走。

「總之，我的職銜不是車禍調查官，並沒有詳細調查這件事……不過那邊的構造原本就容易出車禍。雖然這次的原因是行人擅自過馬路……」

忍野繼續說明。

我覺得這傢伙應該不會悼念他人的死，不過這部分從人性觀點來說，或許我才會被當成偽君子吧。

「就算不是這樣，就算不是死亡車禍，也經常發生車輛自撞或擦撞之類。」

「是喔……哎，畢竟戰場原也差點衝到馬路上……」

當事人說已經確定安全，不過人們在那種狀況大多會這樣說吧。或許出車禍之後也會講相同的話。

「啊，但戰場原當時是被供奉的花束吸引注意力，不是道路構造的問題。」

「嗯，總之，也有這種狀況。關於這個，某些部分令我在意，卻也不能無視於遺族的悼念之意，所以晚點我出門的時候，稍微調整那束花的位置吧。」

「……嗯，就這麼做吧。」

我甚至應該在昨天就這麼做了。想到這裡，我就搞不懂自己是以什麼表情講出「就這麼做吧」這種話，總之也只能說是以我自己的表情吧。

這傢伙明明對我這麼隨便，卻在這種地方很貼心……

「不提這個，忍野，回到正題吧。」

「沒有正題可以回。我一直都在講正題。好啦，問題在於你就讀的高中，明明沒人從校舍跳樓自殺或意外墜樓，所有樓頂卻不知為何都擺著花束。對吧？」

「嗯……啊，啊啊，沒錯。」

戰場原對我取了「自殺同學」這個不得了的綽號，我的想法不禁被引導，不過一般來說，從樓頂摔下來也可能是意外墜樓。

比方說，如果我今天早上摔下去，就是意外墜樓了……

「總之，先不提實際上有沒有人墜樓，樓頂確實是容易出意外的地方，所以禁止進入。」

「哎……畢竟開放樓頂的學校，都會架設高到誇張的圍欄。不過直江津高中的圍欄不高，我甚至可以從外側翻過去。」

「是啊……總之無論是馬路或校內，都有容易發生意外或案件的地方。簡單來說，就像是靈力地點的相反？」

「……也就是靈力不佳的地方？那個，確實有這種地方吧？像是鬼門方位之類的……」

我再度努力想展現依稀記得的知識。

「不，和你說的這個不一樣。」

但忍野一句話就讓我的努力白費。

看來這傢伙不想栽培我。

要是我天賦異稟怎麼辦？

…………但我不知道我有什麼異稟。

「靈力不佳的地方當然存在喔，而且我也正在調查。」

「？」

「沒事，忘掉吧。這件事對阿良良木老弟來說還太早，而且也不用你管。接下來真的得回到正題了，都是因為阿良良木老弟離題，損失了寶貴的時間。」

「不，現在並不是需要這麼著急的局面吧……」

總覺得他硬是想含糊帶過……算了。我並不是想知道忍野工作的詳細內容。但我覺得他因為吸血鬼事件前來之後，在這座城鎮逗留了很久。

「這是時間的洛杉磯。」（註6）

「……既然有時間講這種冷笑話，希望你也可以陪我閒聊一下。」

「雖然那條道路沒這麼嚴重，不過就我這種旅人來看，全國各處都有容易發生意外的地方。例如這裡架設天橋擋住視野，或是這裡施工就看不到另一邊的人車衝出來。此外，也有某些地方很容易被自殺者選為輕生地點，也就是所謂的自殺聖地……不過這始終是基於地形或環境的問題，和靈力要素無關。」

「……是喔。哎，聽你這麼說或許是吧，但這不像是怪異專家講的話。」

註6　日文「洛杉磯」片假名頭尾兩字組合起來是「損失」。

「沒有啦，現在只要發生什麼負面形象的事，經常會推到怪異的頭上，我對這樣的風潮感到憂心喔，哈哈。」

忍野這樣笑了。

聽起來莫名覺得精神可嘉，不過在某方面來說，怪異的職責就是扛起社會的負面形象，這樣講下去就變成雞生蛋還是蛋生雞的無限迴圈了……

「我並不認為這次的事件和怪異有關。畢竟這不是『恐怖的事情』，也不是之前那座小廟那種『詭異的事情』。戰場原也是直到昨天才想起來，頂多就是有點在意……只覺得『有點不可思議』罷了。」

「『有點．不可思議』是吧？」（註7）

「不，我在這裡並沒有要提到藤子不二雄老師。」

不過，語意就是這種感覺。

這是什麼？

大概是這種感覺。

不是SF，是NK。（註8）

註7　藤子不二雄老師SF短篇漫畫集。SF是日文「有點・不可思議（Sukosi Fusigi）」的縮寫。

註8　日文「這是什麼（Nanikore）」的縮寫。

「如你所說，那條道路發生車禍，應該不是怪異幹的好事。戰場原衝到馬路上，也不是因為怪異或靈力，單純是花束角度的問題。」

「是啊。不過這或許也可以說是地形或環境的問題。所以我打算等等去調整那束花的位置。接著，忍野對我這麼說。「阿良良木老弟，既然供奉的花束可能造成意外，不覺得反過來的狀況也可能發生嗎？」

005

接下來是後續，應該說是結尾。

雖然這麼說，但這次的結尾是滿久以後的事。因為我聽過忍野的說法就「接受」了，換句話說，我內心感受到的「不可思議」完全消除，因此沒有向戰場原回報這件事。

我當天沒再度聯絡的戰場原，也不再提及這件事。我好歹想過等到下次見面再告訴她，但我們下次見面時，也就是五月十四日星期日那天，發生了相當重大的事件，雖然這麼形容不太好聽，但這件事就這樣不知不覺不了了之。

戰場原應該和之前一樣忘了這件事吧。

我也和她一樣忘了這件事。

我直到五月下旬左右才回想起來。

「我想起來了。」

我對戰場原這麼說，提到這件事。

「總歸來說，那束花似乎是校方管理樓頂的做法之一。」

「管理樓頂？」

戰場原做出「聽我提及才想起這件事」的反應，但她不愧是才女，似乎在一瞬間就想起一切，如此回應。

「沒錯，和管理鑰匙或架設圍欄一樣。不過和這兩種做法比起來，比較像是求個心安，當成咒語或平安符那樣。」

「將花束擺在樓頂算是什麼管理？當成空中花園之類的嗎？那這種品味還真差。和阿良良木的服裝品味一樣差。」

「不准莫名其妙批判我的服裝品味！」

「你這身學生制服是怎樣？」

「便服就算了，不准批判學生制服！妳想和直江津高中全校男生為敵嗎？」

「和阿良良木以外的所有男生為敵，我一點都不怕。」

「我的意思是在這種狀況，我也會變成妳的敵人啦！不過，這種品味確實很差就是了……」

「對吧？」

「不，我不是在說我的品味或學生制服，是花束。這個企圖的品味很差，也不知道是誰想出來的，不過放一束像是示意『某人在這裡死掉』的花，反而可以當成『這裡很危險喔』的警告……」

「代替警告……？類似『前方車禍頻傳』這樣？」

「嗯。自殺聖地似乎也有呼籲停止尋短的看板……不過自殺聖地也可能是因為這種看板而成為自殺聖地……總之，應該是有人覺得光是說明『此處很危險』過於平凡，效果不佳吧。明示『這裡曾經有人死掉』的訊息還是比較震撼。」

「…………」

雖然也有戰場原這樣分神注意花束而衝到馬路的例子，不過正如忍野所說「反過來的狀況」，一般要是看到這種花束，應該會認定這裡曾經發生意外，覺得這裡可能危險而提高警覺吧。

校方為了提醒學生注意，所以擺放花束。

「……像是放烏鴉屍體趕烏鴉？這麼做就會讓烏鴉提高警覺不敢靠近……不過這麼做真的有實際效果嗎？如果不是放花束，而是和趕烏鴉一樣，真的放一具意外喪生的屍體就算了……」

「不准提這種恐怖的點子，妳是惡魔嗎？總之忍野說這算是求個心安，近似玩心的做法。原本只要鎖門並且架設圍欄，就足以防止墜樓了，但這樣還稱不上完美。畢竟確實有學生和妳一樣編謊言前往樓頂。」

「慢著，阿良良木，別把別人講得像是騙子好嗎？我只是口才高明罷了。」

「明明是惡毒吧？講話又高明又惡毒根本爛透了吧？所以說，既然管理稱不上完美，校方就用這種做法求個心安，並不是一直供奉花束給不存在的死者。」

「是喔……原來如此。」

戰場原一副可以接受的樣子。

總之，聽到這樣的說明，就覺得是如同理所當然、習以為常，毫無質疑餘地的解答。

沒有任何「不可思議」可以介入的餘地。

怪異更不用說了。

雖然是有失體統的有趣話題，但至少應該不是忍野想收集的話題。

難怪會說只有零錢程度的價值。

這麼一來，我認為羽川或許出乎意料知道這件事，而且連真相都知道，所以沒將這件事告訴忍野。

「不過，又產生新的不可思議了。忍野先生為什麼知道這件事？難道是早就知道類似的例子嗎？為什麼他光是聽阿良良木說完，就可以斷定到這種程度？」

「不到斷定的程度就是了……其實我跟妳都誤會了一件事……妳想想，無論是意外還是自殺，如果是墜樓死亡，花束放置的地點不會是樓頂吧？」

「啊……」

「應該是摔落的地面吧？」

如果是車禍，終究不能將花束擺在喪生的馬路正中央，但若發生墜樓意外，通常都會在地面供花。這是當然的，因為墜樓者不是死在樓頂，是死在地面。

「原來如此……這是我的誤會。不過任何人都可能出這種錯。」

「妳為自己辯解得真快……」

「總之，雖然是求個心安，不過這是防止有人墜樓，即使策劃的人早就知道這個問題，也只能將花束擺在樓頂吧。不過，今後應該不會再這麼做了。」

戰場原說完仰望校舍樓頂。仰望正在改建，正在架設全新高大圍欄的校舍樓頂。

是的。

樓頂開始改建，是我回想起這件事的契機，而且晚了將近二十天才向戰場原回報這件事……但我並沒有消除內心的鬱悶，並沒有感到舒暢。

如果我一直忘記這件事，我反而會比較輕鬆。因為現在樓頂之所以被迫進行這種改建，是因為出現「不久之前有學生從校舍外牆爬到樓頂」的傳聞。

校方也沒想到居然有笨蛋從外牆入侵樓頂吧。畢竟花束不可能對外來的入侵者有效。

重新架設圍欄。

工程費應該不只十萬圓吧。

而且，如果校方查出入侵者是我，我應該不會只有退學這麼簡單。指使我這麼做的戰場原，當然也不會好過……

「……阿良良木。」

「我知道，這是只屬於我們兩人的祕密。」

「不……光是當成祕密不太夠。」

「既然不太夠，那妳究竟想怎麼做？」

「當然是和至今一樣那麼做。」

「和至今一樣？」

「忘記吧。雖然這麼說，只有欠忍野先生的十萬圓，必須趁著沒忘記之前解決才行。」

戰場原黑儀照例以感受不到情緒的平淡語氣說。

第三話　暦・沙

UN	MON	TUE	WED	THU	FRI	SAT
				1	2	3
4	5	6	7	8	9	10
11	12	13	14	15	16	17
18	19	20	21	22	23	24
25	26	27	28	29	30	

6

June

001

我和八九寺真宵相互認識、相互了解的地點，是一座我念不出名字的公園，不過後來我總是在道路上遇見她。

當初她在公園時，也是想去找母親而迷路，因此我覺得她或許對於「道路」有自己一套獨特的見解，所以我曾經這樣詢問八九寺。

妳對於自己走的路，究竟有什麼想法？

換言之，正是問她如何審視自己走過的人生。

為求謹慎，我要預先聲明，我不覺得自己有資格問這種問題，也覺得她抱持何種想法活下去都完全和我無關。

形容成「無關」太冒失了，總之八九寺想過什麼樣的人生是她家的事。如果這種講法也過於任性，我可以改口說這是她的自由。

因為即使是朋友，即使是羽川那樣獨一無二的朋友，也沒有權利干涉他人的生活方式。

如果是死亡方式，當然是想介入也無從介入……

「『路』對我來說……」

對於我的這個問題，八九寺是這樣回答的。

「是行走的場所。如此而已。」

慢著，這單純只是把「路」當成「道路」吧？

不是這個意思，不對，確實也是這個意思，但我想問的是概念上的「路」。

「不不不，阿良良木哥哥，這也一樣喔。路是行走的場所。」

即使我如此指正，八九寺也不改答案，一如往常笑咪咪地親切說下去。

「無論是怎樣的路，都是用來連結兩處的場所。不管起點在哪裡、終點在哪裡，這個定義都沒變。一般不會把不能走的場所稱為『路』吧？換句話說……」八九寺說。

「這條路是怎樣的路？通往哪裡？好像隨時會坍塌不太穩？要不要改走別的路？要思考這種事當然沒問題。即使如此，還是有一個禁忌絕對不能做。要是做了這件事，做出這件事的這一瞬間，路就再也不是路。」

我詢問這個禁忌是什麼，身經百戰的迷途孩子——八九寺是這麼回答的。

「就是停下腳步。」

要是停下腳步，路就不再是路了。

002

「啊……阿膩膩木哥哥，你好。」

「慢著，八九寺。不要把我叫成像是充滿倦怠感，完全懶得和我聊天。我的姓氏是阿良良木。」

「抱歉，我口誤。」

「不對，妳是故意的……」

「我可誤。」

「不是故意的？」

六月中旬。

月中。

我照例發現八九寺走在路上，一如往常叫住她。然後八九寺照例講錯我的姓氏。

而且這次的口誤方式很討厭。

不准膩。

我和妳聊天的次數還沒多到膩。我還聊得不夠。

讓我多和妳聊聊吧。

「請不要講得好像是口誤的我不對。只是因為我在正常講話的時候，突然出現一個姓氏很容易口誤的人吧？」

「不准把妳的講話和我的出現當成兩回事。不准切割。是因為姓氏容易口誤的我出現，妳才開始講話吧？」

「不過阿良良木哥哥，請你想一下。我經常講錯阿良良木哥哥的姓氏，但阿良良木哥哥不曾講錯我的姓氏吧？現狀只有阿良良木哥哥的姓氏會讓我口誤吧？換句話說，這都是阿良良木哥哥的錯。」

「為什麼講起道理怪我啊？邏輯根本不通吧？既然是妳口誤，當然是妳的錯吧？」

「總之，我在這件事確實不能置身事外，可以算是有誤。」

「居然連結到剛才說的『可誤』，從頭到尾都是妳的誤吧？」

我不經意心想，如果我講錯八九寺的姓氏，會是什麼樣的口誤？八九寺，八九寺，八九寺……

不行。

她的姓氏太好念了。

「所以，阿良良木哥哥……」八九寺切換話題問我。「今天要去哪裡？」

「如妳所見，我正要上學。上次不是說過嗎？我從吊車尾的不良學生轉職為正經的高中生了，所以要上學。」

「但是不正經的高中生也會上學啊？」

「不，八九寺，妳別小看我至今的不正經程度。妳覺得我一、二年級的時候假裝上學，其實都去了哪裡？」

「去了哪裡？」

「去購物中心購物。」

「這種不正經好膚淺呢……」

「而且因為沒錢，所以都是櫥窗購物。」

「你是輕熟女嗎？」

哎。

先不提「輕熟女」這個詞聽起來很神奇，不過現在回想起來確實覺得這種行動很神祕，搞不懂是在做什麼。

我不惜冒著被警方管束的風險，也想看店家的櫥窗？

可是當時的經驗完全沒讓我學習到東西……對於人生毫無助益。

「…………」

不對，不是這樣，當時的我大概不想待在學校吧，而且也難以待在家裡。

所以只要是學校與家以外的地方，無論是待在哪裡做什麼都好，肯定是因為這樣令我有種得救的感覺。

雖然不知道是被誰救，卻覺得像是得救。

「是喔……感覺這是腳踏實地在逃避現實呢。是地對空逃避呢。我一直覺得阿良良木哥哥沒救了，原來是這麼沒救的人啊。」

「喂喂喂，講得太毒了吧？」

「方便之後叫你『沒救沒救』哥哥嗎？」

「不准用關懷的語氣說我壞話！我原本的姓氏連一個字都不剩了！我從頭到尾都沒有誤啊！」

「慢著，不過這麼一來，這名字不值得流傳到後世了吧？」

「我沒想過在歷史留名，卻也不想留下『沒救沒救』這種名字！」

總之，雖然我聽不懂「地對空逃避」，但她說我「腳踏實地在逃避現實」確實沒錯。

該怎麼說，要是我維持那種作風繼續過高中生活，現在或許非同小可。

可能不只是踏入歧途的程度……

想到這裡，我在春假認識羽川、認識忍，以及在後來認識戰場原，對我來說或許是人生的一大轉捩點。

「哎，或許吧。因為走在路上也代表會認識別人。」

「喔喔，八九寺，講得真不錯呢。」

「就是說啊。所以阿良良木哥哥說的沒錯，認識這幾位姊姊，對於阿良良木哥哥來說是一大折返點。」

「不對不對！不是折返點，是轉捩點！如果是折返點也太快了吧？」

「別激動別激動，大家都說天才與笨蛋會早死喔。」

「現在我很明顯被歸類為笨蛋吧！居然說這是折返點？我現在十八歲，那不就代表我三十六歲會死掉？」

「啊，真意外。阿良良木哥哥，原來你會乘法啊。」

「妳……妳一直以為我連這個都不會？」

妳肯定知道我拿手的科目是數學吧？

這是我這種吊車尾可能轉職為考生的唯一根據，應該說指針。

「慢著，不過啊，阿良良木哥哥，先不提你數學拿不拿手，仔細想想，不覺得所有人都會乘法與除法是很厲害的事嗎？大家只是順著課程就學了，不過乘法與除法其實是相當高階的學問對吧？」

「聽妳這麼說……確實是這樣吧。雖然不知道是誰在什麼時候決定的，不過規定日本小學二年級要學九九乘法的人或許挺偉大的。」

這麼想就覺得「從小就要學英文」的觀點或許意外正確。

「總之為了考大學，我得先好好從高中畢業才行。之前我可能也說過吧，反正我現在就像這樣要去上學。了不起吧？和決定小學二年級要學乘法的人一樣了不起吧？」

「就說了，只不過是上學，大家都會上啊……」

「所以八九寺，我沒空陪妳了。」

至今配合八九寺速度推著腳踏車行走的我，再度跨上腳踏車。是通學用的菜籃腳踏車。不過非通學用的越野腳踏車在上個月意外損毀，所以如今不太需要為這輛菜籃腳踏車冠上「通學用」三個字。

前方的籃子明明不是媽媽買菜用的籃子，卻叫作菜籃腳踏車，仔細想想挺奇怪的……像我媽就不是騎這種車買菜。該怎麼說，她騎的是如同怪物的機車。

「後會有期。放心，沒什麼好寂寞的。等到妳想見我的時候，我又會瀟灑出現在妳面前。」

「這是永別的意思嗎？」

「為什麼啊？妳永遠都不想見我嗎？偶爾想一下啦！」

「但我不覺得『想見』，只覺得『啊，好瞎』……」（註9）

八九寺講得很抗拒。

對於說出耍帥台詞的我，她絲毫沒隱藏厭惡感。

被孩子討厭是讓內心大受打擊的事實，我沒能踩下踏板，錯失離開的良機。

那個……哎，這也是一個機會。有沒有什麼話該對八九寺說的？我心想。

啊。

對了。

那件事還沒對八九寺說。

「那個，八九寺……」

「餘1哥哥，什麼事？」

「餘1哥哥？這是什麼，是說錯我的姓氏？還是妳正在3除以2？」

「啊，請不用擔心，剛才不是口誤。是班上分組的時候不知為何常常餘1落單的阿良良木哥哥得到的新綽號。」

「妳說誰不知為何常常餘1落單啊？」

註9　日文「想見」與「啊，好瞎」音同。

為什麼每個人都想幫我取這種感覺很差的綽號？

「我得告訴妳一件事才行。」

「什麼事？」

「忍野……」我說。「忍野咩咩——妳也受過照顧的那位專家大叔，離開這座城鎮了。」

這是前幾天的事。

如同某天忽然出現在這座城鎮，忽然就離開這座城鎮。現在恐怕已經在某座不同的城鎮了。

大概和之前在這座城鎮一樣，繼續收集怪異奇譚，照顧我這種隨處可見又無可救藥的傢伙吧。

「這樣啊……還真是突然呢。」

「哎，確實很突然，不過那個傢伙原本就是浪跡天涯的無根草，待在這裡的時間算久了。嗯，妳沒當面見過他，或許不太關心這種事……但畢竟不是毫無緣分，所以我覺得姑且得通知妳一聲。」

「請不要說我不關心啦。說到我對那一位的感謝，阿良良木哥哥根本算不了什麼。」

「妳感謝他是好事，但是不用刻意排除我。我也相當感謝那個傢伙。」

「真的，我再怎麼謝謝如野先生也不夠。」

「妳說的如野先生是誰啊？不准把妳感謝的對象講得像是如果電話亭。」

「就算是如果電話亭，也是哆拉美的那一台喔。就是裝飾得閃亮亮那台。」

「不准說裝飾得閃亮亮。」

「是喔……不過，原來忍野先生走了啊……」

八九寺正常說出忍野的姓氏點頭。看來她說「如野」果然只是故意的（但她說錯我的姓氏也大多是故意的吧）。

「不過，這麼一來就傷腦筋了。阿良良木哥哥今後該怎麼活下去？」

「慢著，就算忍野走了，我也不會流落街頭啊？」

那個傢伙不是我的衣食父母啊？

總之，如果是關於怪異的事，我確實稍微過度依賴他，但今後可不行。

我們非得以自己的雙腳走下去。

走我們自己的路。

「總之，就算沒有流落街頭，也會覺得寂寞吧。啊，不過，阿良良木哥哥，那麼那件事怎麼樣了？」

「那件事？妳說哪件事？」

「又來了，居然裝傻～～真愛賣關子呢～～真擅長吊人家胃口呢～～阿良良木哥哥最會吊人胃口了～～」

「妳這是什麼角色……妳在學誰？」

這傢伙講出這種話之後，大多不會講什麼好話，也就是準備出招的狀態。好啦，這次她會出什麼招？

「啊，難道不要提及比較好？我該不會觸犯禁忌了？接觸到阿良良木業界的黑暗面了嗎？」

「阿良良木業界是什麼？這麼狹隘的業界沒有形成過。怎麼了，八九寺，妳想說什麼就說清楚，說得清清楚楚吧，這樣一點都不像妳的作風。」

「我可不希望阿良良木業界的人士批判我的作風。」

「我有沒有資格批判妳的作風另當別論，不准說我是阿良良木業界的人士。我就是阿良良木。」

「所以說～～就是這個啦，這個。」

八九寺以食指與拇指比一個圈圈。

GOOD！

OK！

如果不是這兩種意思，就是錢的手勢。

「……？」

不，我覺得應該是錢的手勢，卻不知道她為什麼突然做這種手勢。基於各方面的意義，我沒必要付錢給八九寺才對……

還是說，和八九寺聊天需要付錢？這個小學生使用這種像是夜店的系統嗎？

那我就不能貿然搭話了吧？

「咦？哎呀哎呀，反應真遲鈍呢。」

「不，我真的不知道妳想表達什麼……」

「啊，阿良良木哥哥，難道我這麼說比較好嗎？」

八九寺收起這個直截了當的手勢，改為端正姿勢，很有禮貌地這麼說：

「五百萬圓成功倒帳，辛苦了。」

「並沒有倒帳！」

啊啊，是這件事啊。原來如此。

我曾經向八九寺提到自己欠忍野五百萬圓。與其說提到，應該說找她商量。

感覺找小學生商量債務問題不太對，但我想和八九寺成為無話不談的交情。雖然這麼說，我卻沒說明後續進展。

換句話說，忍野發了關於怪異的工作給我……應該說他整個扔給我處理，因此這筆債務順利一筆勾銷。我錯失機會，沒將這件事告訴八九寺。只找八九寺商量，卻沒告知後續進展，我只能承認這是我的疏失。

不過，八九寺似乎解釋為忍野沒等我還清這筆債就離開這座城鎮。居然會這樣真是獨到的解釋。牽強附會也要有個限度。

這傢伙以為我是會欠債倒帳的傢伙？

「八九寺，妳聽好，我是有借有還的男人喔。」

「總之，該怎麼說……這個心態很好，不過是天經地義呢。」她的反應很普通。「到頭來，還不起就不應該借吧？」

「八九寺，這妳就錯了。這個社會基本上是以債務運作的。個人與法人都欠了一屁股債。像是卡債、房貸或擔保，所有人都是和別人借錢，並且拚命還錢。妳以為日本總共欠了多少錢？」

「聽你這麼說就覺得或許如此……不過這麼一來，這個世界真悲哀呢。」

「不悲哀喔。總歸來說，借錢是約定好的行為，是保證在將來、在未來賺錢之後肯定會還錢的信賴。換句話說，這個世界是以約定、未來與信賴運作的。」

「講得真好呢……」

「嗯。」

許多社會人在約定、未來與信賴的狹縫裡絞盡腦汁一籌莫展。這是祕密。

不久之前的我就是這樣。

哎，如果包含這部分在內，那麼這個世界或許是以約定、未來、信賴與祕密運作的。順帶一提，戰場原也好好將忍野那邊的債務還清了。

她和我不一樣，不是接工作償還，最後是支付現金。她擔任父親工作的助手賺取零用錢付清，算是打工吧。

當時我不經意就沒過問，不過只是短期幫忙就賺十萬圓，那個傢伙究竟幫忙做了什麼事啊……

「總之，我確實付清忍野那邊的債務了。是清償完畢的乾淨身體。」

「身體乾淨，內心卻骯髒嗎？」

「沒骯髒，我的心沒髒。我相信聖誕老公公是存在的。」

「你相信啊？」

「嗯。因為他至今也會送禮物給我。」

「都已經是高中生了，還在收聖誕老公公的禮物……？」

「怎麼樣，我擁有乾淨的身體與乾淨的心吧？說到我還沒還清的債，頂多只有向妹妹借的三千圓。」

「區區三千圓，請還給妹妹啦。」

「可以已讀不回，但是不能已借不還。這是我的原則。」

「難怪沒朋友……阿良良木哥哥不是有借有還的男人嗎？」

八九寺刻意嘆氣這麼說。

這麼說來，我似乎講過這種話，但我和八九寺對話的時候基本上都很隨興，可以認定我每翻一頁就會忘記上一頁講過的話。

「這樣啊。總之無論如何，債務還清是好事。唔～～我有點失望。」

「咦？為什麼？為什麼我還忍野錢會讓妳失望？妳希望我當一個永遠負債的人？難道妳覬覦我的地產？」

「阿良良木哥哥擁有哪裡的地產啊？不，我不是這個意思。那個，阿良良木哥哥上次不是說過嗎？」

「上次？什麼時候？」

「就是阿良良木哥哥被快腿學妹跟蹤的時候。你因為欠忍野先生一大筆錢，找我商量該怎麼做。當時我們不就討論到了嗎？用不著支付銀兩，如果有稀奇的怪異奇譚，或許可以換錢。」

「啊啊，記得當時這麼說過。」

哎，應該說過吧。

那時候真的被那個「快腿學妹」跟蹤到四處亂跑，老實說，我記得不是很清楚……但我確實和八九寺商量過債務的事，即使講到這部分也不奇怪。

但應該沒用「銀兩」這種說法吧……

「換句話說，就像是卡牌遊戲交換稀有卡那樣吧？」

「等等，妳用這種孩童方式的譬喻，很適合妳的小學生身分，不過這個譬喻好像和現實不太一樣……」

如果真的要用卡牌遊戲譬喻，就像是以現金買稀有卡那樣，果然很難稱得上是恰當的譬喻。

不可以讓好孩子模仿。

「所以，阿良良木哥哥，小女子不才我在那之後，希望可以盡量幫上阿良良木哥哥的忙，所以都會在散步的時候尋找這方面的題材喔。像是『怪異奇譚』或『鬼故事』之類的。」

「喔，喔喔！原……原來妳為我做這種事啊？」

我感動了。

為八九寺真宵的友情感動。

這個囂張的少女，居然會因為我的負債而心痛，並且助我還債……

我看錯她了。

還以為她只是一個討厭我的傢伙……這個小學五年級學生真了不起。

「真是賢內助！」

「不，說我是賢內助很奇怪……」

「真是工廠內！」（註10）

「不，我不打算為了阿良良木哥哥進入工廠生產線……總之，我為了阿良良木哥哥私下進行這個活動，卻以白費工夫收場，所以難免失望。」

「啊啊……這麼說來確實沒錯。」

「我失望的程度，大概是日本三大失望景點那麼失望。」

「沒這麼誇張吧？而且日本三大失望景點是什麼啊？」

「去過之後發現沒有想像中那麼失望，基於這層意義也令人失望的景點。」八九寺無奈地說。「原本打算將難得發現的題材高價賣給阿良良木哥哥，計畫卻告吹了。」

註10　日文「賢內助」的發音重新對調就變成「工廠內」。

「計畫？高價？咦，不是要給我嗎？不是要當成禮物送我嗎？」

「不是喔。」八九寺一副深感遺憾的樣子。「當成禮物送你是怎樣？要禮物請去找聖誕老公公要啦。我能為阿良良木哥哥做的，只有開課傳授成為正當人類的方法。」

「這堂課似乎不好上……」

而且，她的說法重新令我恐懼。

總歸來說，這傢伙原本想賣怪異奇譚給我嗎……想到她後來在鎮上閒逛都是為了這個目的，就覺得這個少女對金錢的執著非比尋常。

不是閒逛，而是到處找東西賣。

不對，以這傢伙的狀況，也可能不是為了錢，而是看著我背負更沉重的債務受苦而樂在其中……

真是有驚無險。

幸好忍野先分派划算的工作給我。

「哎呀～～這下子傷腦筋了。這次的先行投資真是敗筆。我原本想轉賣給阿良良木而找到的鬼故事，如今該怎麼處理呢？」

「慢著，我可不管啊。」

在這種時候，忍野不在就是很大的影響。即使我還清忍野那邊的債務，只要忍野還在這座城鎮，八九寺找到的鬼故事或許可以賣給他，藉以賺點小錢，但是在忍野怪談店結束營業的現在，這座城鎮沒人收購街談巷說。

唔～～……

外行人先行投資果然會失敗呢……真恐怖。

「阿良良木哥哥～～事到如今我不奢求五百萬圓，所以請買下來啦～～請低價收購啦～～讓我覺得做白工也沒關係嗎？世界上會少一個個性率直的孩子，相對誕生一個個性扭曲的孩子耶？」

「妳個性扭不扭曲都不關我的事。何況妳想賣鬼故事給朋友的這個時間點，妳的個性就相當扭曲了。」

哎，話是這麼說，即使八九寺刻意假惺惺表現出一副壞人模樣，但她為了我而行動應該不完全是說謊，讓她覺得做白工或許不太好。

不只是影響孩童的教育，要是她學習到「今後為阿良良木哥哥努力也是白費工夫」，可能會留下後顧之憂。

即使是這樣的傢伙，或許總有一天也幫得上我的忙，所以這時候對她好一點或許也算是妙計。

「哎呀？阿良良木哥哥，你是不是在打什麼鬼主意？」

「說這什麼話？我一直在為妳的友情感動喔。」
「感動得真久呢……動個不停呢。阿良良木哥哥，你情緒不穩定？」
「順便問一下，八九寺老闆，妳希望我開多少錢收購？」
「大概五十圓就好喔。」
「真便宜！」
我原本以為會更加獅子大開口。
這是怎樣？友情價？
「沒有啦，因為原本就只有這個價值。」
「妳想將原本只值五十圓的東西賣朋友五百萬圓？」
這樣根本不把我當朋友了吧？
是當成肥羊吧？
「妳要適可而止啊……不然就會出現『我背著蔥跑過來』的諺語了吧？」
「所以是鴨蔥哥哥呢。」
「妳說誰是鴨蔥哥哥？而且基於雙重意義，妳講得還真好！」（註11）

註11　日文以「鴨」形容「肥羊」，「鴨背著蔥跑過來」就是肥羊樂當冤大頭的意思。「鴨蔥」和「阿良良木」最後一個字同字。

我摸索褲子口袋，拿出剛好在口袋裡的五十圓硬幣。如果口袋裡是一百圓硬幣，我就會對她說不用找了。基於這層意義，八九寺真宵的運氣不好。

「所以是怎樣的題材？我就洗耳恭聽吧。」

「好的。那個，是關於沙子的事。」

「沙子？」

「是的。該說是沙子嗎……啊，不過阿良良木哥哥，在說這件事之前，我可以先問一個問題嗎？」

「嗯？什麼問題？」

「忍野先生離開那座補習班廢墟……那麼，之前聽到的那位吸血鬼，上次迷路的忍野忍姊姊，現在怎麼樣了？我不覺得忍野先生會帶她走……」

「啊啊，那個傢伙……」

我說著看向自己的影子。

深沉、陰暗、漆黑的影子。

「……不，如果我說完再聽妳說，我上學可能會遲到。所以我改天說吧。」

我以這個說法敷衍她。

003

八九寺說的是「沙子」，不過講得更正確一點是「沙地」——某座小公園的沙地。

不是我初遇八九寺的那座公園。總之，只要不是自己小時候遊玩的公園，所有公園看起來大致沒有兩樣，但是這座公園和我初遇八九寺的浪白公園（我不知道怎麼念）不同，在不算寬敞的區域設置了翹翹板、攀登架與單槓等種類繁多的遊樂器材。

當然也設置沙地。和滑梯成對的沙地。

總之，滑梯只是普通的滑梯，基於這層意義，沙地也沒有進行什麼奇特的設計，始終是普通的沙地。

不過這只限於「沙地」的設計。「沙子」本身確實如八九寺所說，發生異常的現象。

異常現象。

奇怪現象。

這種形容聽起來或許很誇張，不過要是在半夜突然看見、目擊這種東西，肯定會嚇一大跳吧。

「是的，我也嚇到了。不只是嚇到，還融洽了。」

「妳融入個什麼勁啊？」

「振作了。」

「這時候反倒該昏迷吧？」（註12）

雖然夾雜這種挺痛快的拌嘴，不過八九寺的說明大致淺顯易懂。她還沒和戰場原一樣，羅患每說一句就非得攻擊我才甘休的疾病。

不過，或許遲早會罹患吧……

這種病一旦罹患就很難根治，所以我希望可以努力預防。

在這之後，雖然預備鈴聲響了，但我勉強在正式上課鈴響前衝進教室，接著認真過了約六小時的學生生活，又到戰場原家溫書準備期末考之後，在回程路上前往八九寺說的公園。

現在是晚上。

或許可以說是深夜。

八九寺沒確認這座公園的名稱，我進入公園時也沒看到類似的看板。就算這麼說，只要看到這片沙地，就可以確定這裡是八九寺說的公園。

註12　日文「嚇到」、「融洽」、「振作」音近。

俗話說得好，百聞不如一見。

看到這片沙地就知道了。一目了然。

「只是……雖然不如一見，卻也不是看過就告一段落呢。」

即使陰暗，但是吸血鬼的後遺症使我擁有吸血鬼的視力，而且現在剛好發揮功能。如同安裝精密的夜視鏡。

而且，就我透過夜視鏡所見，這片沙地表面繪製了一幅「圖畫」。

與其說「繪製」，應該說是「浮現」。

該怎麼說，以吸血鬼後遺症看這幅圖畫的我講這種話也不太對，不過看起來如同惡鬼。

一幅陰森的圖畫。

如同沙子本身就是怪異。

「記得忍野之前說過……好像叫『擬像現象』……？人無論看見任何東西，都可以看成人臉……」

哎，我可以理解這種說法。

不過人臉就算了，鬼臉又如何？不，可是所謂的靈異照片，如果不是電腦合成出來的，大多只是把平凡的光影、霞霧或雜物看成「那麼回事」……

八九寺到處散步，想要尋找神奇現象或奇怪現象賣給我，才會在原本平凡無奇的沙地表面看出奇妙的圖樣吧。

我則是先被八九寺灌輸這個先入為主的觀念，再看到這面沙地，因此留下相同的印象。

四月的石像事件、五月的花束事件，也都有這種感覺。

所以在這次，我應該理所當然考慮這種可能性吧。不過前提是我和八九寺在同一天看見這片沙地。

沙子和石像或花束不同，雖然是固體，但整體來說沒有固定的形體。

有可能在不同的日子，同樣看到「惡鬼的臉」嗎？

雖然不是在討論情侶到沙灘寫下的情話，不過沙子基本上光是被風吹都會變貌，正因如此，沙地才可以成為遊戲場所。

八九寺在這座公園的沙地表面看見「繪製」而成的鬼，直到我今天來確認，大約半個月的這段期間，肯定有許多不同的孩童在這片沙地玩耍。

像是堆小山，在小山下方挖隧道，或是挖洞……甚至可能大顯身手堆出一座城堡。

肯定經歷這種過程的沙地，會再度呈現相同的樣貌嗎？換句話說，這片沙地存放的沙子，無論經過何種變化或塑造，都會回復為惡鬼的形態。

會回復的奇怪現象。

沙子簡直像是具備自我意志。

「……不過，記得有沙子的怪異吧？好像叫作灑砂婆婆？不對，以灑砂婆婆的狀況，妖怪是那個婆婆，不是沙子……」

如果不是妖怪而是超人，我就有記憶。

記得在《金肉人》這部漫畫，有一個叫作「陽光人」的超人……不過就算這麼說，我也不覺得這裡的沙子會突然變成人型襲擊我。

只是在最近，我連續兩次遭遇怪異事件差點沒命……所以一聽到怪異就反射性地提高警覺。

「…………」

好啦，確認花五十圓向八九寺買的情報不是假的，現在該怎麼辦呢？

不，我並不是基於興趣過來確認的。

地點是公園，如果沙地暗藏什麼實際的危機，我很難置之不理。雖然不知道就無須在意，但是既然知道了，我就不惜花點工夫處理。只不過是從戰場原家回程途中繞點路，就可以從這種奇怪的擔憂解脫，使我羞喜參半。

…………羞喜參半不是這樣用？

看來我的國文造詣還有待加強。

哎，總之，雖然我不像那兩個和我交惡的妹妹會主動到處找麻煩事，不過這次既然意外得知這個狀況，就不能置之不理。

不能扔著這種危險……應該說真相不明的沙地不理。

講得極端一點，要是在這裡玩的孩子被詛咒，那可不是開玩笑的。只是既然要調查，就得趕快調查才行。

在堪稱深夜的這個時間，來到無人公園玩沙子的高中生，搞不好比怪異更奇怪。

「哎……雖然這麼說，不過照常理推測，應該是某人的惡作劇吧。而且真的是在深夜來到無人公園玩沙子的高中生……」

我試著說出這個想法，卻覺得不太能想像這種人物。總之，只要去除「高中生」這個條件就不無可能。應該說很有可能。

在沙地表面畫圖惡作劇，想嚇唬來這裡玩的孩子……不，或許不是惡作劇。

或許是監護人幹的好事。

某些家長不喜歡自己的孩子在沙地之類的地方玩耍，弄髒雙手與衣服，所以用這種「繪畫」嚇唬孩子，讓他們嚇得不敢靠近沙地……即使不是這種神經質的原因，也可能是「夜晚公園」的管理問題。

如同直江津高中會在樓頂放花束，避免閒雜人等接近……慢著。

這麼說來，記得我好像和戰場原說好要忘記那件事，不能在這時候想起來。

總之，這是人為現象的可能性最高。忍野常說他無法接受世人遇到麻煩事都怪罪給怪異，我雖然不是推崇這種說法，不過在發生事件時，理所當然應該採用按照常理最高的可能性。

發生事件的時候別認為是怪異做的，而是人類做的，這種想法答對的機率比較高。雖然這麼說，留有吸血鬼後遺症的我講這種話，總覺得像是擺高姿態或是領悟什麼奇怪的大道理，換句話說就是沒有說服力。

到頭來，我像這樣來到這裡的時候，就已經從八九寺的說法充分懷疑這裡的「沙子」有問題了。

「那麼……」

我爬入沙地。一瞬間，我差點脫掉鞋子，不過記得沒規定沙地一定要赤腳才能進入。

唔～～……

我姑且是基於正經目的調查，不過這麼做實在是刺激童心呢……升上國中，應該說自從小學高年級之後，沙地基本上都是用來跳遠，不是用來玩耍。

返回童心的我，甚至想玩附設的滑梯，但這樣再怎麼說也玩過頭了。

只是在調查沙地的話還可以解釋，但如果周邊居民目擊我溜滑梯的樣子，可能會演變成嚴重事態。

「為什麼在做這種事？」

要是他們這樣問我……

「怪異，是怪異幹的好事！」

我可能會這樣回答。

在這種狀況，我被居民帶去的地方，大概不是警局吧……

「……嗯。」

我蹲在沙地，輕輕掬起沙子。我踏入沙地時，表面繪製的惡鬼面容就從完美形態被破壞了，我這個動作則是進一步破壞。

雖然我嘴裡說要調查卻主動破壞現場，但我不可能像忍野那樣，光是坐著就看透一切。

只能進行這種破壞檢查。

推理小說經常說保留現場是搜查的基本，不過就算這麼說，要一個外行人不破壞現場進行調查，實在是強人所難……

「……只是普通的沙子吧。不過，我又不是很熟悉沙子……」

看起來只像是公園沙地會有的平凡沙子。

實際上，我像這樣以調查為名義「玩沙」時，疑似「鬼臉」的圖樣消失得不留原形，而且當然也沒在不久之後復原。

「…………」

我試著堆一座小山。

我以為模仿孩童在沙地遊玩，可能會造成某些「反應」，但是也沒有。

只完成一座寒酸的沙山。

我大約深思一分鐘之後，自己推垮這座沙山，鋪平還原，將滿是沙子的雙手拍乾淨，離開沙地。走出來才發現，雖然我自認沒有玩得……更正，沒有調查得很激烈，但不知為何連鞋子都塞滿沙子。

總之，不只是沙子，像這種細小的顆粒，都會從任何地方以各種方式跑進鞋子吧……如此心想的我依序拿起兩隻鞋子，將裡面的沙倒回沙地。

我盡情亂踩破壞的結果，沙地成為普通的沙地。不過看這個狀態就知道，要重現那個「鬼」應該挺困難的。

即使是堆一座小山也意外地不容易。更不用說繪畫。即使畫的不是鬼臉，要在整片沙地塑造、畫出一張臉，得具備將整片沙地當成畫布的功力……講得淺顯一點，就是需要一些作畫實力。沙地姑且是立體的，所以與其說是作畫實力，應該說是雕塑實力？

至少我這個連小屋都釘不好的傢伙辦不到。難道這附近住著具備美術造詣的監護人或惡作劇分子嗎？

不，如果是這樣，或許對方是將這種行為當成藝術……或許不只這座公園，包含浪白公園在內，各公園的沙地都繪製類似的藝術作品。雖然也會質疑為何要選擇沙地繪製藝術作品，不過也可以解釋為「虛幻易毀才是藝術」吧。我完全無法理解這種想法，卻能理解這種想法確實存在。但我只當成在沙灘海岸線留下情話的等級……

「總之，既然留下吸血鬼後遺症的我，在沙地玩耍之後沒發生任何事，應該暫時不會發生什麼要緊的事吧。」

雖然是夜晚，但月光映照出影子。我看著影子，看著平凡無奇的影子低語。

在這種場合，講得像是在進行確認也在所難免吧。即使早知道不會有任何反應，我也只能這麼做。

即使早知道不會得到回應，依然理所當然般持續呼喚。

「無論是惡作劇、藝術還是監護人過度保護，老實說，雖然不是什麼值得讚許的行為，但我應該不需要介入、干涉得這麼深入吧。明明不是連怪異都不能貿然插手的問題，更何況這是人類的所作所為……」

我說著離開公園。

若要說這是我的疏失，我覺得這樣對自己太嚴厲了。但是說到我在這時候犯下的疏失，就是我認定這不是怪異的所作所為，而是人為現象。

認定只要不是人為現象，就是怪異的所作所為。

如果忍野聽到我這樣斷定，肯定會一如往常笑我吧。

不，說不定……會生氣。

004

「壞壞！」

「…………」

先不提我這樣斷定是否會惹忍野生氣，但羽川就像這樣明顯動怒。

壞壞！

她生氣地這麼說。

我上次被這樣罵是幼稚園時代了……這是我剛從那座公園返家時發生的事。

羽川打電話給我。

我最近由戰場原與羽川兩位優等生教功課，處於非常得天獨厚的備考環境，不過今天是戰場原負責教我，而且已經順利結束，羽川肯定沒什麼事需要打電話給我……雖然我這麼想，但是對我有大恩大德的羽川打電話來，我不可能選擇不接。

「喂？」

我像這樣接了電話。

「啊，阿良良木？對不起，這麼晚打電話給你，只是我有點在意一件事。現在方便說話嗎？」

「嗯，沒問題……」

老實說，我想進浴室沖洗在沙地玩耍弄髒的身體，但我沒有潔癖到不惜將羽川的事情延後也要先洗澡。

「我剛才收到戰場原同學的定時報告……」

「定時報告？那是什麼？」

聽起來超恐怖！

咦，所以是怎樣？換句話說，戰場原和我開完讀書會，都會向羽川回報當天的狀況？向羽川報告我有沒有好好用功？

唔哇……

我信用太差了吧……

「啊，沒有啦，真要說的話，這不是對阿良良木的更生計畫，而是對戰場原同學的更生計畫……總之你別管。」

「……？慢著，這真的是可以不管的話題嗎……？」

「我她在回報的時候聽到，你打算在回程途中去調查某座公園的沙子……調查完了嗎？我姑且是抓你調查完畢回家的時間打電話給你……」

「…………」

消息超靈通，時間抓得超準，而且行動也很迅速。我就算要講這件事，也會等到隔天吧。反正明天會在學校見面。

老實說，我覺得這種事不需要告訴羽川，但要是她本人想知道，我也不是不願意告訴她。

我和八九寺不一樣，當然不會在這時候向羽川要錢。

想到她平常教我功課，甚至覺得這只是微不足道的回禮。

我回報調查沙地的結果。

雖然沒有特別修飾，卻刻意隱瞞我回歸童心以及想要溜滑梯的心態。這種程度的隱瞞不會造成影響。

不過，和我是否隱瞞童心無關，羽川真的像是把我當孩子般生氣。

「壞壞！」

她對我生氣，應該說罵我。

這傢伙把我當成什麼啊……？

「阿良良木，你這樣不行喔。」

「咦……？我確實不怎麼行，但也不用講得這麼明吧？委婉一點吧？」

「沒有啦，我不是說你整個人不行，是說你的這種行動不行……你的被害妄想太嚴重了吧？」

羽川說。

嗯，妳說得對。

不過在這種場合，或許不是被害妄想，而是自卑感。

「可是妳說『我的行動不行』是什麼意思？到頭來，妳在在意什麼？聽妳講得好像在擔心某些事……」

「嗯。雖然這麼說，但我以為阿良良木肯定能夠順利解決，所以原本只是聽你的事後報告。」

「事後報告……」

又是聽戰場原的報告、又是聽我的報告，妳究竟處於什麼地位啊？司令官之類的嗎？

「咦？可是，究竟哪裡不對？我姑且自認盡力而為了啊？自認已經考量到最壞的結果，仔細調查過了啊？」

「嗯，說得也是。像是堆沙山玩之類的。」

「…………」

我肯定沒說這件事……

難道我剛才的「報告」透露出可以如此推測的根據嗎？既然她講得這麼斬釘截鐵，肯定是這麼回事吧。

我重新體認到，和這傢伙講話超恐怖的。

感覺她從不同於忍野的角度看透一切。

「嗯。嗯嗯。阿良良木，你漏掉重要的事情喔。你過於斷定了。」

「過於斷定？」

「你斷定這個沙地事件肯定是怪異的所作所為或人為的現象。對吧？」

「妳要這麼說的話……確實沒錯啦……咦？有別的可能性嗎？」

到頭來，羽川明明只是聽戰場原說，沒有親眼見到畫成「鬼臉」的沙，為什麼講得像是早就知道了？到頭來，戰場原在那個時間點也還沒親眼看過那些沙，只是聽過以五十圓向八九寺買情報，但依然半信半疑的我提過這件事，為什麼可以講得這麼確定？難道和她看透我回歸童心的道理一樣嗎？

「有別的可能性喔。第三種可能性。」

「是喔，有這種東西啊……妳真是無所不知呢。」

平常會抱持佩服心情說出的這句話，只有這次難免有點挖苦。

不過，即使面對我這種應該引以為恥的狹小器量，羽川依然回以一如往常的話語。

「我不是無所不知，只是剛好知道而已。」

我因而完全恢復正常，變得冷靜。我這樣真是單純。感覺完全被玩弄於羽川的手掌心。

或許是她所說「更生計畫」的成果。

「第三個選項……不是怪異的所作所為，也不是人類的所作所為，那麼……我想想……」

總之，我以冷靜下來的大腦思考，對羽川這麼說。感覺像是繼續溫書準備大學考試。

「總之，以常理來想……以刪除法來想，我只想到可能是自然現象……像是公園裡的風，或是滑梯設置的位置，湊巧容易變成那種形狀……」

我只是直接說出內心冒出的想法，但我說到一半就覺得應該不是這樣。

應該說，「鬼臉是自然現象」是首先想到，並且首先推翻的假設。如果是大樓暗巷之類的場所就算了，公園這種開闊又沒有遮蔽物的場所，風向或風勢不可能永遠固定。

就算不是每天都會變成那樣，但我與八九寺前往公園的日子完全是隨機，很難想像這兩天湊巧滿足相同條件。

所以，我這麼說只是想爭取一點緩衝時間，早就做好羽川會冷漠否定的心理準備。

或許她又會說「壞壞！」對我生氣。

我該不會是抱持這種期待，才故意講得這麼愚蠢吧？我很想相信自己沒有笨到這種程度，但如果真是這樣，那我這份微薄的希望落空了。

「沒錯。阿良良木，其實你知道嘛。什麼嘛，那就沒有我出場的餘地了。」

「咦……？不對，等一下，不要這麼輕易抽身而退，別打退堂鼓。妳還得對我說明這是什麼意思，這是妳的工作耶？」

「這個工作是怎樣……」

「因為，妳說這是自然現象？妳的意思應該是說，沙子因為風的強弱與方向而自然變成那樣，不過這種事有可能嗎……」

我一邊說，一邊覺得其實用不著問這種問題。

連我都察覺得到這個問題，我實在不覺得羽川不會察覺。不過這或許也是基於自卑感而冒出的情緒吧……

不，即使不提這件事，即使那張「鬼臉」是自然現象造成的，即使我曾經大意斷定不可能這樣，不過真要這麼說的話，這是我能想像最和平的「真相」，就算我沒察覺，羽川也沒必要對我這麼生氣吧……

難道羽川說的「更生計畫」這麼嚴厲？是不允許任何疏失的斯巴達教育？

我如此擔憂，不過看來是我誤會了。

羽川對我生氣，是基於足以生氣的理由。

「阿良良木，我說啊，自然現象不只是風或雨喔。」

「咦？」

005

接下來是後續，應該說是結尾。

後來我回到公園，確認羽川說的「真相」。該說是理所當然還是無須多說，羽川的推理完全正確。

「阿良良木，雖然你強調自己調查過沙地，但你只調查沙子對吧？」她說。「沙地除了沙子，還包括『容器』喔。」

沙地的容器？

突然聽她這麼說，我腦子一時之間轉不過來，不過她說得對。雖然平常不知不覺就排除在思緒之外，不過「沙地」的「沙」是「遊樂器材」，為了避免和周圍的泥土混合，都是裝在類似泳池的容器再埋到土裡，這部分和沙灘有著明顯的差異。

在沙地一直挖，遲早會挖到「底部」。不過底部意外地深，所以孩子總認為沙地沒有底，或是直接連結到土壤層。

總之，這是沙地的普遍構造，只要聽人提醒或是正常思考就可以理解。

「所以，阿良良木，如果要調查『沙地』，必須連容器也一起調查，才算是徹底調查過喔。而且……」羽川以有點嚴厲的語氣說出這件事。「沙子挺重的。即使是平凡無奇的沙子也一樣。」

她這麼說。

所以，我帶著鏟子來到問題所在的沙地，開始挖洞。

迅速但慎重地挖洞。

最後，我挖出約五十公分的洞，到達沙地的底部。

沙地底部，有一條大大的裂縫。

底部裂開了。

「…………」

已經無須思考。

「沙地」容器的底部破裂。恐怕是老化加上羽川所說的沙子重量而破裂，沙子因而鋪整出「那種形狀」。這就是真相。

俗話說「水隨器而方圓」，沙子也一樣。即使花的時間比水多很多，而且不像水那麼明顯變化也一樣。

所以，沙子不會在孩童玩耍之後，或是我調查踩亂之後立刻「復原」。即使如此，經過足夠的時間依然會「復原」。

如同沙子具備自我意志。

反應出容器底部的形狀。

正如預料，成為鬼臉形狀只是巧合。但我不知道這是不是擬像現象。

羽川說得沒錯。容器老化以及沙子的重量，這些原因不是怪異或人為，確實是自然現象，卻也不是完全和平的真相。

絕對不是什麼極為和平的真相。

這是不同於雨或風的自然現象。

到這裡都沒問題，而且今後的演變應該也是自然現象。

即使現在只是在沙子表面浮現奇怪模樣的自然現象，要是容器的裂縫越來越大，沙地實際上就會變得沒有底部，土壤和沙子混合，可能造成小規模的流沙或液化現象。這個規模對於大人來說或許不會造成問題，但是對於在沙地玩耍的孩子們來說，可能是致命的要素。

可能會像是陷入無底沼澤般滅頂。

即使這是最壞的狀況，光是在破損的容器裡玩耍，就是十分危險的行為，必須盡快處理。

所以羽川才會對我生氣。

「總之……打電話給公園的管理公司嗎？」

不對，管理公園的應該不是公司，而是自治團體吧……總之只要聯絡無所不知的羽川，她肯定會告訴我。

這件事也因此終於告一段落。

「不過……」我看著自己挖的洞心想。「這種討論確實沒切中核心呢。說什麼人類比怪異恐怖、怪異比人類恐怖，這種討論……完全沒切中核心。」

看來，最恐怖而且最不和平的不是怪異，也不是人為，而是自然。

恐怖如鬼、恐怖如人。

第四話　曆・水

UN	MON	TUE	WED	THU	FRI	SAT
						1
2	3	4	5	6	7	8
9	10	11	12	13	14	15
6	17	18	19	20	21	22
3	24	25	26	27	28	29
0	31					

7

July

001

我覺得對於神原駿河來說，路肯定不是用來走的，而是用來跑的。無論是怎樣的路或是何種狀況，無視於天候風向，總是以全力奔跑為宗旨的那個學妹，不擅長放慢速度或是緩步前進。

是的，不擅長。

不拿手。

對於總是奔跑的她來說，高速其實不是她特別拿手的絕活，完全不是，低速或許也沒有困難到束手無策，不到束手束腳都無策的程度。

不過基於這層意義，絕對不害怕白跑一趟的神原，應該也沒想過要刻意緩步行走在道路上吧。

不是戶外的道路，是人生的道路。

從她被稱為明星備受校內注目的那時候，到她從籃球社退休的現在，她絕對沒有失去這份光輝。這樣的她擁有的人生地圖，肯定和我的地圖描繪著完全不同的路線吧。

「嗯，阿良良木學長，形容成『路』或許不太對喔。」

某次我聊到這個話題時，神原這麼回答。一如往常筆直注視我回答。

「對於我這種將跑步當成日常一部分的人來說，奔跑的場所不叫『road』，叫作『course』。」

course？

在田徑比賽中，各跑者所跑的「路」翻成英文確實是「course」。不過真要說的話，像我這種沒將跑步當成日常一部分的人來說，對於將跑步視為非比尋常的人來說，將「路」翻成「course」總覺得怪怪的。

該怎麼說，「course」給人的印象是預先定好，絕對不准偏離的絕對路徑。

「阿良良木學長說這什麼話？一點都不像您。所謂的『路』，就算是翻譯成『road』，通常也都代表預先定好，絕對不能偏離的東西吧？要是換到旁邊的車道，就可能會發生車禍。無論在什麼樣的路上，更換路線都不是簡單的事。」

確實。

無論是「road」還是「course」，或許只有文理上的差異，始終只是語言上的問題。

實際上，無論是用走的或是跑的，無論是 road 還是 course，路就是路。

有句話是「走在軌道上的人生」，既然所有人都在名為人生的道路上移動，就必須遵守某些規定。

遵守某種道路交通法。

不能隨意脫離，不能違反既定的路線。只是更換車道還好，一個不小心的話可能脫離路面，墜落山崖。

就算沒發生這種事，也可能發生相撞意外。

因此，我們只能沿著道路前進。

「只是，哎，就算這麼說，雖然不是在講脫離路線有多難，但其實用不著離開車道，也可以脫離路線。沿著道路全力奔馳確實是『前進』，卻不代表一定是『往前方』前進。因為人們也可以『往後方』前進。人們做得到這種事。」

神原說。

「因為『退路』也同樣是『路』。」

002

「神原，看來妳這傢伙沒在聽我說話。」

「什麼？阿良良木學長，做學妹的我，突然聽您叫我『妳這傢伙』不免怦然心動，但我很遺憾學長這樣懷疑我。阿良良木學長是世界第一，我神原駿河則是世人公認全世界第一尊敬學長的人，這樣的我再怎麼樣也絕對不可能沒聽學長說話。這太奇幻了。阿良良木學長，請您體認到一件事，您每次這樣貿然發言，不知道會迷惑多少人的心。」

「我每句發言都不會迷惑任何人的心。妳也沒被公認這種事。總之神原，妳肯定沒聽我說話，所以關懷學妹的我再說一次吧。我要妳跟著我複誦一遍。」

七月某日。

我利用假期造訪神原家，站在她所住日式宅邸的走廊。正確來說是不得不站在走廊，如同在學校遲到被罰站那樣。

我當然沒遲到。

我按照約定的時間，準時造訪神原家。

但我不得不站在走廊。原因是我被神原帶到某個房間前面卻無法進入。換個正確的說法，我現在不是站在走廊，是佇立在走廊不知如何是好。

「神原，聽好了，仔細聽我說。」

「不用學長吩咐，我也在聽喔。阿良良木學長妙語如珠，我不會聽漏每字每句。我甚至擔心自己繼續聽下去會感動到昏迷。」

「……我是叫妳帶我到妳的房間。」

她一如往常吹捧我這個學長到煩人的程度，總之我無視於她的吹捧，指向房間。指向拉開紙拉門的房內。

「沒叫妳帶我到倉庫。」

房內不只是「散亂」這麼簡單。

簡單來說，不只是橫向，連縱向也是亂的。不，就說不是「散亂」了，而是「堆疊」。房內的混沌不是平面，而是立體的……

「倉庫？真沒禮貌。即使是阿良良木學長，有些話也不可以說喔。」神原咧嘴一笑。「不過，我不在意學長這麼說。」

「妳不在意自己的房間被說成倉庫啊……」

不過以我的角度，我這樣講還算客氣了。老實說，這房間與其說是倉庫，更像是不可燃垃圾堆放區。

差點佩服以神原家的規模，居然在自家就有不可燃垃圾堆放區。

此外也像是廢車放置區。破銅爛鐵堆疊起來，形成某種懾人的高度……

房內光景看起來呈現一種絕妙的平衡，不過如果我在這裡跺腳，或許會從內往外造成小規模的崩塌吧。想到這裡，我當然就站在走廊不敢動。

「…………」

神原駿河。

就讀直江津高中二年級，曾經是籃球社王牌的神原駿河，我是在五月底和她結下奇妙的緣分。她是戰場原從國中時代的知己，包含這個原因在內，我和她相處得挺融洽的。

不過，我們的關係其實沒有我說的這麼簡單。以不離題的程度補充一下，她也跟我一樣和怪異有所交集，交集程度甚至比我更深。這段交集的痕跡就留在她的左手臂。

她的左手臂包著繃帶。

包覆起來、隱藏起來。

雖然這麼說，除去這方面的要素來想，甚至就算包含這方面的要素來想，神原駿河也是我的可愛學妹。不過，我這種毫無可取之處，百分百的落魄吊車尾，居然用「可愛」形容這個即使退休依然曾經是籃球界超級巨星的運動員，口氣還真是大啊……

然而，若是除去「優秀運動員」這一點，就無法否認她是頗為自甘墮落的邋遢女生。

舉個例子，神原駿河是「不會收拾的女生」。講得更直接一點就是「亂丟東西的女生」。

將東西亂丟到混沌的女生。

她第一次帶我到她房間時，我真的是大吃一驚，所以當時我和神原約好，改天有機會的話要正式幫她整理。後來我找到機會來整理過一次，不過在那之後明明沒過多久，如今又成為抬頭看不見天花板的狀況。

我絕對不是一個不擅長整理打掃的人，甚至東西沒整理好就會不自在，不過老實說，現在我不知道要從哪裡著手。

要怎麼從現狀復原？坦白說，我無計可施。從家裡帶來的垃圾袋莫名空虛。

四十五公升的垃圾袋十個。

這種東西究竟派得上什麼用場……完全沒用。需要的應該不是垃圾袋，而是紙箱吧。不過如果要找紙箱，在這個像是倉庫的房間應該找得到好幾個……

「咯咯咯。好啦，阿良良木學長究竟會如何整理這個房間呢？我就見識你的本事吧。」

「為什麼架子擺這麼高？」

「架子擺高？錯了，我的架子甚至可以說是擺在地底。」

「要是地底傳出『我就見識你的本事吧』這種話，那也太恐怖了吧……物語將會進展到全新的舞台。想必妳知道我要過來整理，抓準這個機會把其他房間的雜物也塞在這裡惡整我吧？」

這是打掃住家的方法之一。

首先將不要的東西或雜物堆到一個房間，再將其他房間逐一整理乾淨。雖然感覺會多一道程序影響效率，不過打掃難度基本上會降低。

「說這什麼話？我被冠上莫須有的罪名了。不過既然來自阿良良木學長，無論是稱讚或罪名我都甘之如飴！」

「這種傢伙不值得稱讚吧……」

「我的房間只有這裡喔。我並非從小就擁有兩、三個房間，不是在這種奢侈的環境長大。我的房間只有這一個。」

「這樣啊……那就好。」

「沒錯。如同我的前輩只有阿良良木學長一個人。」

「太沉重了吧！」

那麼戰場原呢？

不准把上上個月當認識的傢伙當成世上唯一的前輩……我還沒做什麼值得妳這麼尊敬的事，今後應該也不會做。

「不過，好神奇呢……應該說很不合理。妳的房間變成這個樣子，那妳究竟在哪裡睡覺？」

「還會在哪裡？就在這個房間啊？」

嗯？

神原疑惑歪過腦袋。

「我睡覺的地方只限於這個房間、戰場原學姊的大腿，以及阿良良木學長的臂彎吧。」

「戰場原的大腿就算了，不准把我的臂彎列入，而且這個房間看起來也不可能睡人……到頭來，妳根本進不去吧？」

「阿良良木學長這樣是外行人的判斷呢。」

神原面不改色就對尊敬的學長講得很沒禮貌。這種神經大條的個性，我這個做學長的很想效法。

總之，既然說我的判斷外行，我就聽聽她的根據吧。我確實不是專家。在各方面都不是。

「那麼神原，告訴我吧。妳是怎麼在這個房間睡覺的？」

說來驚人，據說被稱為萬能天才的李奧納多．達文西是站著睡覺。難道神原也是類似的做法？畢竟在運動方面，神原也夠格被稱為天才……但我覺得無論是怎樣的天才，別說在這個房間睡覺，連站在這個房間裡都辦不到……

「呼呼呼，沒想到我居然也有教導阿良良木學長的這一天，不枉費我活得這麼久呢。」

「妳才十七歲，而且我認識妳到現在也還不到一百天……」

講得好像等這一天等好久似的。

「別賣關子了，快點告訴我吧。妳是怎麼睡的？別說睡走廊啊，如果是這種搞笑的結果，我可是會扁妳喔。」

「聽您這麼說，我就想這樣搞笑了。好想被阿良良木學長扁呢。不是壁咚，而是走廊咚。」

「『走廊咚』是什麼……？」

但我光是「壁咚」就聽不懂了。

好誇張。

雖然已經聊很久了，但我造訪神原家到現在，都沒進入這傢伙的房間。

感覺光是開場對話就把篇幅用光了。

「是某種定食嗎？慢火燉煮走廊之後加上蛋汁？」（註13）

註13　日文「丼」與「咚」同音。

「唔，總之，讓人想要慢火燉煮加蛋汁的走廊，在這個世界或許存在吧……那個，剛才您問我怎麼睡覺？阿良良木學長，您看，那裡有條縫吧？」

神原指向房內。

確實有一條縫。該怎麼說，如同在斷崖絕壁挖出來的坑洞……堆積起來的雜物以絕妙平衡產生的通風口。

「嗯。所以那條縫怎麼了？妳該不會要說妳像是地鼠睡在那條縫吧？」

「就是這樣。我從走廊衝刺，以背越式跳高鑽進那裡。」

神原講得像是某種榮耀般驕傲挺胸，如同背越式跳高往後仰……不過那裡沒有墊子又不是沙地，用背越式跳高跳到那裡，感覺會傷重流血到必須止血……

沒必要不惜這麼做也堅持睡房間吧？

乾脆給我睡走廊算了。

「不不不，阿良良木學長，雖然迅速下結論是阿良良木學長的優點，不過這麼做有時候會導致誤判喔。」

「妳沒資格忠告我。我最大的誤判就是隨口答應幫妳整理這個房間。啊？難道那個坑洞很好睡？」

「很好睡喔。」

「就算不會受傷，正常來說都不好躺吧？醒來會全身僵硬吧？神原，妳可能不知道，不過睡覺一般來說是讓身心休息的生命活動耶？」

「我知道。沒有啦，雖然彈性確實不算好，不過那個位置就像是睡袋，和我的身體完全貼合，意外地好睡喔。」

「是這樣嗎……」

「雖然比不上戰場原學姊的大腿，卻比阿良良木學長的臂彎好睡。」

「等一下！我要先果斷強調我從來沒讓妳躺過我的臂彎再吐槽，不過聽妳說那種垃圾山比我的臂彎好睡，我難掩激動情緒！」

「喂喂喂，阿良良木學長，用不著氣到捲起袖子吧？用不著為了躺臂彎就氣到捲袖子吧？」（註14）

「不准講這種冷雙關語講得這麼開心！」

而且我並沒有捲袖子。

到頭來，現在是七月，是盛夏，我穿短袖，所以沒袖子可以捲。

「別氣別氣，我或許也說得有點過火。」

「妳講話從來沒節制過，全都過火了。所以妳說妳什麼事說得過火了？」

註14　日文「躺臂彎」與「捲袖子」音近。

「垃圾山確實比阿良良木學長的臂彎好睡，不過……」

「……」

結果她還是沒收回這句話。

即使承認那是垃圾山……

「不過，大家常說優點與缺點是一體兩面。那個坑洞完全貼合我的身體，卻因而沒辦法和別人一起睡。」

神原一副非常難熬般說。

基於雙重意義的煎熬。

「要是可以和阿良良木學長一起睡在那個坑洞，超越戰場原學姊大腿的完美睡床就完成了！」

「吵死了！」

「雖然有點晚，但我要指摘一件事。阿良良木學長剛才說睡覺是讓身心休息的生命活動，不過以生命活動的意義來說，『睡覺』的意思是……」

「禁止開黃腔～～！」

如此快樂的拌嘴結束。

我終於準備萬全……應該說排除萬難，著手清掃神原駿河的房間。

003

仔細想想，我首度造訪神原房間時，就稍微整理過她的房間。因為不整理的話，我連踏腳的地方都沒有。

當時該怎麼說，感覺赤腳走進房間可能會受傷，如同走在地雷原。我身為男生，無論是房間還是思緒都不喜歡雜亂，不過任何人看到那種房間，內心的整理衝動多少都會被喚醒吧。

總之不提這個，我想說的意思是我想得太簡單了。由於在上上個月的階段已經完成事前準備，因此我以為今天的工程不會多麼浩大。

然而短短一個多月就變得如此悽慘，即使不是惡整我或是要見識我的本事，她也很可能已經出現「反正阿良良木學長遲早會來整理」的依賴心態。

所以我身為學長，身為應該指導後輩的前輩，在這時候別管神原的房間直接掉頭回家，或許才是人生過程的正確做法，不過在人生的過程中，並非總是能進行這種正確的判斷。

半途而廢的難度比從頭開始還高。

不只不想讓神原失望，我更無法坐視她在這種像是垃圾山坑洞的地方睡覺。此外也和上上個月那時候一樣，剛看到會受到震懾的這個房間，單純激發我想要整理的慾望。

雖然有點卻步，不過要是在這時候離開，阿良良木曆的名聲將會掃地。

打掃時間長達數小時，即使從白天開始，也真的直到夜晚才結束，不過最後整理到勉強可以見人了。

「坦白說，我覺得用炸的會比整理快……」

「哈哈哈，阿良良木學長，拜託別用炸的。屋子是木造的，會整個炸得不成原形喔。」

神原快活地笑了。

這傢伙笑什麼笑？

順帶一提，她完全沒協助打掃。只有在一旁口頭指示哪些是最底限一定要留的東西、哪些是不必要的東西。

如果有人看見我與神原這數小時的樣子，大概會完全認定她是學姊、我是學弟吧。我是來幫學姊搬家的學弟。

而且是相當被迫前來幫忙的學弟。

「我甚至覺得，如果是為了清理妳的房間，妳的爺爺奶奶應該也會准許我轟炸。」

「學長一點都不懂呢。您知道那些書多麼貴重嗎？」

「先給我銷毀那些書。」

總之別說銷毀，今天是假日，清潔隊不收垃圾，所以不要的東西只能以繩子綁好堆放在庭院，頂多只能祈禱清潔隊收垃圾之前別下雨。

乾脆也幫忙丟垃圾比較好嗎……很難說，這樣會過於涉入他人的家庭。

「總之……神原，辛苦了。」

我說。

老實說，辛苦的只有我，但我想不到這時候還能說什麼。要說「成功了！」好像也不太對……

而且，哎，一直在旁邊看別人整理，應該也很辛苦吧。我就抱持善意對她這麼說吧。

到頭來，如果是我，我就不願意別人打掃我的房間……不過對於神原來說，或許連這麼做都是一種喜悅。

真搞不懂這傢伙的角色定位。

實際上，她是怎麼樣的傢伙？

「那我回去啦。畢竟夜也深了，久留無用。」

「喂喂，阿良良木學長，給我站住啦。」

「慢著，就算再怎麼樣，對學長說『給我站住』也不太對吧？」

到頭來，這傢伙講話總是充滿活力所以聽不太出來，不過仔細聽就會發現她對前輩講話一點都不尊敬。

「我所敬愛的學長，而且是萬中選一的阿良良木學長，您以為我只讓您整理完房間就走，完全不做任何事嗎？」

「不做任何事……妳打算對我做什麼？」

「慢著，用不著這麼警戒吧……您把我當成什麼人了？」

神原一臉不滿。

就算妳一臉不滿，但妳的行徑只會讓我警戒吧？

「想說至少招待一杯茶水。不，只招待茶水不夠，我好歹應該為阿良良木學長準備一頓像樣的晚餐吧。」

「晚餐……啊啊，妳是說晚飯嗎？不，這就免了，容我婉拒吧。我想我回去之後，家裡應該有準備我的飯菜。」

「這可不行。不准婉拒。」

「咦？婉拒需要別人的許可嗎……？更何況是學妹的許可……？」

「吃完奶奶親手做的晚餐之前，休想離開這個家。」

「這是恐嚇吧？」

而且原來是奶奶親手做的？

神原嘴裡說應該準備晚餐，卻不是自己做的……也是啦，無論再怎麼偏袒神原，

她看起來也不像是會下廚的傢伙。

畢竟上次吃的豪華便當也是她奶奶做的。

到頭來，即使同樣是家事，下廚與打掃應該不能相提並論，不過如果是擅長廚藝的人，至少不會讓房間變成那種慘狀還心平氣和吧。

而且有人說過，以住家散亂程度的基準來說，如果廚房開始散亂，那麼這個家就沒救了……

「呵呵，還是要硬逃看看？學長要試的話請自便，但您以為您的敏捷度贏得了我嗎？」

神原張開雙手，站在房間的門檻上。

看起來像是籃球賽的防守動作，不過這傢伙完全不懂日式住家的禮儀……

「好啦，放馬過來吧。雖然已經退休，但我的守備可沒鬆散到連外行人阿良良木學長都能穿越喔。」

「不，我不會放馬過去……」

總之，這傢伙明明尊敬我，卻動不動就叫我外行人。

無論如何，如果是餵血給忍，化為吸血鬼的那段時期還很難說，但我現在不是這種狀態，雖然不是絕對，卻應該無法穿越神原的防守。

看來現在只能乖乖聽話。

哎，這是學妹的好意……應該說謝意，身為學長也不該冷漠拒絕。

老實說，從國中時代一直沒有社團經驗的我，原本就不習慣被當成學長，不清楚身為學長該怎麼做才正確……但我抓不到我和神原之間的距離。

改天問問戰場原吧。

假日來幫學妹打掃房間，並且受邀吃晚餐當謝禮，這樣真的對嗎……

不過戰場原那傢伙也很寵神原，大概不會給我中肯的意見吧……

「知道了知道了，神原，我認輸。我投降了，放棄了。」

「慢著，阿良良木學長，不可以這麼輕易放棄比賽喔。還有突破點，現在放棄還太早。」

「妳究竟要我怎麼做啊？」

「希望學長和我抓住彼此的腰帶互扭。」

「原來不是籃球，是相撲嗎……」

要是相撲輸給女生，而且是輸給學妹，我真的會很丟臉，所以我只能把神原的激勵當成激勵感恩收下。

「那麼，這一餐就感謝招待了。」我說。「我打個電話回家。」

「嗯。總之，既然阿良良木學長這麼說，那就定案了。」

神原不知為何大方回應。

沒能玩相撲暫且不提，但事情大致按照自己的意思進展，神原似乎很滿意。總之，能夠讓學妹度過充實的假日，我也很高興。

就當作是這麼回事吧。

「那麼，阿良良木學長，在前去享用晚餐之前……」

「嗯？」

「先洗澡吧。您這樣髒兮兮前往飯廳，我會很為難的。」

004

將日式住家吃飯的地方稱為「飯廳」是否正確？我難以判斷。不過既然這樣該怎麼稱呼？我同樣一頭霧水，所以沒有刻意指摘這一點。

總之確實如神原所說，打破學長學妹的隔閡打掃房間而弄得滿身灰塵的我，如果就這樣出現在吃飯的地方確實不禮貌，所以關於這方面，我甚至想感謝她如此提醒。我差點在別人家做出冒犯的行徑了。

不過就算這麼說，我也沒想到自己會借用別人家的浴室，所以泡在浴缸裡的我滿心困惑。

與其說困惑……應該說悖德感？

總覺得自己做了非常不該做的事……這間浴室和氣派的宅邸一樣氣派，大概是檜木浴室吧，規模大到被當成高級旅館的浴室也不奇怪，所以光是可以在這樣的浴室洗澡，就覺得足以抵銷今天付出的勞力。

「…………」

不對，但是果然很奇怪吧？

明明和學妹的交情還沒有很久，卻在她家浴室悠哉泡澡到只露出一個頭……

即使戰場原的想法略微跳脫常識，也可以預料她會認定我不該這麼做。

要是找她商量這件事，可能會被殺。

似乎會被她用文具殺掉。被可擦原子筆擦掉。

不，我不知道具體來說，被可擦原子筆擦掉是什麼樣的一個概念。

我看向設置在牆上，和檜木浴室不搭（反過來說，會令我想起這裡不是旅館浴室，而是普通住家浴室）的防水時鐘。與其說我在意現在時間，應該說我在思考距離「晚餐」時間還有多久。

神原原本似乎完全沒有預定要招待我吃晚餐，只是當時突然想到的，對奶奶那邊也是先斬後奏。

突然得連我的晚餐也一起做，奶奶想必相當為難，認為我是旁若無人的學長吧。但她大概做人很好，似乎還是答應了。

我心懷感激。應該說過意不去。

「……不過，真是不自在。」

可以伸直雙腿的浴缸以及溫度適中的熱水確實舒適，我也不打算收回「足以抵銷今天付出的勞力」這句話，不過像是別人家的洗髮精、潤髮乳以及香皂等用品，總之令我感到不自在。

我的器量真小。

總之，適度暖和身子之後就趕快出去吧。

我如此心想時，更衣間的方向傳來聲音。

與其說是聲音，不如說是說話聲。

「唔！怎麼回事？門打不開！上鎖了！阿良良木學長，您還好嗎？發生什麼事？我立刻救您！」

「……………」

門發出喀喳喀喳的聲音粗暴晃動。看來有一名暴徒試圖入侵更衣間。

「打開這裡！舉高雙手出來！這是警告！」

「……………」

原來不是暴徒，是警察？

「我是神原駿河！阿良良木學長的情色奴隸，擅長招式是三角跳！」

「……………」

看來果然是暴徒。

「可惡，為什麼打不開……不得已了，我立刻去拿機動部隊攻堅用的那種棍子過來！」

「住手！然後也不准拿妳不知道名稱的東西過來！」

哎，我也不知道那種棍子的名稱。

「啊，什麼嘛，阿良良木學長，原來您沒事啊……」

我吐槽之後，粗魯敲門的聲音終於停止。看來她真的是在擔心我的安危。雖然這麼說，但她剛開始要入侵更衣間的行徑無法免責。

我在浴室裡大喊。

聲音在室內迴盪，位於其中的我有點不舒服，不過彼此隔著更衣間，必須透過兩扇門對話，所以非得拉大嗓門。

神原那傢伙平常嗓門就很大，所以聲音足以傳到浴室。

「嚇我一跳……還以為阿良良木學長被監禁，我擔心死了。」

「在這個世界上，會監禁我的人只有妳。」

「這倒未必。戰場原學姊就可能會監禁您喔。」

「哈哈哈，怎麼可能，就算是戰場原也不會做到這種程度的。」

「不過，這扇門為什麼打不開？」

「當然是因為我鎖住吧？」

我假裝嚇一跳，而且實際上也嚇了一跳，不過只要知道神原的為人，當然會猜測她可能在我洗澡的時候入侵。

鎖門是理所當然的預防措施。

「上鎖……？更衣間的門有鎖？」

神原似乎由衷感到意外。

明明是妳家的更衣間，妳為什麼不知道？

「沒有啦，因為我洗澡的時候，更衣間的門都開著……」

「與其說開著門，不如說妳太開放了吧……不過基本上，妳在家裡想怎麼做都是妳的自由啦……」

應該說，即使是在浴室裡，我居然敢在別人的家裡全裸。

「不，阿良良木學長，若您有所誤會，那我想要訂正一下，我過來這裡只是想和阿良良木學長一起洗澡啊？」

「那我就沒誤會，妳也沒必要訂正。」

「我講錯了。我只是想在阿良良木學長洗澡的時候，幫忙洗阿良良木學長的衣服。絕對沒有非分之想。」

「…………」

妳滿腦子都是非分之想吧？

而且就算妳說的是真的，打造出那種房間弄髒我衣服的就是妳，我實在不認為這樣的妳會洗衣服……妳的洗衣能力搞不好比下廚還差吧？

「說這什麼話？別看我這樣，我可是一直待在體育社團喔，洗衣服反倒是我的專長。」

「唔……哎，聽妳這麼說好像也對？不過就算這樣，要是妳洗了我的衣服，我就沒衣服穿了。」

「光溜溜出來不就好了？」

「一點都不好。我對自己的裸體沒這麼有自信。」

「不然不只衣服，我也可以幫阿良良木學長洗身體啊？從前面從後面洗！」

「…………」

如果只聽聲音，這傢伙的變態程度就更明顯了。加上我現在全裸，所以該怎麼說，肌膚感受到的危機也倍增。

「我的意思是說，我要將阿良良木學長的身體弄乾淨，做為您幫我房間弄乾淨的謝禮！」

「妳先把妳的心弄乾淨吧。明明每天都在這麼好的浴室洗澡，為什麼汙穢成那樣？」

「呵呵，學長說這間浴室很好，我也只能認同了。要是胡亂謙虛，聽起來可能會討人厭。」

居然只將稱讚的話語聽進去。

她炫耀的笑容彷彿就在眼前。

不過，這間浴室確實好到令人想炫耀……

「不只是浴室好，熱水也很好吧？是從我家庭園的井打水加熱的。雖然不是溫泉水，卻是富含某成分的深層某某水。」

「『富含某成分的深層某某水』是什麼啊……要炫耀就給我背熟啦。」

像是礦泉水那樣嗎？

不，井水應該不一定是礦泉水……總之聽她這麼說，就覺得這個檜木浴池裡的水似乎很特別。挺神奇的。

是喔……

井水啊……

「啊啊，這麼說來，阿良良木學長。」

「神原學妹，什麼事？」

「那個井水其實有內情喔。」

「有嫌疑？喂喂喂，有嫌疑的應該是妳吧？」

「不是嫌疑，是內情。」

「是喔……」

總之，無論是嫌疑或是內情，感覺妳應該都有吧……不過井水有內情？這是怎樣？井水是可以燒開的東西，但肯定不是有內情的東西……（註15）

「妳說的內情是怎樣的內情？」

「喔，有興趣嗎？」

「不，該說是興趣嗎……」

只是因為她提到這個話題，所以我不得不這麼回應……不過自己現在全身浸泡的水如果有什麼來歷，我難免想知道。

單純出自好奇。

「總之，我對妳說的內情有興趣。順帶一提，妳正在造成我的困擾。」

「是關於我的爸爸。」

「是喔，妳的……」

爸爸？

註15 日文「內情」、「嫌疑」與「燒開」音近。

和神原的對話很自然地成立，所以我也自然地聽過就忘，但神原的父親……是的，在幾年前就過世了。不只父親，也包括母親。

是車禍。

所以神原現在和爺爺奶奶住在一起。神原的父親是爺爺與奶奶的獨生子。

「…………」

「爸爸當然也用這間浴室，而且不只浴室，平常也使用同樣的井水。」

我不知道該如何反應而一時沉默，相對的，隔著兩扇門的神原很自然地繼續聊父親。

雖然已經過世，不過她在人生路上已經接受這個事實了嗎？若是如此，刻意迴避或許反而沒禮貌，應該說神原不希望別人這樣對待她。

「是喔……平常嗎……」

所以，我出聲回應她這番話。

「嗯。不過以爸爸的角度，這是平常就在用的水，所以好像沒有視為多麼寶貴的東西……」

「哎，這是當然的吧……」

對於住在平凡家庭的我來說，光是看到別人家裡有井就會羨慕……即使沒這麼誇張，也覺得挺了不起的，不過要是這口井打從自己出生就在庭院，就不會覺得「寶貴」，只覺得「理所當然」吧。

「不過，爸爸從年紀很小的時候，洗澡時偶爾會在意某件事。」

「在意某件事？」

「或許該說他在意某個現象。雖然不到扯上怪異的程度，卻是不可思議的現象。」

神原說。

「不到扯上怪異的程度，卻是不可思議的現象……？該怎麼說，妳的補充說明真詳細啊。」

我在浴缸裡稍微提高警覺。

慢著，要是井水和怪異有關，那就是天大的事吧？暗藏這種「內情」的水，即使不提我現在就泡在裡面，這個家平常都用這種水應該不太妙吧？

「不，就說了，不到扯上怪異的程度。也就是和怪異無關。」

「這樣啊……」

沒扯上怪異，和怪異無關？

明明和怪異無關，卻是不可思議的現象？不，這種事隨時可能發生。

無論是人為，還是自然現象，這種事隨時可能發生。

問題在於暗藏何種危機。

反過來說，就算神原表示和怪異無關，也不保證她這番話的安全性。

「咦，可是，妳之前許願的猿猴怪異，記得是妳父母留下來的……不對，記得是妳母親留下來的？」

「嗯，沒錯。不愧是阿良良木學長，記性令人驚異。」

「慢著，我一開始就講錯了，所以聽妳這樣讚美，我反而很難受……」

「以前，我說『驚異』的時候，都會加重語氣說成『驚異～～！』這樣。」

「這真是驚異啊。」

臥煙遠江。

我不驚異的記性，記得神原駿河已故的母親叫作這個名字。

我肯定沒問過她父親的名字……不過在這個時間點也不方便問。

「所以神原，妳說的『和怪異無關的不可思議現象』是什麼？是怎麼回事？依照妳的回答，我可能必須立刻離開浴缸……」

「阿良良木學長，不用這麼提防喔。別擔心，不是這麼恐怖的事，不是鬼故事。」

「不是鬼故事……」

就算聽她這麼說，我也無法放心。因為怪異的影響還殘留在我的體內。

雖然可能是我突發奇想，但假設那口井的水是聖水之類的水，我的身體很可能溶解。

哎，神原的身體同樣殘留怪異，既然她使用這間浴室沒發生問題，我確實不用擔心……不過很難說。因為神原是超級被虐狂，如果只是身體稍微溶解，她或許會享受這種痛楚。

「…………」

我居然說「因為是超級被虐狂」，這理由真誇張。

這是哪門子的怪異？

真的奇怪又詭異。

得加重語氣說成「怪異～～！」才行。

「總之，如果您想離開浴缸，我不會阻止；如果您想光溜溜走出更衣室，我也不會阻止。」

「拜託阻止一下。」

「不過阿良良木學長，在這之前，請先看看您所泡的浴缸水面。」

「？」

我聽不懂神原的用意，卻就這麼反射性地照做。總之也不用刻意注視，我幾乎全身都泡在浴缸裡，所以正常來說，浴缸的水自然會映入眼簾。

「我看了。雖然現在問這個有點晚……不過這些水怎麼了？」

「不，不是水。」

「不是水？咦？意思是說應該是熱水？這確實是熱水，不過……」

「不不不，我不是這個意思。我剛才不是講得很清楚嗎？我希望學長看的不是水，是水面。」

神原說。

水面？

005

我第一次聽到這個雜學時頗為驚訝。不過英文似乎沒有「熱水」這個概念。不對，不該說沒這個概念，應該說沒有「熱水」的單字。日文的「湯」與「水」分別代表「熱水」與「冷水」，但英文基本上歸類在相同的範疇。

在日本文化長大的我，無法想像沒有「湯」這個漢字是什麼狀況，不過就外國人看來，日文「水」這個字的籠統程度，或許反倒令他們在意吧。雖然區分為「湯」與「水」，但「湯」也同時是「水」。「水」是H_2O，同時也泛稱所有液體，真是萬用。

總之，要是繼續思考下去，我不只是在意，甚至覺得詭異。

讓我知道「水」這個字多麼詭異的當事人，就是戰場原黑儀大人。

「去死。」

她這麼說。

「去死。去死。去死。去死。去死。去死。去死。」

「…………」

真恐怖。

無論只聽聲音還是面對面交談，這傢伙都很恐怖……大概是因為恐怖程度打從一開始就封頂，所以毫無變化吧。

當時我差點鬆手摔了手機，但還是勉強抓好。

「我……我還不會死喔。」我說。「我剛和妳成為男女朋友，剛開始交往，我還想約會更多次，所以要是現在去死，我的人生就太可惜了。」

「哎呀，這樣啊，講得挺窩心的嘛。那你不用死了。」

「…………」

戰場原小姐真好擺平。

這時候應該多說幾次「死吧」才對。

反過來說，希望她不要以這種能輕易收回的形式，展現對我的殺意。

「如我剛才所說，我今天去神原家打掃了。」

總之，我回到正題。

在那之後，我洗完澡出來，參加神原慰勞我而舉辦的晚餐會，吃完時已經很晚了，她差點就幫我鋪床，但只有這一點我堅持拒絕，好不容易在時針轉到正上方之前返家。

妹妹還因為我在外面晃到這麼晚而對我說教。

平常要是被妹妹說教，就會上演一場以血洗血的親人大戰，但我當時很累，這對妹妹來說是一種幸運。

打掃神原房間造成的疲勞，即使因為借用浴室洗澡而消除幾分，但是後來在晚餐會上的緊張使我精疲力盡。

所以我無視於妹妹回到房間，原本打算就這樣睡覺。

不過在我幫手機充電時，我得知自己不知不覺收到電子郵件。是戰場原寄的電子郵件。

即使可以無視於妹妹，也不能無視於戰場原的電子郵件。不只是因為恐怖，也因為我和戰場原從上上個月成為男女朋友交往，所以當然不能無視。

從時間來看應該是道晚安的郵件，不過看到郵件主旨是「聽說你去了神原的房間」，應該是監視郵件。

無內文。

連電子郵件的寫法都很恐怖……

或許是祝我永遠安息的電子郵件。

所以我主動打電話給戰場原，向她報告今天的原委。據實以告。

畢竟被拆穿的時候很恐怖，而且神原與戰場原這對新生聖殿組合，在精神上以免費熱線連結，情報完全互通，我說謊肯定會被拆穿。基於這層意義，她們或許應該稱為「拆穿組合」。

我完全被壓得死死的。

不，只是被壓得死死的還好，感覺我是被踩得死死的。神原把我當枕頭，戰場原把我當踏墊，感覺我的尊嚴被摧殘得好慘。

尊嚴都減損了。

到了這種程度，我很想向羽川求助，不過如果戰場原是我的私生活監視者，羽川就是我的私生活管理者，無論是否求救，既然羽川在這時候沒幫忙，就代表羽川在這件事不想幫忙。

到神原家打掃的事，我沒向戰場原說（所以她應該是聽神原的報告），但確實預先知會過羽川……慢著，喂喂喂。

說真的，我的人生是怎麼回事？

我的意志毫無自由吧？

到了這種程度，我甚至懷疑起當時為了和戰場原上同一所大學而認真用功的決心，是否真的是我自己的意願。

「居然去學妹房間打掃，阿良良木真會照顧人呢。不過在別人家洗澡有夠厚臉皮，我想你還是去死算了。」

「別這麼想啦。」

「至少不是想親手殺掉你，所以還算好吧？」

「…………」

確實還算好。

「所以，阿良良木，你聽神原說過那件事之後有什麼感想？」

「嗯？」

「那個……不是要你看水，而是要你看水面的那件事。」

「啊啊……」

我點了點頭。

我自認據實以告，將神原對我說的內容也告訴戰場原，卻沒說出我自己的感想。

「沒啦，哎，確實不可思議呢。不對，並不是不可思議？或許該說很浪漫。神原的父親居然從水面看見自己將來結婚的女性。」

當時是這麼說的。

神原的父親從小洗澡時，就會在那個檜木浴缸看見陌生女性。不，不是每次都看見，是偶爾看見，總之他在「水面」看到自己將來攜手私奔的對象。

當時神原的父親覺得肯定是幻覺，不是很在意，而且不在意久了就再也沒看見，不過即使再也沒看見，內心某處也一直掛念「那個幻覺究竟是什麼意思」，所以當他遇見神原的母親——也就是臥煙遠江時大受震撼。

如同這場邂逅是命中註定。

「總覺得是女生會喜歡的占卜呢。聽說在洗臉台放滿水，就可以在水面看見將來結婚的對象？」

這是神原父親的經歷，所以我料想的不是女生而是中年男性，但這是小時候的事，而且他們兩位似乎很年輕就結為連理，既然這樣就沒什麼突兀感。

浪漫。

應該可以這麼形容吧。

總之，以我這個剛涉足大考業界的高中生一知半解的知識，水面可以當成螢幕的代替品……不過在這種狀況，水面居然看得見「命中註定的另一半」，至少是「將來會遇見的人」，實在是不可思議。

和之前的沙地事件不一樣。

水當然比沙子更加不定型，而且檜木浴缸雖然令人覺得年代久遠，不過底部當然沒有任何問題。

「嗯……」戰場原問。「順便問一下，你依照神原的說法看向水面時，映在水面的人是誰？是我？是我？還是我？」

「好煩！」

「羽川同學？神原？八九寺小妹？」

「好恐怖！」

我不禁戰慄。

「不，並沒有映出任何人……就只是很正常反射光線，映出我的臉。」

「咦？意思是說，阿良良木命中註定的另一半居然是您自己？」

「煩死了，『您自己』是怎樣？」

明明平常語氣平淡，卻只在這時候確實做出驚訝反應。

「記得有這樣的神話吧？自己映在水面的容貌太美麗，忍不住跳水自殺……這種人叫作什麼？」

「妳絕對知道吧？只是想讓我親口說出『自戀』兩個字吧？」

「我還聽過這種傳聞喔。一隻咬著肉的狗看到河面倒映的自己，想將水裡的肉也占為己有而大叫，結果嘴裡的肉掉進河裡……這種愚蠢真的是自良木。」

「天底下沒有『自良木』這種形容詞，不准把我當作愚蠢的基準。總之就我看來，水只是普通的水，水面也只是普通的水面。」

「是喔。阿良良木明明是吸血鬼，身影卻可以正常映在水面啊？」

「不，我已經不是吸血鬼，只是留下後遺症罷了，也可以正常照鏡子喔。」

「這麼說來，聽說吸血鬼不能渡河或是不會游泳……阿良良木，你也可以游泳嗎？」

「嗯？不，我沒試過……我不確定耶，正常來想應該可以游泳吧？」

先不提我，不知道忍怎麼樣。

畢竟那個傢伙雖說是幼女，吸血鬼度卻比我高……感覺這方面會被吸血鬼的定位影響。

「總之，先不討論是否和怪異有關，但這件事確實不可思議。如果神原是聽母親說就算了，但她是聽父親說的……」

我無從得知神原的母親是怎樣的人，但光是她將那個「猿猴」遺留給神原，就看得出她和「那方面」有交集。

不只如此，那對看來親切的爺爺奶奶，從獨生子被搶走之前就極度討厭她。

「與其說是占卜，或許更像是詛咒。命中註定的另一半把自己的影像傳送過來。」

「太恐怖了吧？你對神原母親的印象究竟是怎樣啊？」

「沒有啦。」

戰場原以詼諧的語氣說。不對，語氣很平淡，只是用字很詼諧。

「開玩笑的啦～～～」

「……哎，我想應該是開玩笑的。」

「總之，我之前就聽神原說過這件事了。」

「咦？」

她講得很乾脆，不過這是怎樣？

沒加「其實」之類的開場白就講這什麼話？

「怎麼了？我沒說我不知道吧？我和神原是老交情，當然知道這種事。要是她對剛認識的你說出連我都不知道的事，我反而會受到打擊吧？」

「…………」

從這個說法推測，戰場原得知這件事的時間點，應該不是新生聖殿組合誕生之後，而是國中時代吧。

「我沒有惡意喔。只是期待阿良良木聽神原說這件事之後，得意洋洋轉述給我聽的滑稽模樣。」

「根本惡劣至極吧？」

即使沒惡意也惡劣至極，妳究竟是什麼樣的人啊？

「不過事實上，你沒說之前，我都忘了這件事，聽你說一半才想到她確實提過這件事。不過我接受神原邀請到家裡，還借用浴室洗澡的時候都很乖，沒講不解風情的話。」

「咦？」

嗯？不解風情的話？

怎麼了，這是什麼意思？

「我當然和你不一樣，跟神原一起洗澡了喔。嘻嘻，羨慕吧？」

「不，我並不是想問這個……」

神原與戰場原一起洗澡。

我不羨慕，只覺得恐怖。

完全不想靠近。

「……『沒講不解風情的話』是什麼意思？」

「就說了，當時我的個性很好，也就是和現在不一樣，不是個性扭曲惡劣的爛女人。」

妳太有自覺了吧？我倒抽一口氣。

戰場原無視於我，繼續說下去。

「也就是說，我不會不解風情到將這種不是鬼故事，而是戀愛傳說的浪漫事情多加解釋。」

006

接下來是後續，應該說是結尾。

用不著提到希臘神話的自戀傳說，所有人都愛著自己。基於生物學的定義，這不是自戀或自我陶醉。

是基於想將自身基因流傳到後世的本能。

人們尊重自己，以自己為理想。

戰場原是這麼說的。

「咦？什麼？妳的意思是說，神原的父親把水面像是鏡子倒映的自己容貌，認定成『命中註定的另一半』？不，這終究……不可能吧？」

「為什麼可以這樣斷言？」

「因為這樣很荒唐啊？」

「所以這件事本來就荒唐啊。要是指摘這一點，就像是在嘲諷神原的父親，所以我沒有指摘。國中時代的我當然不在話下，即使是現在的我，或許也不敢這樣指摘吧。」

「……這樣真的就是剛才提到的小狗童話了。應該會察覺吧？妳覺得世上有人認不出自己的臉嗎？」

「嚴格來說，這個世界上沒人知道自己的臉喔。因為鏡子裡的自己是左右相反。無論是照片還是影片，色調與立體感也截然不同。其實人們最不知道的就是自己在別人眼中的樣子。」

「不，我不是在講這個……」

「比方說，阿良良木，別人家的家族看起來會很像吧？不過當事人可能覺得沒那麼像。你也是，即使你和妹妹們就旁人看來像到噁心，但你自己不覺得那麼像吧？」

「妳隨口就說出『噁心』這種字眼耶……不過，我並非無法理解這種說法。這麼一來，既然是平常看慣的東西，應該比不熟悉的他人更容易辨別吧？就像是外行人看起來一模一樣的仿冒品，在專家眼中就能辨別……」

「嗯。雖然錯了，但你就這麼解釋吧。」

「錯了嗎……總之，映在水面的臉是不是自己，大家應該都能辨別吧？」

「並非如此喔。如果是鏡子就算了，水面就不一定。」

「…………」

「因為水面是會搖曳、閃爍、扭曲的東西，不像鏡子那樣。知道『恐怖谷理論』吧？像是電腦繪圖或機器人，越像人類就反而越不像人類，更容易辨別，而且看起來更恐怖。這個理論是比較正確的比喻。」

「恐怖谷……」

「據說只要越過這個恐怖谷，就會覺得格外親近。學者似乎也想在這個理論找到近親相戀或憎恨的理由。總之，映在水面的自己面容，看起來反而不像是自己。有一種鏡子加入機關，可以映出左右沒相反的影像，不過照這面鏡子的人似乎都覺得這不是自己。順帶一提，要是看到家人或好友映在鏡子裡的樣子，好像會有相同的突兀感。」

「因為『理所當然』和平常照鏡子看到的自己不一樣，所以覺得映在水面的自己不是自己？」

「嗯。而且如果只是偶爾，也可能把自己倒映的扭曲影像看成女生吧？」

「哎……如果是男女特徵差異不大的幼童，或許可能是這樣吧……如果是女生會玩的占卜，以這種方式解答大概沒問題，但是長大之後，應該說辨別能力達到某種程度之後，正常來說都會察覺這種事吧？」

「正常來說會察覺啊，所以察覺之後就看不見了。」

「…………」

「不過，這件事是否和『似曾相識』的回憶連結在一起，就得另當別論了。以神原父親的狀況，曾經看過水面浮現人影的記憶，就這樣一直留下來了。」

「……所以認為這是『命中註定的另一半』？這也太武斷了吧？不過真要說的話，

確實像是神原父親的風格。」

「順序反了吧？應該是遇見了心目中『命中註定的另一半』，所以覺得和當年在水面看到的自己面容很像。」

「嗯……？啊啊，原來如此……說得也是，我是現在以旁人立場聽這件事，所以因果關係顛倒了……不過以當事人的感覺是這麼回事嗎？也就是從小到大的疑問得到解答嗎？」

「因為戀愛總是在尋找近似自己的對象，所以……」

所以。

戰場原只講到這裡，沒繼續講下去。

「不過，這只是一種解釋。」

她以此作結。

以這種方式作結，或許是她遮羞的方式，或者是因為這種浪漫的事必須有個合理的解釋才能讓她接受，她才會對自己如此解釋。

真相無從得知，所以不是解答，而是解釋。

戰場原這麼說。

神原與神原的父親以一種方式解釋，戰場原以另一種方式解釋。如此而已。戰場原大概覺得神原父親的解釋「牽強」或「離譜」，不過反過來說，神原父親或許覺得戰場原的理論比較「牽強」或「離譜」。

既然神原的父親只在浴室，換言之就是只在井水看到「她」的身影，就可以證明井水本身的神奇之處。

這個現象為何只出現在浴室，戰場原應該會解釋成浴室光源容易產生這種反射之類的原因，總之真要說的話，我的想法也比較接近戰場原，無法只把浪漫當成浪漫接受，滿嘴講得頭頭是道，所以我不會對此做出不解風情的批判。

在這方面，我與戰場原確實很像吧。

相似，而且相戀。

「那麼，再見了，晚安。明天學校見。」

戰場原沒這麼說。

「敢對神原多嘴，我就殺了你。要是說出口就不原諒你。如果不小心失言，就給我在明天之前自殺吧。」

她以這番話道別，結束通話。

真是搞不懂這個傢伙……如此心想的我，覺得這個時間應該勉強沒問題，所以接著打電話給神原。

打電話的藉口是回報我平安到家，不過實際上是想問一件事。

我當然不會多嘴，我可不想在明天之前自殺。

「神原，我剛才忘記問一件事……那妳呢？妳在那間浴室看那個水面時，看見了什麼東西？」

我之所以這麼問，是因為如果神原父親的解釋正確，那麼水面應該會映出神原將來結為連理的對象。

但如果戰場原的解釋正確，映在水面的或許是神原的母親——臥煙遠江。

她或許會和父親一樣，看見臥煙遠江的面容。

因為她可能會將自己映在水面的搖曳面容，看成和自己有血緣關係的母親。大幅影響她的人生，至今依然在左手留下影響的母親。或者說，雖然我不知道神原像父親還是像母親，不過考量到親子血緣，她看到父親的面容也不奇怪。依照水面的搖曳程度，也可能兩者皆是。

也可能同時看見父親與母親。

若是如此，在某方面來說也很浪漫。雖然神原的雙親已經過世，不過在她的眼中，父母永遠和她同在。

「嗯？啊啊，當然是看見自己的奶子啊。我自己都覺得很誘人，泡澡的時候一直看。胸部和下方腹肌的對比非常顯眼，我每晚都看得入迷所以泡到頭昏，老實說完全沒注意別的事。所以阿良良木學長，這怎麼了嗎？」

我掛斷電話。

第五話 曆・風

UN	MON	TUE	WED	THU	FRI	SAT
		1	2	3	4	5
6	7	8	9	10	11	12
13	14	15	16	17	18	19
20	21	22	23	24	25	26
27	28	29	30	31		

8

August

001

名為千石撫子的國二學生對於「路」有什麼想法？到頭來，她是否思考過「路」這種東西？我不得不做出否定的結論。這或許是我自以為是的偏見，就某種角度聽起來對她很沒禮貌，不過總是微微低頭看著下方生活的她，眼中所見的肯定不是路，只有自己的雙腳。

只看著鞋子活下去。

這並不是壞事。

請別誤會，我絕對沒有批評責難的意思。到頭來，像我這種人別說微微低頭看著下方，根本是閉著眼睛或走或跑到現在，走路完全不看路。千石則是好歹注視自己的腳邊，沒繞遠路專心直走到現在。這樣的我沒資格責備她。

我這種人不只沒看腳，也迴避注視我自己，最後甚至失去自我。千石則是即使移開目光不看路，依然持續看著自己腳邊。這樣的我不可能批評或責難千石，甚至應該誇獎她。

一步。

一步，一步。

無論朝著哪個方向，都繼續注視著走到現在，今後也會走下去的自己雙腳，繼續注視著鞋子。這樣的人生壓力其實挺沉重的。

這也是人生。

這正是人生。

不是可以否定的東西。至少不是可以輕易否定的東西。

不過，即使這是人生，也不是人生之道。她不知道自己走在什麼樣的道路，甚至不知道自己走的路叫什麼名字，所以肯定沒有值得一提的人生之道。

而且關於千石撫子的生活哲學，若說有其他更重要、最重要的指摘之處，就是她總是低著頭，看著下方生活。

掌握自己雙腳的動作過生活，當然不會跌倒、絆倒或踩空，但是只要沒看著前方行走，就無法避免遭撞的危險。

此外，雖然這件事或許不太重要，不過先不提人生之道，正如「蛇有蛇道」這句諺語所示，如果不是從邪道，而是從蛇道的角度來說……（註16）

她該看的腳不在那裡。

註16　「蛇有蛇道」是「隔行如隔山」的意思。日文「邪道」與「蛇道」音同。

002

「曆……曆哥哥，打擾了。」
「喔，千石，歡迎妳來，進來吧。」
「前……前來打擾還是不太好，所以我回去了。」
「不准上門一秒就想回去！」
「再……再……再見。今天我也過得很快樂。」
「這怎麼可能啊！」
「是……是撫子人生最美妙的一天喔。」
「妳啊，光是在阿良良木家的玄關脫鞋有多麼快樂啊？妳是人生高手嗎？」
八月初——暑假某日。
某騙徒引發的事件告一段落的某天，妹妹的朋友千石撫子依約造訪我家。
找千石過來的原因，在於她曾經提供那個騙徒的情報，所以我應該告訴她事件的結果並且道謝。
依照社會的正確禮儀，既然要道謝，我覺得照道理應該由我登門造訪，不過上個月去她家玩的時候，我們玩了人生遊戲等各種遊戲，玩得很開心，最後卻不知為何演變成像是逃離千石母親的奇妙結果，所以我不禁不太想再度造訪。

或許是基於動物的本能。

也可能是怪異的本能。

因此，我打電話給千石，邀請她到我家。原本想約個地點接她，不過……

「沒問題的。」

她這麼說。

總之，她上上個月和神原一起來過阿良良木家，所以知道地點。不只如此，她在小學時代就經常來這個家找我妹。

所以她說不需要迎接，應該是覺得這樣照顧過頭吧。俗話說爺爺奶奶寵大的孩子便宜三百文，若要這麼說的話，可不能連哥哥寵大的孩子都便宜三百文。（註17）

即使如此，千石這傢伙在某方面確實不可靠，我擔心她是否能準時前來，要是沒來就打算全力尋找，不過阿良良木家的門鈴在指定時間響了。

時間準確到如同電波鐘，彷彿在阿良良木家門前聽著整點報時按下門鈴。不過千石沒手機，所以沒辦法聽整點報時。

註17　容易嬌生慣養導致價值不如他人的意思。

既然這樣，或許是她出門的時候對過秒針吧。不對，不可能有人對時間神經質到這種程度。

看向手機的來電記錄，千石的電話總是整點打來，這肯定也是常見的巧合。

「總之進來吧。放心，室內我確實打掃過了。」

「啊，唔，嗯……」

「招待妳的準備也完成了。今天要通宵開派對！」

「咿……咿！」

雖然是老交情，不過千石到別人家似乎還是會緊張，所以我想先講個笑話緩和氣氛，但她似乎當真而受驚了，嚇到頻頻發抖。

唔～～……

話說，自從我六月再度見到這個傢伙，就經常看到她畏畏縮縮成這樣。

千石＝畏畏縮縮。

這是個性問題，或許我再怎麼樣也幫不上忙，這麼一來也只能靜心守護了。

上次造訪千石家的時候，她以髮箍把瀏海往後收，但今天大概是因為外出，所以她放下瀏海成為預設狀態。

看不到她的表情。

所以老實說，我不知道她真正的想法。

看起來像是害羞或有所顧慮，不過說不定只是在抗拒。

如果她是因為無法拒絕好友哥哥死纏爛打的邀請，進入不想進入的別人家而為難，那我不只是過意不去，會錯意也要有個限度才對……

但願不是如此。

如果她願意再稍微親口說出自己的想法該有多好……說真的，至少有神原的百分之一就好。

經過騙徒事件，戰場原的毒舌……應該說她令人絕望的舌鋒終於開始收斂，出現更生徵兆的這個時候，我可不想得知自己其實被妹妹的朋友討厭，為了這個事實而損耗精神。

這樣會影響到我的應考計畫。

「好啦，快脫掉鞋子進來吧。」

「好……好的，知道了。我脫。我會聽話，會照做。」

「…………」

千石害怕成這樣好奇怪……

如果她抗拒就隨便她吧，事到如今也無可奈何，但是就算這樣，也希望她不要這樣反應，害我背上莫須有的罪名。

總之，與其說顧慮更像深謀遠慮，講明了就是一直躊躇的千石，好不容易踏上我家走廊。我就這麼帶她到二樓。

「其實小月應該在家才對……不過那個傢伙好像還在忙著收拾各種善後。」

「收……收拾善後？什麼意思？」

「就是收拾騙徒事件的善後。不過我不知道具體來說是要做什麼。說真的，我完全搞不懂小憐與小月在想什麼。」

也不曉得千石在想什麼。

總歸來說，或許只是我不曉得女國中生在想什麼。但如果要這麼說，我們原本就不可能知道別人在想什麼。

即使是和我相連的忍，我也不敢說我知道她的想法。

「哇……哇啊，真的耶，是派對，派對準備好了！」

千石再三猶豫，終於（短短不到三十步的距離，她花了快三十分鐘才走完）進入我房間的時候，總算發出開心喜悅的聲音。

與其說是進入房間而開心，應該說她看見我房間地上擺滿的零食與飲料而開心。

形容為「派對」有點樸素，也沒有驚喜要素（相較之下，上次千石在她家款待我的時候豪華多了），但是既然能讓她開心，我還是覺得高興。

只不過，準備這個「派對」的人不是我，是妹妹……她仔細準備好這些東西之後，宣稱「要收拾騙徒事件的善後」就出門了。

哎，雖然我討厭那個傢伙這種冷漠的態度，不過可以說她終究很能幹，足以擔任在地女國中生的領袖。

她吩咐說「要把自己當成是我，好好款待撫子喔」。那個妹妹對哥哥講這什麼話？

「哇……哇啊，爆米花耶，太棒了。撫子想用爆米花塞滿嘴……塞到沒辦法呼吸，而且直接吞下去。」

「會死掉喔。」

「好棒……」

千石講得一副陶醉的樣子，當場蹲下。

不過，零食就能讓她這麼開心，挺意外的……難道家裡很少讓她吃甜食？明明看起來被父母捧在手掌心，卻和甜食無緣嗎……

真意外。

「嘿咻……」

千石一坐在坐墊，就開始脫襪子。兩腳。看來她想赤腳。

我注視沒多久，她就已經赤腳了。

她將襪子工整摺好，放在旁邊。

「…………」

如同進入室內要脫帽子一樣，脫掉襪子……咦？是嗎？我不知道。不知道就是不知道。進入別人房間的時候要脫襪子？有這種禮儀嗎？

我很少進入別人房間，所以對照自己的經驗也完全不知道……

我會去的房間，就只有戰場原或神原的房間……到神原房間的時候別說脫襪子，甚至得穿厚底鞋才行，否則可能會受傷。

「剛……剛才提到月火她出門了……」

千石蠢蠢欲動，看起來明顯是很想拿眼前備好的零食吃，卻努力克制自己。

她想盡快享用爆米花，卻先將這件事放在一旁，如此詢問。

「火憐姊姊也是嗎？」

「是啊。那兩個傢伙是一組的。是配套販售。」

不過，若是要配套販售，尺寸也差太多了……就算要搭成一組或許也不好搭吧。

這兩個妹妹真難處理。

應該會有人抗議不應該這樣對待妹妹吧。

「令……令尊與令堂呢？」

「居然說令尊與令堂，用詞太鄭重了吧……沒有啦，我爸媽也不在家，應該說在工作。工作……我爸媽的工作和假日或暑假完全無關。我說無關就無關。」

「這……這樣啊……那麼，今天只有撫子和曆哥哥兩人啊……」

「嗯？總之，要說只有我們兩人也沒錯啦。所以有什麼問題嗎？」

「當然沒問題喔。嘻嘻……」

千石可愛地笑了。

終於笑了嗎……

我懂了，她之所以看起來緊張，是顧慮到我的父母。到別人家裡造訪時，對方的父母確實會令人緊張。

我見到戰場原父親的時候也吃了一些苦頭，即使不提這個例子，也曾經逃離千石的母親，第一次見到神原的爺爺奶奶時也會緊張。但我現在已經完全習慣，甚至會在神原不在家的時候，為了見他們兩老而過去玩。

「那麼，總之千石，歡迎光臨。」

我在預先準備好的兩個玻璃杯倒入飲料，將其中一個杯子遞給千石，先從乾杯開始。

「唔……嗯！曆哥哥，我光臨了！乾杯！生日快樂！」

「…………」

我的生日在四月。

003

「這樣啊……原來好好解決了。太好了。太好了。」

關於騙徒事件，即使當然不能全講，但我一邊吃零食喝飲料，一邊把該告訴千石的部分說完。

千石一副輕撫胸口的樣子。

與其說安心，應該說是卸下心中的重擔吧。這是當然的。因為在騙徒事件，她所處的位置比周遭的女國中生更接近中心。

多虧忍野，而且真的也多虧神原，所以才沒有越陷越深，但她肯定直到剛才都很關心這件事。

「我不知道是否能稱為『好好解決』，不過以我的角度來看，該說事後不是滋味，還是處於灰色地帶……該怎麼說……」我說。「算是模模糊糊的中庸解決吧。」

「不過，不會發生更過分的事了吧？」

「嗯……哎，基於這層意義，堪稱沒有比這更好的結果吧。」

我不確定有沒有更好的結果。

完全無法確定。

這是負面思考，就某種角度來看挺消極的，總之事態不會繼續惡化，基於這層意義來說確實是解決了。

不，就算不是這樣，解決的事就是解決了。只是妹妹們無謂貿然插手，原本毫無關係的我不應該在旁邊說閒話。

自詡旁觀者清也要有個限度。

準備這種像是慶功宴的派對，原本也堪稱厚臉皮吧。不過，如果放下這種不重要的道理思考，光是那個恐怖的騙徒離開這座城鎮，我個人就很想乾杯。那個傢伙保證不會第二次出現在這座城鎮。原本光是這樣的成果，就足以開一場盛大的派對了。

「月火她們說正在『收拾善後』……不知道NOW怎麼樣了呢？」

「NOW怎麼樣？」

推特的流行語？

但是以千石的風格，扭扭樂應該比推特更適合她……（註18）

「啊，不對。」千石改口說。「不知道現在怎麼樣了。」

「天曉得。」

她刻意改口，我這樣回答或許冷漠，不過我只能以「天曉得」回答。因為我和妹妹不同，不熟悉這方面……也就是女國中生的聯絡網。

這樣想就覺得那個騙徒曾做、想做的事異常到顯眼……真的令人不舒服。

咒語。

詛咒。

居然刻意讓怪異蔓延……

「那個……月火說的『收拾善後』，是逐一消除蔓延至今的怪異嗎？」

「不……這應該有點勉強吧？真要說的話，那個傢伙要做的是輔導受害者心理之類的……不過或許也想消除怪異吧。」

或許想做，不過再怎麼說也處理不來吧？到了這個程度，完全是情報戰的領域。

註18　「扭扭樂（Twister）」與「推特（Twitter）」音近。

即使是火炎姊妹的參謀也處理不來吧……

不對，先不提「火炎姊妹的參謀」云云，到頭來，我不知道火炎姊妹究竟有多少本事。

「火……火炎姊妹很厲害喔，曆哥哥。曆哥哥是她們的家人，距離太近了，所以或許很難體認，不過火炎姊妹真的，真的，真的很厲害喔！」

「是嗎……」

「真的，賭本很厲害喔。」（註19）

「戶籍賭本？」

看到文靜內向的千石如此強硬主張，即使只聽她說一半，即使半信半疑，也覺得或許確實如此。

火炎姊妹或許很厲害。

「沒錯！甚至光是和火炎姊妹做朋友，在班上的面子就算很大喔！」

「原來妳在班上的面子算很大嗎……？」

這真是了不起呢。

註19　日文「真的」倒過來念就是「賭本」。

臉蛋這麼小的千石，面子居然很大……

「沒……沒有啦。」

千石清了清喉嚨。

可愛的咳嗽。

「不過真的不誇張，只要說是火炎姊妹的朋友，氣勢就強到可以集資喔。」

「這氣勢問題很大呢……」

感覺真的是詐騙的溫床。

大概會被有心人士用來演戲詐騙吧。有人說過大的正義反而會造成犯罪，火炎姊妹或許也已經意外進入這樣的領域。

不過，兩個當事人應該完全沒這個意思就是了……

「這麼說來，之前出現了叫作『寒冰姊妹』的冒牌搭檔喔。」

「這冒牌貨真好懂啊。」

以我的觀點，那兩個傢伙才叫作冒牌貨……但我不會說得這麼過分。即使在我眼中是懶散的妹妹，會光溜溜在家裡闊步的懶散妹妹，在千石眼中依然是毋庸置疑的老朋友。

即使出自朋友親人之口，應該也不想聽自己朋友的壞話吧。

「還出現『心跳！火炎姊妹』這個搭檔喔。」（註20）

「那不是接檔的續篇嗎？」

可以說是續篇，也可以說是新篇。

原來如此，我的妹妹們不知不覺要迎接完結篇了嗎……

「總之，先不提那兩個傢伙是否處理得來，俗話說『傳聞只傳七十五天』，騙徒在鎮上散播的鬼故事，我覺得正確的處理方式是扔著別插手，靜觀其變。」（註21）

「好難處理呢……」千石說。「撫子可以幫忙月火她們做些什麼嗎……原本以為今天可以問問看……」

「說到妳能做的事，我覺得就是趕快從那個蛇的事件重新站起來。沒錯。但我想應該無法完全復原吧。」

「……曆哥哥說『重新站起來』，聽起來好像撫子原本是站著的，不過撫子覺得自己在這之前就是趴著。不是站在地面，是趴在地面，像是蛇那樣……」

她就像這樣講得很消極。

「啊……啊哇哇！」

註20　暗喻動畫「心跳！光之美少女」。

註21　傳聞傳得快，去得也快的意思。

接著，千石講到這裡似乎慌了，抓起一把爆米花塞進自己嘴裡，實行了剛才提到想做的這個行為。這樣的她好像松鼠……應該說確實很像蛇。

但她終究沒有直接吞下去，而是好好咬碎。

「妳……妳在做什麼啊……？」

這傢伙做什麼都很可愛呢……我一邊心想一邊詢問。

「唔咕唔咕，咕嚕。」

千石先把嚼碎的爆米花吃完。

「該怎麼說，曆哥哥，撫子那件事當然不用刻意強調，不過……那位騙徒先生……」

她說。

騙徒「先生」這種稱呼方式，實在很像千石的風格，令人會心一笑，不過我曾經和那個騙徒「先生」當面交談，所以有點排斥這種稱呼方式。

如果不是千石，我甚至想要求對方不要以「先生」稱呼那個傢伙。

「究竟是怎麼散播傳聞的呢？」

「嗯？」

「該說是傳聞……還是咒語……還是鬼故事……這種超自然的事是怎麼傳播

的……」

「……哎，那個傢伙企圖用這個手法大賺一筆，所以先在女國中生之間散播類似免費試用的咒語，之後再做好準備販售別的咒語。」

現在想想，這是現代風格的做生意手法。

基本上免費，再以選購的形式推出收費項目……不愧是終生以詐騙為業的男人，走在時代潮流的尖端。

不對。

到頭來，詐騙不是工作，應該是犯罪才對。

「不是，不是啦，曆哥哥。不是『為什麼』，是『怎麼』……」

「嗯？啊啊，妳想知道的不是目的，是方法？這種事……」

感覺她居然問這麼簡單的問題，所以我想飾演一個可靠的「哥哥」好好表現一下，但是真的要說明的時候，我卻說不出任何話語。

咦？

方法？

當時他大致提到是以女國中生為中心散播傳聞……不過說真的，要怎麼做才做得到這種事？

忍野是怪異專家，以蒐集怪異奇譚為業。那個傢伙為了蒐集都市傳說、街談巷說與道聽途說而來到這座城鎮，後來離開這座城鎮。

先不討論這算不算是職業，不過基於某種意義，需要使用的方法非常好懂。只要撒網捕撈流傳的傳聞、散播的話題就好。

說穿了，忍野的立場近似觀察者、捕捉者或是紀錄者，也就是屬於接收的一方，即使做起來當然不容易，但任何人只要想做，都可以取得某種程度的成果。可以前往當地直接打聽，或是採用現代風格上網調查，方法比比皆是。

然而，反過來要怎麼做？

如果不是接收，而是散播都市傳說、街談巷說與道聽途說，那要怎麼做？

不是蒐集，而是散播……具體來說要使用什麼方法？

不是接收，是發送。

而且不只是發送，還要控制後續的流向，絕對不是簡單的事吧？

不是撒網，而是設置陷阱。這要怎麼做？

「……千石，以妳的狀況，當時妳想處理騙徒散播的傳聞與怪談對吧？」

蛇。

蛇的怪異。

「唔，嗯。不過失敗了。」

「先不提成功還是失敗，當時妳是查書找處理方法，而不是向騙徒買吧？」

肯定是這樣。

我也看過千石在書店查資料的背影，所以肯定沒錯。總之，騙徒規劃的這個大型詐騙計畫，雖然處處都惡劣至極，但如果其中還有救贖，如果硬是要尋找救贖，就是千石撫子免於直接和騙徒接觸。

如同不祥化為實體的那種人，不知道是否真的是人類的那種人，要是和看起來比吉娃娃還軟弱的千石接觸，我不認為千石可以全身而退。

連火憐都遭遇那種下場。

如果是千石……

「唔，嗯。現在回想起來，要是撫子努力一點，或許聯絡得到騙徒先生。」

但千石這麼回應。

勇敢回應。

「如果撫子見到騙徒先生……撫子就可以將騙徒先生綁起來扭送警局了。」

「不可能吧？」

我自然地吐槽。

不提這個，不對，事到如今就算查明也於事無補，千石也不是基於什麼迫切的理由非得問我這個問題，但要說我不感興趣就是騙人了。

那個騙徒，是怎麼散播傳聞的？

「到頭來，妳是聽誰說的？不是從騙徒本人嗎？」

「撫子身邊的大家都是這麼說的喔。月火打聽的時候，大家肯定也是這麼回答的。」千石說。「是風聞——風帶來的傳聞。」

「…………」

風？

004

「都市傳說的英文是『Folklore』……意思是聽『朋友的朋友』講的傳聞。不過實際尋找這個『朋友的朋友』卻完全找不到。」

關於騙徒本身的事，已經沒什麼要對千石說的了，應該說已經沒什麼能說的了，所以在月火她們回來之前，我們決定討論這個話題。

形容成「討論」有點誇張，實際上只是興趣使然，不覺得會在今後派得上用場。

不過，經過一段時間回憶騙徒散播的傳聞，我就想起春假也發生過這種事。

已經是好幾個月前的事了。當時還不是考生，也還沒和怪異有所牽扯的我，從還沒同班，首度交談的羽川那裡，聽到「吸血鬼」的傳聞。

金髮的吸血鬼。

鐵血、熱血、冷血的吸血鬼。過於美麗的吸血鬼。

記得這也是以女生為中心散播的傳聞。

無論是騙徒策劃的咒語，還是「吸血鬼」的傳聞，共通點在於都是以女生為中心散播。

或許不是因為兩者具備某種共通的基礎，而是女生……應該說女性傾向於比男性喜歡傳聞。

也有人說，女性總是比男性易於主導時代的趨勢，所以都市傳說也容易發生在這種社群，騙徒刻意鎖定這種社群為目標嗎？

「……哎，即使是這種『說法』，真要說的話也是一種傳聞……畢竟也有千石這種不在謠言傳播網的女生，像是吸血鬼的傳聞，我這個男生也有耳聞。」

「是啊。所以曆哥哥，這時候就不要鎖定目標，拿普遍一點，更廣泛流傳的傳聞當題材，討論這樣的論點吧？」

「說得也是。」

「討論論點」這樣的語法有點怪，不過千石的國文好像和我一樣不太好，所以就當成沒聽到吧。現在不是校正用詞的時候。

「關於謠言散播的過程，散播謠言的過程，那個騙徒用的是什麼方法……」

都市傳說的散播方法。

道聽途說的散布方法。

「……不過，如果那個騙徒可以掌握這種東西，我覺得就不用幹『詐騙』這種賺錢效率很差的行徑了。」

「曆哥哥，並不是所有人都在追求效率吧？撫子沒直接見過所以不曉得……不過聽曆哥哥的描述，他似乎喜歡『騙人』這個行為本身……」

「哎，他確實是這樣的傢伙……」

不對，不是喜歡或討厭。

我覺得那已經是一種病……像是業障那樣。

所以，他或許不是自己選擇了騙徒這個職業，而是只有這條路可走。

由此看來，他也是受害者嗎？我完全不這麼認為。

無論怎麼想，他都是加害者吧？

開什麼玩笑。

「總之，『創造趨勢』以及『從趨勢獲利』或許要分開來看。那個騙徒也說過這次失敗了……」

像是拋售股票逃難那樣。

以流言蜚語迷惑世間，和從中獲利是兩回事。沒錯，在討論之前應該先認知這一點。

「我們絕對不是想要推理帶動趨勢的方法，解開騙徒的手法，然後如法炮製大賺一筆。」

「咦？」

千石一臉受驚的樣子。

「啊，唔，嗯。是啊，那當然。」

接著，她像是掩飾般這麼說。

……………看來她想藉此大賺一筆。

不，就算她想大賺一筆，這也不是什麼需要受到斥責的想法。

如果是以正當手段賺錢，就不應該被批判為守財奴或見錢眼開。不過以我的立場，高三就欠過五百萬圓的我，不贊成過度依賴這種投機的方法。

「可是曆哥哥，如果可以刻意散播傳聞或帶動趨勢……如果有這種人為的訣竅，真的是不得了的事喔，是世紀的大發現喔，會造成社會現象喔。」

「不，我並不想造成社會現象……到頭來，雖說要思考，不過鬼故事或都市傳說這樣的趨勢，是否真的可以用人為的方式打造也不得而知。」

「可……可是撫子聽說過喔。明年流行的服裝是前一年開會決定的。」

「啊啊……這我也聽說過。不過，我覺得服裝的流行趨勢不一定會完全照著決議走吧……」

如果是忍野，或許可以說明得淺顯易懂吧。

即使不是騙徒，現實也有組織試著創造趨勢。

「不提這個，先定義我們要討論的對象，也就是定義『流行』吧。」

雖然只是基於興趣，不覺得今後派得上用場，不過要是和那個騙徒一樣的人再度來到這座城鎮作亂，今天的討論或許可以用為對策。我並不是沒有隱約抱持這樣的期待。

知己知彼百戰百勝。

無論如何，我不太能分辨流言蜚語與都市傳說的差異。若要以「是真是假」為標準區分，那麼兩者都是假的。

現實原本就是虛實參半。

「定義……『聽朋友的朋友講的』可以當成定義嗎？因為是風聞……」

「『朋友的朋友』很難定義吧？何況聽『朋友的朋友』說，事實上等於是聽朋友說，這麼一來就變成是以『傳話遊戲』那種方式散播了……」

我與千石的會議從這裡開始。

並不是決定明年服裝時尚的會議，完全不是這麼嚴肅的會議，但我們暫時收掉零食備好桌子，這樣比較有開會的氣氛。

打開筆記本拿起筆，感覺像是要開讀書會。不過我與千石開的這種會，要是羽川在場大概會瞬間結束吧。

「我認為『不知不覺就知道了』應該是第一個定義。換句話說，明明沒有積極收集情報，卻還是知道了……」

「說得也是。學校流行的『咒語』也是這種感覺。不知不覺就在學校流行起來……應該說蔓延。」

「蔓延……」

「形容成『蔓延』就很像流行性感冒呢。」

「不，流行性感冒原本的意思就是『感染』吧？從爆發性傳播的角度來看，我覺得是大同小異。嗯……」

那麼，傳聞可以和疾病一樣定義為『會傳染的東西』嗎？即使可以推測，卻難以鎖定具體來說是誰從哪裡傳染的，等到察覺的時候已經發作了。

形容成「風聞」實在高明。

不過這裡的「風」或許是「風邪」吧。（註22）

「這樣的話，那個騙徒在這座城鎮設下的計畫，或許是某種生化恐怖攻擊。記得我聽說過傳染病的三大原則……」

我試著回想。

這裡的「聽說」當然是聽羽川說的。我的知識大多來自羽川與戰場原。

「是喔。這『三大黃金法則』是什麼？」（註23）

「不對，妳說『三大黃金法則』會變成友情、努力與勝利。我想想……」

傳染病的三大原則。

或者說爆發性傳染的三大原則。

註22　日文「感冒」的意思。
註23　日本某少年漫畫週刊的精神指標。

「①傳染速度快。②傳染範圍廣。③無法遏阻。記得是這三項。這三個原則似乎可以直接套用在傳聞上。」

「就像是速度、射程與威力嗎？」

千石以遊戲風格做解釋。

這麼說來，這傢伙很喜歡玩遊戲。

「撫子大致知道速度與射程……可是曆哥哥，無法遏阻是什麼意思？」

「沒有啊，就是字面上的意思。一旦開始傳染、開始散播就無法阻止。正確來說是『難以阻止』……」

「不過，『傳聞只傳七十五天』對吧？」

「嗯。不過這也代表在經過七十五天之前，傳聞只能扔著不管吧？」

火炎姊妹也因而被迫慢半拍行動，慢好幾拍行動。所以要預防傳染病，果然只能防範於未然。

「原來如此……」

千石煞有其事地點頭。

她似乎也試著盡量營造開會氣氛。這份努力很可愛，卻沒什麼結果。無法拭去「家家酒」的感覺。

但我或許也半斤八兩吧……

「不只是自然出現的傳聞，這次騙徒刻意散播的傳聞也一樣吧。但我不認為那個騙徒的計畫，也包括了如何將流行的『咒語』做個了結……」

即使事情再怎麼順利，那個傢伙也只會盡量散播傳聞，完全不收拾善後就離開這座城鎮吧。

感覺像是燒田農法……

「以騙徒先生為例，傳染的速度好快呢……那一連串的『咒語』，短短幾個月就出現成果了。」

「範圍也是……遍及整座城鎮也夠大了。」

而且都是他一個人做到的，令人甘拜下風。

雖然不值得誇獎，我也不想誇獎，不過像這樣仔細驗證，就發現那個騙徒果然高明。

「那麼，以這三大原則為最低條件……想想如何才能達成這些條件吧。既然那個騙徒做得到，我們應該不可能做不到。」

不對，我覺得很可能做不到。

反正光是用講的又不用錢。

不過免費的東西最貴。

「千石，比方說，如果是妳會怎麼做？那個……如果妳想讓某個怪異奇譚流行，想刻意帶動風潮，妳會怎麼做？」

「唔～～……『帶動風潮』具體來說是什麼樣的行為，撫子不太懂……」千石稍微思索。「不過最簡單又最快的方法，就是『讓已經流行的東西更加流行』吧？」

她這麼說。

喔喔。

千石嘴裡說「具體來說不太懂」，卻意外說出具體的方法，而且挺中肯的，令我嚇了一跳。

「確實，既然有某種程度的基礎，就表示路線已經開拓成功……從大腦科學的觀點來說，突觸只要連結一次，電流訊號要通過第二或第三次都比較容易。」

或許沒必要提到大腦科學，但我在千石面前打腫臉充胖子。我想講得知性一點。是否真的變得知性一點就另當別論。

「若要思考其他的衍生形式，就是『讓曾經流行的東西再度流行』吧……畢竟以怪異奇譚來說，每十年或百年都會流行類似的傳聞……妳說得對，這是最簡單又最快的模式。」

「是……是嗎？」

千石害羞了。害羞的千石。

超可愛的。

「嘻嘻……」

「只是，這種做法或許可以帶動趨勢，卻無法帶動自己想要的趨勢……如果目的只是帶動趨勢，光是這樣應該就夠了。」

「啊……對不起。」

「不，這不是需要道歉的事……」

這傢伙真的動不動就道歉呢。

她今天直到現在都沒道歉，我以為她或許可以撐到最後……唔，最後還是辦不到嗎？

我不願意一直舉那個討人厭的騙徒當例子，但如果他想以效率最好的方式散播怪異奇譚，那他讓已經在女學生之間流傳，奠定基礎的「吸血鬼」傳說傳染出去，應該是合理的做法。

但是那個騙徒沒這麼做，原因在於他不看好後續的利益。

「吸血鬼」賺不到錢。那個傢伙是這樣判斷的。

「春假期間，吸血鬼的傳聞之所以流行，之所以輕易流行，是因為吸血鬼這個怪異、這個概念原本就很有名。」

「是啊，基本上在日本應該無人不知吧……在電視、漫畫、電影……甚至在遊戲裡也經常當成主打。與其說是『曾經流行』，應該說已經普及了。」

「嗯，普及啊……」

哎，依照世間的習慣，原本以為普及的事物都會不知不覺衰退，但我們現在討論的不是衰退，是流行。

「有名的東西……換句話說，如果建立某種品牌形象，確實就容易流行。不過依照『具備爆發性的感染力』這個定義，已經有基礎的事物或許要排除在外，因為不需要感染力了。訣竅不是在於讓有名的東西更有名，而是讓無名的東西第一次出名。妳覺得呢？」

「唔～～……這樣的話，剛才說的，包括電視的那些……該怎麼說……」

「大媒體？」

透過電視、報紙或雜誌介紹，確實是讓感染擴散的普遍手法。

「啊，嗯。對。大媒體。該說是宣傳還是廣告……」

「廣告啊……總之，不只是廣告，只要是透過媒體發表，無論是不是虛構，都暗藏

『想要造成流行』或『想要推廣』的意圖吧。」

肯定如此。

向世間廣為發表卻不想推廣，這種道理說不通。成功者經常說「沒想到會得到世人接受」這種話，但這不是謙虛就是拐彎抹角的炫耀吧。

「不過，這又回到剛才的話題，在電視或報紙宣傳的東西，在宣傳之前就已經相當有名了吧？」

「唔～～總之，或許吧。」

如果大媒體的職責是將「內行人才知道」轉換成「大家都知道」，前一個階段就必須存在。不過前提當然是要擁有這種大媒體……那個騙徒不可能擁有如此高超的政治影響力。

我覺得他和忍野一樣，是不屬於任何組織的專家。

「若將大媒體視為一種權威，那麼為了傳播流行，仰賴權威是可行之道……比方說在學校的話，可以透過老師或班長……會變成這種做法。」

「說得也是。撫子如果想散播某個傳聞……考慮到效率問題，應該會拜託月火。」

千石說。「月火在女國中生之間是名人、是領袖，由她散播傳聞，或許比告訴一百個人還有效。不過前提是月火願意說，因為月火口風很緊。」

「是啊，那個傢伙甚至禁得起我的拷問。」

「拷……拷問？」

「沒事沒事。」

我搖手敷衍。

總之，月火口風是公認的緊。如果將傳聞譬喻為病毒，那她的免疫力很強。不只是不會成為騙徒的受害者，甚至想趕走那個騙徒。即使無法阻止傳聞散播，也可以斷絕傳染的源頭。

「世間帶動流行的方式，大概就是由當紅藝人打廣告吧……」

「不過，當紅藝人就是名人吧……真的是走在趨勢的尖端吧？到頭來，如果要刻意帶動流行，都要依賴已經流行的其他事物嗎？」

千石的語氣聽起來厭煩。雖然沒有露骨表示，卻明顯逐漸失去興致。

哎，如果是我這種彆扭的高中生還好，千石這樣純樸的國中生，聽到這種結論應該覺得很無聊吧。

「熱銷的東西，是因為熱銷所以熱銷。」這是商業界的基本標語，不過這樣解釋就沒什麼樂趣了。

流行的東西不一定是好東西。

劣幣會驅逐良幣。即使這是真理，我還是想頌揚理想。

「……我想，騙徒應該沒使用剛才說的手段。我們當然已經掌握重點……不過就算這麼說，我也不認為他曾經直接接觸重要人物。反倒是這種人才會想透過『朋友的朋友』散播傳聞。」

「…………」

「如果我站在那個騙徒的立場……」

我不願這樣假設，但還是勉強忍耐吧。

「……肯定反而不想接近這種人。妳剛才提到小月，不過那個傢伙只見過小憐，沒和小月談判過就離開這座城鎮了。」

「越重要的人物也越危險……是嗎？」

「嗯。所以該怎麼說，這樣講或許矛盾……但是用不著下工夫，不用廣告、宣傳或是辦活動就會自己流行起來，才是最理想的病毒吧？」

「說得也是……不過，期待病毒自己流行，感覺像是守株待兔吧？已經不是人為，等同於自然發生……只是在期待偶然吧？」

「這麼一來……」

這麼一來，騙徒使用的手法或許是「亂槍打鳥」。大量散布想要流行、散播的怪異奇譚或咒語，以機率計算，只要其中幾種開始流行就好。

或許是交由偶然決定。

也就是「看不見的神之手」嗎……

「不過……那個傢伙在建立詐騙的基礎時，會這麼仰賴偶然嗎……？哎，那麼，我們暫時停止討論帶動趨勢的訣竅吧……當下的結論是必須徹底查明環境，並且亂槍打鳥……」

「嗯。」

「接下來集中討論趨勢的內容。先不提要讓什麼東西流行，什麼樣的東西容易流行？」

容易流行的東西。

感染力強的東西、容易傳播的東西。

「無論是傳聞或鬼故事，甚至是商品也好，想讓某種東西流行時，將這個東西設計成容易流行應該很重要。例如鬼故事越『恐怖』越容易流行……嗎？」

「不過，『太恐怖』就不會流行吧？必須維持在適度的恐怖，讓人想講，不會不敢講……」

「嗯。」

恐怖電影達到何種程度會變成血腥電影，必須劃出一條界線。並不是只要做到過火或過度就好。

「事物還是會跟著時代流行或衰退，也可能有意外的事物流行起來，不過即使是這種料想不到的趨勢，只要好好驗證，我覺得會意外找到共通點。」

「像是傳染病的三大原則那樣？」

「如果預先承認有例外，或許這才是三大黃金守則吧。」

這不是羽川，是戰場原說過的話。雖然講法多少不同，但整理起來就是這種感覺。

「容易理解、容易取得、容易共享。」

「理解、取得、共享……？」

「『容易理解』這一點，不用說明應該也淺顯易懂吧。如果需要艱深複雜的程序就很難流行。『只要能懂的人會懂就好』這種態度，果然會影響感染力。」

反過來說，想讓複雜的事物或設定流行，就必須思考傳達、傳導的方法，或者是即使複雜也可以不用理解。這是必備條件。

比方說電視、手機或電腦，大部分的人都不懂構造，卻就這樣極為正常地使用。

「『容易取得』呢？」

「一言以蔽之就是『便宜』吧……但也不只是價錢的問題。例如鑽石再怎麼便宜也是稀有寶石，還是很難取得。最後的『容易共享』就是容易和大家同樂。無論是多麼好的東西，要是某人獨占就無法散播出去。如果和他人共享過程或感想可以成為報酬，這種事物就容易變成趨勢、形成趨勢。」

這麼說來，騙徒放出的「咒語」確實深得人心。前面已經提過進場免費，之後再收取額外費用的手法，騙徒使用的工具是以人際關係為主軸的「咒語」，或許就是基於這種意圖。

人際關係。

企圖惡化人際關係的……趨勢。

這或許也是劣幣驅逐良幣的例子吧。

「流行就是走在尖端，感覺是走在眾人的前面……但要是被這種原理或原則綁住，最後就無法讓想流行的事物流行，違反當初的目的了。」

「說得也是……就算預料之外的東西流行，果然也沒辦法帶起預料之內的風嗎……這部分只能聽天命嗎……只能任憑風自己吹，是這麼回事嗎……」

千石說。

「…………」

應該就是這樣吧。

不過，我還是難以想像。

那個騙徒——貝木泥舟，在自己混飯吃的詐騙活動居然得聽天命，我覺得這實在不符合他的作風。

別說看不見的神之手，那個傢伙連惡魔之手都不會抓吧。

005

接下來是後續，應該說是結尾。

最後，那個騙徒是以何種手法讓「咒語」在女國中生之間流行，我們沒得出結論。基於這層意義，我與千石開設的會議不了了之。總之對於千石來說，要討論世間趨勢似乎還有點早，難免成為這樣的結果。

後來，火憐與月火在我們還在討論的時候回家，會議就此結束。然後我們四人久違一起玩。不，在小學時代，大千石一歲的火憐肯定很少和千石一起玩，所以這樣的四人組合或許意外是第一次。

千石將怕生技能發揮到極限，不過火憐親切到幾乎有問題的待人技能，剛好和她相互抵銷。

無論如何，我也因此直到一陣子之後，才得知騙徒的手法。具體來說是八月中旬知道的。

八月十四日。

說到當時究竟發生什麼事，就是我遇見……應該說遭遇騙徒本人。

他說過他不會第二次前來這座城鎮，所以這次是第一次來。胡扯。去死吧。

當時的主要話題是另一個專家，但我也順便問了這個問題。

「哼。」他說。「讀風之力、起風之力……我沒有這種東西。不，連我這番話說不定也是假的。」

「…………」

這傢伙完全無法信任。

問他這個問題的我或許是笨蛋。在我如此心想的時候……

「不過就我來說，讀風之力沒那麼重要。」他繼續說。「因為傳染的時候，最重要的是無風狀態。」

「無……無風？」

「阿良良木，我覺得要造成傳染，這是最重要的因素。」

「沒有……風？」

「某種事物流行，就代表另一種事物沒流行。嚴格來說，即使其他事物想流行也浮不上檯面……所以，如果想讓自己心目中的事物流行，就算不選擇目標，也要選擇舞台。」

「…………」

「『傳聞只傳七十五天』……那麼在這七十五天，只能放棄帶動趨勢。具體以這座城鎮為例，我在春假沒出手吧？因為『吸血鬼』的傳聞席捲全鎮，我無法對抗這個壓倒性的頂尖存在。說到究竟是什麼東西壓倒什麼東西，就是這個病毒壓倒其他的病毒。等到傳聞消失，這個地方變得空洞、變得飢渴的時候，我就把傳聞插進來了。」

我聽他說完才察覺。

換句話說，出現空白就會發生傳染，至少是容易發生傳染的條件。

「怪異奇譚、街談巷說、都市傳說、流言蜚語，這種東西要在人心混亂的時候才會跋扈。阿良良木，這裡說的人心混亂就是沒有依靠，是缺乏趨勢的時代。騙徒以花言巧語誆騙的肥羊是哪種傢伙？你思考看看吧。」

「居……居然要我思考看看……我不想思考這種事。」

「別這麼說。」

「不准提出這種奇怪的要求。總之，應該是……有錢人吧？是以富裕階層為目標吧？」

「這是善人的想法。不過，生活滿足的傢伙出乎意料不容易上當。因為生活有餘力，就代表精神上有餘力，所以騙徒的目標是對現狀抱持不滿，生活上沒有餘力的人。」

「……所以你在這座城鎮，才選擇女國中生為目標嗎？」

或者如同昔日……選擇了為女兒怪病所苦的戰場原家。

「沒錯。充滿不安的心容易被騙，因為聽到謊言也沒餘力驗證。」騙徒毫不內疚地說。「你說我散播了讓人際關係惡化的『咒語』當成詐騙根基，不過這部分的事實正好相反。正因為她們的人際關係惡化，才會被我的『咒語』釣到。無風狀態不一定是無菌狀態，反而潛伏著造成爆發性傳染的病毒。」

騙徒說。

「錯的是被騙的人……這是你想說的意思嗎？」

「聽你這麼說，我就想這麼說了。不然我就說是時代的錯吧。如果你想討論『為什麼這種東西會流行？』或『這種東西在流行啊？』這種混沌狀態，那你更應該先討論混沌前的空白。」

「空白……」

「也可以形容為『黑暗』吧。所以我給你一個忠告，如果流行起『莫名其妙的東西』，就要懷疑時代、懷疑自己的踏腳處；要認定某些東西不太妙、認定現在處於危機狀況。因為無論是人為造成或是自然發生，這個時代都已經籠罩在黑暗之中。」

「籠罩在……黑暗之中……」

「容易出現流行的狀況，和容易出現暴動的狀況很像。因為眾人沒有穩固的踏腳處，所以會隨波逐流。不過我這種騙徒在這種時代比較容易生存。」

貝木以不祥的語氣說。

而且，他繼續說下去。

「那麼，阿良良木，既然我透露了非常重要的企業機密，當然要收取額外的費用。」

「…………」

為了取得某個專家二人組的情報，我已經付錢給這個傢伙，卻因為貿然詢問這個問題而意外追加一筆費用。

「我早就看透了，你把緊急備用金藏在上衣內袋。」

他看透了。

嗯。

看來，今天的風向不好。

第六話 暦・樹

UN	MON	TUE	WED	THU	FRI	SAT
					1	2
3	4	5	6	7	8	9
0	11	12	13	14	15	16
7	18	19	20	21	22	23
4	25	26	27	28	29	30

9

September

001

阿良良木火憐所走的空手道之路，肯定是險峻嚴苛的一條路吧，不過就我這樣的半桶水來看，我很羨慕她要走的路如此明確。如果她不是妹妹，我甚至想投以稱羨的眼神，不過她是妹妹，所以我只有尷尬移開目光。即使如此，可以毫不迷惘穩穩走在單向通行毫無叉路，甚至無須地圖，如同高速公路的這種道路上，究竟是什麼樣的感覺？若說我沒想像過就是騙人的。

雙腳踩在地面。

踩穩腳步。

每天一步步走在該走的道路上。

千里之行始於足下，行百里路半九十。即使是一條無盡的路途，在總是伸手不見五指的這個世界，光是看得見該走的路，就不曉得多麼得天獨厚。

無論是闇還是黑暗，都不存在於她的面前。

我剛才說如果她不是妹妹，我就想投以稱羨的眼神，基於這層意義，如果她不是妹妹，這種特質可能會令我愛上她。不過她的人生將隨時寫滿注意事項。

正因為她走的路非常明確，不曉得她迷失時會受到多大的打擊。我也想像過這種殘酷的事。

我問過她。

如果遇到非得放棄空手道的狀況，妳會怎麼做？

非得放棄的狀況。

非得死心的狀況。

是的。

換句話說，就是非得從行走的這條路——這條高速公路離開的狀況。

我並不是想拿這種機率很低，純屬例外的可能性為難妹妹，我不是這麼壞心眼的哥哥。我反而是考量到這種可能性而擔憂，因為關心她才這麼問。

因為，這種事很可能發生。

日夜練習空手道這種格鬥技，可能會意外傷重到無法挽回的程度。或者互許未來的戀人可能會要求她停止這種危險行徑。也可能面臨非得專心在學校求學的狀況吧。

即使道路再明確，鋪設得再完善，也可能發生機械問題。

引擎系統、電路系統，隱憂比比皆是。

因為即使道路再明亮、陽光再燦爛，也不代表未來絕對明亮。

黑暗不只是從前方，也可能從內部造訪。

在行走的路上進退兩難的時候，妳會怎麼做？

任何人都會面臨束手無策的狀況。

「哥哥，這你就錯了喔。」

但是火憐這麼說。

滿不在乎，光明正大地說。

「我所走這條路的終點，是我倒下的場所。如果發生非得停下腳步的狀況，代表這裡就是我的終點。」

不會進退兩難，一直行走到倒下。

反過來說，就是直到倒下都不會停下腳步。她表現這種壯烈的決心。

002

「哥哥，就是這棵樹。」

火憐帶我到道場後方，指向一棵樹。

如果是羽川，或許光是看到外型就知道這究竟是哪種植物，不過很抱歉，我在園藝或林業的造詣很淺，只知道這是一棵「樹」。

「造詣很淺」這句慣用語是「造詣很深」的反義，先不討論這種說法是否普遍，總之若要我進一步形容，我只能說這棵樹幾乎是枯木狀態。

「這棵樹嗎……」

我只能先接受火憐的說法，做出這樣的反應。

「總之……是一棵樹。比我想的……還要細。之前聽妳那麼說，我一直想像是一棵更粗壯的樹……」

「我完全沒這麼說過喔。」

「不過，這是礙事的樹吧？」

「我沒說得這麼過分喔。只有大家嫌這棵樹礙事，我站在樹的這一邊。」

「是喔……」

「只有大家」這種形容方式，我覺得也相當耐人尋味。

而且樹也有敵我之分嗎？總之先不提這一點，我的大隻妹火憐確實對這棵樹產生強烈的移情作用。

移情作用。

我的妹妹情緒豐富，尤其這個大妹，容易將洋溢的情感投射到任何事物。講得直接一點，就是會輕易偏袒任何人事物。

正因如此，這傢伙才成為火炎姊妹的一翼（？），在國中生之間大受歡迎，但她這種個性要是走錯一步就非常危險。

所以我不應該將她的說法照單全收，始終得冷靜聽她說明才對。如此心想的我再度注視這棵樹，觀察這棵樹的模樣。

「…………」

九月下旬。

我和妹妹——阿良良木火憐一起來到她學武的鎮上道場。

這是一間開課教空手道的私人道場。

火憐好幾年前就在這間實戰派空手道「達人」開設的道場鑽研武藝。

火憐在這裡培養的格鬥能力，大多發揮在我這個哥哥身上，基於這層意義，我踏入這裡肯定覺得難受……不過既然得處理事情就沒辦法了。

而且不提難受的心情，這裡是我感興趣，想要造訪一次的場所。不知禮儀或禮貌為何物的火憐尊稱為「師父」的人物究竟是何方神聖，我一直想見他一面。

想見他一面。

一半是想謝謝他總是照顧火憐，一半是想抱怨他究竟傳授何種武術給我妹。

所以我懷著緊張的心情，花了一小時半才抵達火憐跑一小時就抵達的道場，不過很遺憾，那位師父不在。

「跟妳之前說的不一樣耶？」

「不，我又沒說要介紹哥哥給師父認識。難道我說過？在什麼時候？幾月幾號幾點幾分幾秒？地球轉幾圈的時候？」

「…………」

好煩。

如果她不是妹妹，我就打下去了。不，應該說因為是妹妹，所以我才想打。我在這方面很幼稚。

「小憐……我即使如此依然沒打妳的原因，只是因為妳比我強！」

「我的哥哥講得好丟臉呢……」

火憐一臉悲傷。

只是傻眼就算了，希望她不要一臉悲傷。

「唔～～哎，我確實也想將我引以為傲的哥哥介紹給師父認識，我從以前就經常這麼想，所以覺得這次是個好機會，趁著道場公休的時候過來……但師父好像出門了。」

「總之，放假的日子出門很正常……話說，妳沒知會？」

「我和師父心有靈犀一點通，所以不需要知會或阿波羅。」（註24）

「首先，我覺得需要太空船的交情很少見，再來，光是看這次的結果，妳還是應該知會吧？」

「呀哈哈哈，太難的事情我不懂喔！」

哥哥特地照順序說明得淺顯易懂，火憐卻毫不在乎一笑置之，然後輕盈翻越門扉。不是普通家庭的門，而是在道場看得到的門扉，所以是氣派重厚，相當巨大的一扇門，她卻像是忍者衝刺蹬向門扉翻越。

那個傢伙應該不需要電腦合成吧……我心想。

我甚至想拍下來賣，當成對近代電影業界的抗議。我想到這裡，她從內側開門了。

「好，哥哥，進來吧，在這裡。」

「妳……不只是忍者，根本是怪盜吧？不能擅自闖空門吧？」

妹妹明明標榜正義，沒想到我居然得教導這麼基礎的觀念，但火憐沒有愧疚之意，反而驕傲地回應。

「哥哥，別小看我和師父的信賴關係喔。我平常就像這樣擅自進出，卻沒被師父罵

註24　日文「知會」與「阿波羅」音近。

過。」

「真是破天荒的徒弟……」

我決定了。

下次和妳無關，我要帶爸媽一起來這間道場，並且正式謝罪。

「別這樣啦，又不是要去主屋。我們是要去道場，而且只是道場的後院。」

「可是，就算這麼說……」

「別講得這麼死板啦，硬邦邦的，要柔軟一點。不然我今後每天陪哥哥做柔軟體操吧！」

「我要是做妳這種等級的柔軟體操，我大概會骨折好幾次。不是拉筋，而是斷筋。」

「啦啦～～」

她踩著輕快的腳步前往道場。真羨慕她人生這麼悠哉……如此心想的我跟在她身後，聽她介紹這棵有問題的「樹」。

「不過，雖說比想像的細，不過依然是樹，存在感挺強烈的。」

我說。

我重新仰望這棵有問題的樹。不對，以火憐的說法，這棵樹沒問題。

「至今居然任何人都沒察覺這裡有這棵樹……這是真的嗎？」

003

時間繼續往前推。

當時我正在自己房間用功準備考試。九月底是最後衝刺的時期，我自己都覺得內心的衝勁很強。

我以旁人不敢靠近的魄力苦讀，火憐卻輕易接近，將胸部放在我頭上。

「來～～哥哥～～這是哥哥最喜歡的胸部喔～～」

「…………」

哥哥的形象超差，妹妹的形象超笨。

四、五月那時候不是這樣。

究竟是什麼時候變成這樣……變成這種形象？我自認總是在妹妹們面前扮演模範的哥哥啊？

「怎麼了？小憐，什麼事？」

「這個問題很好，但是稱不上很恰當。」

這妹妹的態度令人火大。

完全是隨興過生活。

「正確的問法應該是『什麼時候去？』才對。」

「不准以我早就答應某件事要陪妳去某處為前提講話。就算不提這一點，這種像是心電感應的問答不可能正確吧？現在立刻將妳巨大的胸部從我頭上移開，然後回答我的問題。什麼事？」

「是什麼事呢？哥哥其實早就知道了吧？」

「ＯＫ，妳不用說妳有什麼事，只要移開妳的巨大胸部就好。將妳的巨大胸部移開。」

「好吧，這時候我就讓步吧。」

她好心讓步了。

不過，雖說巨大也比不上羽川，而且如果以身高比例計算大小更不用比。

「好啦，狂摸妹妹胸部的哥哥，就聽我說話當成謝禮吧。我都提供胸部讓你放了，就陪我商量一下吧。」

「我不知道小月對妳怎麼說，不過這次我完全沒有責任吧？是妳單方面將雙峰放在我頭上吧？」

「形容成『單方面』也太遺憾了。俗話說『神坐鎮在老實人的腦袋』，所以只是胸部坐鎮在哥哥的腦袋而已吧？」

「小憐，可以不要把這種莫名其妙的俗話套用在我身上嗎？」

看來非得中斷複習了。沒辦法，雖然不知道她要商量什麼，不過看來這時候只能配合她了。

總之，經過七月的騙徒事件，她就不再獨自將事情藏在心裡，更不會失控，而是好好老實地找哥哥商量，光是這樣就算是大有長進吧。

「什麼事啊，說說看吧。」

「希望我說嗎？真拿哥哥沒辦法呢～～」

火憐得意洋洋。

雖然不是找人商量的態度，但是比力氣的話我比不過她，所以我不計較。

「其實我希望哥哥幫個忙。」

她沒有講得相當高姿態，只是就算她將姿態放低，但她個子原本就高，所以給人的印象或許差不了多少。

「幫忙？呵呵，小憐啊，真是受不了妳。人沒辦法幫別人喔。人只能自己幫自己。」

「喂，講這什麼莫名其妙的話？小心我扁你喔。」

她一語駁回。

應該說差點賞我一記。

這不是我的主張，是忍野的主張，我順勢拿來用也有不對的地方，不過這個妹妹為什麼這麼咄咄逼人？

「別講夢話，好好陪我商量啦，豬頭。想吃點苦頭嗎？」

她的拳頭關節開始劈啪作響。

不只是咄咄逼人，還想以暴力服人。

我可能會被迫沉默。

這時候就努力盡量發揮身為哥哥的威嚴吧。

「知道了，我奉陪吧。」我說。「我奉陪，所以趕快說吧。盡快。」

「嘻嘻，耶～～成功了！」

妹妹突然變得天真無邪。

這是雲霄飛車級的落差。

「謝謝哥哥，我好開心！那我說的時候就小露酥胸當謝禮吧！看！看！」

「…………」

我家有個像是野生動物的妹妹。

即使我努力讀書應考，或許也會因為家裡有這種妹妹而落榜。據說凡事到最後都是家人扯後腿……

「來，哥哥！你可以一邊摸這雙腿一邊聽我說喔！曲線很漂亮吧？」

「妳的腿會畫曲線？是腿線吧？而且我不會摸的。如果不希望我成為悶不吭聲的角色，就快點說妳要商量什麼事吧。」

「是關於樹的事。」

她突然這麼說。

毫無脈絡可循。

應該說，她開口時沒有預備動作。這在格鬥界應該是非常高超的技術，不過在交談時只是一個不會帶話題的傢伙。

我徹底體認到交談與交手的差異。

但要是不配合她，我可能會徹底嘗受到另一種痛楚。

「是喔，關於樹啊，原來如此原來如此。」

所以我煞有其事地附和。

阿諛這個妹妹。

為了達到目的，不惜對妹妹低聲下氣，做得出這種嚴苛判斷的男人，這就是我。

即使像這樣說得帥氣，其實我的目的是「不想被妹妹打」。

阿良良木的「阿」是阿諛的「阿」！

「居然拿樹的事情找我商量，真了不起呢。」

「閃電拳！」

阿訣的結果就是被打了。

看來即使是笨蛋，也知道自己被別人當成笨蛋。

「利用靜電之力毆打的拳頭，這就是閃電拳！」

「不對，這明顯是利用肌肉之力吧？」

「在道場發現一棵樹，大家都嫌那棵樹礙事，所以我想幫忙。可是哥哥，我沒有這種力量。想想辦法吧，哥哥是萬能的，我是這麼相信的。回應我的期待，表現給我看吧！」

「……？」

記得一般來說，「口若懸河」是形容講話流暢如同專業講師的慣用語，不過火憐現在示範的「口若懸河」，我只覺得是被河水沖遍全身。

我聽不懂……

「什麼嘛，居然聽不懂？哥哥理解速度好差呢。如果不看胸部就提不起幹勁要早說啊？」

「妳以為自己的哥哥是龜仙人之類的嗎……？」

「啊哈哈，如果我的哥哥是武天老師，那就太棒了。不過要是把武天老師的實力拿掉，大概會變成哥哥吧。」

「那麼把龜仙人的實力拿掉會變成什麼？」

「會剩下龜吧？」

「好歹剩下仙人吧？」

即使如此，做哥哥的聽不懂妹妹在說什麼很丟臉，所以我姑且努力解釋她那番話。

「在道場發現樹……？那個……是拿來試砍的木材嗎？」

「不是啦，為什麼講得這麼殘酷？我來幫哥哥改變身材輪廓吧？」

「妳講得才殘酷吧……這種東西改變還得了？」

「那個……所以說不是有道場嗎？就像這樣。」

火憐比手畫腳開始說明。但我不認為說明「有道場」必須比手畫腳，實際上我看完也完全不懂。

不，細節就算了，先掌握重點吧。

我不清楚是什麼樣子，總歸來說有一座道場吧？這間道場就是火憐平常學武的那間實戰派道場吧？

到這裡我都懂。

「是大約有五十年歷史的道場喔。很大而且古色古香的好道場喔。」

「所以，那間道場發生什麼事？」

「不，道場沒什麼事。」

「啊？」

她在說什麼？這傢伙該不會拿商量當藉口，其實只想妨礙我準備考試吧？這個疑惑迅速浮上心頭……

「是道場後面。」

「後面……？」

「不是反手拳，是後面。」

「我對『反手拳』這個詞沒這麼熟，不會和『後面』搞混……」（註25）

「我曾經覺得『裡拳』是很強的拳法，以為是和『表之拳法』相對的『裡之拳法』，沒想到只是一種招式……啊，危險危險，哥哥，不要離題啦，現在討論的是『後面』才對。」

「是妳自己搞錯吧？」

註25　日文「反手拳」是「裡拳」，「後面」是「裡手」。

她太不會說明了。

我越來越希望她畫圖說明。

「與其說後面，應該說後院。道場後面有庭院。然後，我們在那裡發現一棵樹。」

「所以說，我不太懂『發現』的意思……也就是說道場庭院地上有木材？」

「哥哥什麼都不懂呢，我沒這麼說吧？就是因為滿腦子都在想胸部才會變成這樣喔，才會用這種目光看妹妹喔。」

「我沒有這樣看妹妹，而且平常就算了，我現在滿腦子都在擔心妹妹。」

「嘻嘻，謝謝哥哥擔心！」

突然變可愛了。

居然只把好話聽進去。

「不是木材，也不是試砍的東西，是長出來的樹。生根的樹。」

「嗯嗯？」

「不行？還是不懂？」

「不，我大概懂了，不過……」

因為懂了，所以不懂了。

不對，應該說更難懂了。

剛開始，我以為是某天道場後院掉落（也可能是放置或帶進去）來路不明的木材……長出來的樹？生根的樹？

「小憐，我整理一下。」

「哈，這就免了。」

「讓我整理啦。換句話說，妳學武的道場後院長出樹……妳至今都沒發現那裡長出一棵樹？」

「不只是我。我沒察覺的東西，別人也不可能察覺吧？」

「我覺得有可能……妳那是什麼自信？」

「所有人。包含擁有道場的師父，都是最近才察覺那裡有樹。練武的時候不只是在道場裡，也會在戶外鍛鍊喔。」

「嗯……總之，空手道應該也會在戶外練習吧。」

不過，如果是在那個庭院練習……那就更奇怪了。

這樣不就代表眾人平常就會利用那個庭院？卻沒人察覺那邊長了一棵樹？

「然後，我在上次發現了。我問：『咦？請問這種地方之前有樹嗎？』」

「咦？妳會用敬語？」

「不准在這種地方嚇到。我會用喔。面對值得尊敬的人就要用敬語，這是理所當然的事。」

「但妳沒對我用過敬語啊？」

「慢著，我不是說『值得尊敬的人』嗎？」

這妹妹講得真坦白。

以為哥哥不會受傷嗎？

「小憐，那妳不尊敬我也沒關係，對我用敬語看看。」

「要做這麼空虛的事……？唔，『兄長大人，請問要欣賞我的胸部嗎？』」

「不要。算了。繼續說吧。」

「剛才說到『咦？請問這種地方之前有胸部嗎？』對吧？」

「不准混在一起。要是庭院有對至今沒發現的胸部就是大問題吧？」

「樹也是大問題喔。因為至今沒人察覺。咦？這是什麼？是誰在半夜拿來種的嗎？

大家就像這樣吵得亂七八糟。」

「…………」

「『亂七八糟』的日文發音很像天丼屋對吧？天屋碗屋。」

「我沉默的時候並不是覺得無聊，不需要硬掰這種笑話。」

「感覺會很繁盛呢。不過以這種狀況，或許應該說『飯盛』。」

「妳給我閉嘴。那個……實際上呢？有這種痕跡嗎？」

「咦？不不不，我不知道這種天井屋喔。哥哥知道嗎？」

「不對，我不是說天井屋的痕跡。有某人半夜將那棵樹種在後院的痕跡嗎？要是做過這種大工程，看地面狀況應該就知道吧？」

「嗯，我覺得連哥哥也會知道。」

「妳究竟是依賴哥哥還是瞧不起哥哥啊？是哪種？」

「一邊依賴，一邊瞧不起。」

「不准做這麼高明的事。」

「沒有痕跡。確實在地面生根。沒有挖過或種植的痕跡。師父跟道場學生都不是土木專家，所以不能百分百完美斷言，不過那棵樹看起來從以前就一直在那裡。是看起來生長好幾十年，古色古香的一棵樹。」

「是喔……」

這傢伙，該不會覺得「古色古香」只有「古老」的意思吧？

這種傢伙在學校的成績為什麼很好？

太擅長掌握要領了吧？

「不過，聽起來……挺恐怖的。一直用來練武之類，理所當然使用至今的庭院，卻長著一棵至今沒察覺的樹……」

「哥哥，就是這個！」

火憐「砰！」地重拍地板。

我還以為她要打穿我房間的地板。

「大家都這麼說！什麼嘛，原來哥哥也站在那些傢伙那邊嗎？」

「不不不，哥哥站在妳這邊啊？」

我連忙阿諛妹妹。

阿諛妹妹變成一種習慣。

這個哥哥毫無尊嚴可言。

「什麼？小憐，妳在說什麼？」

「大家啊～～都說那棵樹很恐怖。不是說恐怖，就是說毛骨悚然。師父終究沒這麼說，不過修行不夠的師兄弟們都嚇壞了。」

「…………」

她將師兄與師弟混為一談……

看來這傢伙會使用敬語的對象，即使不只師父一人也屈指可數吧……

「毛骨悚然……這種形容太誇張了，不過，我並不是無法理解他們這麼說的心情。」

即使這樣形容不適當，不過這種感覺，或許像是打掃房間時在書櫃發現沒印象的書吧。

不記得買過，也不記得看過的書。

如果這本書像是早就位於那裡般收藏在書櫃，即使沒有毛骨悚然，應該也有點不舒服吧。

「什麼嘛。到頭來哥哥還是站在那些傢伙那邊嗎？是那邊的人嗎？」

「居然說我站在那些傢伙那邊……妳雖然一直說『那些傢伙』，但我完全不認識妳說的『那些傢伙』……」

「為什麼要相信不認識的傢伙啊？相信我啦！我的說法比那些傢伙更不值得相信嗎？」

激動了。

這妹妹真恐怖。不只如此，還很笨。

又笨又恐怖，這種妹妹爛透了吧？

我不打算奢求，但妳當個萌一點的角色好嗎？

「至少要同等相信兩邊的說法啦！」

「好啦好啦，我就同等相信吧……不過換句話說，代表妳不這麼認為吧？」

「咦？什麼事？」火憐一臉詫異。「咦？現在在講什麼？」

「不准忘記。不准因為自己離題就忘記主題。至今沒察覺那棵樹長在那個庭院，妳不覺得毛骨悚然嗎？」

「不覺得。雖然嚇一跳，卻沒嚇壞。我平常就常常吃雞胗，所以在試膽的時候也沒嚇壞過。」

「試膽的『膽』是心臟喔。」（註26）

「沒問題。我吃雞胗的時候大多一起吃雞心。」

這麼說來，這傢伙確實會這樣吃。

她很愛吃內臟。

「我甚至覺得身為武道家，至今沒發現那棵樹在那裡很丟臉。甚至丟臉到想自殺。」

「妳這個武道家的內心太脆弱了吧？」

「我希望大家也有這種意識，但我錯了。大家似乎不這麼認為。」

火憐完全無視於我的吐槽，露出不像她會有的落寞眼神這麼說。不對，不是不像她會有，這傢伙不會露出這種眼神。換句話說，這件事對她造成的打擊，應該比我想

註26　這是日文漢字的狀況。「雞胗」的日文是「砂肝」，「試膽」的日文是「肝試し」。

像的還嚴重吧。

「因為很恐怖，所以砍掉這棵樹吧……這是大家的結論。」

004

所以，我們來到這間道場的後院。

火憐拉著我的手，帶我過來。

「拉著我的手」不是比喻，在走過來的路上，她真的一直挽著我的手。

如果看起來是感情很好的兄妹，那就得喝采了，不過實際看起來應該是「感情很好的姊弟」吧。火憐比我高，所以更像是這樣。

順帶一提，她挽住我的手是因為「避免我半路逃走」，所以真相絕對不是「感情很好」。

總之，我曾經違反和火憐的約定逃走，所以能理解她為何想這麼做，不過只有這次我沒有逃走的意思。

火憐是情緒起伏很大的感性生物，我並不是將她說的話照單全收，不過老實說，

「存在於該處沒被人察覺的樹」引起我的興趣。

……絕對不是逃避準備考試。

「嗯……」

剛才也對火憐說過，聽她那樣形容，我原本以為是相當大的一棵樹，卻沒有想像中那麼大。即使如此也是一棵老樹，這樣的樹位於這裡，確實應該不會沒被察覺。

然而實際上真的沒察覺，所以也沒辦法了。如果只是火憐一個人作證，我只會把妹妹當成一個冒失的傢伙就結案（可以結案嗎？），不過既然連道場其他的學生，甚至是道場的主人都沒察覺……

「首先察覺這棵樹的是妳嗎？」

「沒錯。稱讚我吧～摸摸我吧～～」

「很遺憾，妳太高了，我的手搆不到。」

「我可沒高到那種程度喔……」

「換句話說，在庭院練武的時候，妳的位置最靠近這棵樹吧？那麼，會不會是妳的個頭擋到，所以大家至今都看不見這棵樹？」

「就說了，我沒高到那種程度啦！」

火憐實際走到這棵樹前面。

部分樹幹當然被她擋住，不過並不會因而看不見樹。這棵樹高達數公尺，所以也是當然的。

沒有半片葉子或半顆果實。不知道是季節使然，還是生命力已經消耗到無法結果……即使如此，從主體的高度來看，從圍牆外面應該也看得到。

如此心想的我詢問火憐。

火憐搖了搖頭。

「不，我不是走那條路過來。或許我看過吧……卻沒有特別注意過。」

她這麼回答。

「原來如此……不過，一般應該不會想從圍牆外偷看別人家庭院的樹……」

「嗯。我覺得即使在圍牆內或是在練武，基本上也一樣，所以才會直到現在都沒發現吧？不過換句話說，這是我們的疏忽嗎？」

火憐轉身觸摸背靠的樹這麼說。

「因為我們的疏忽，所以至今沒察覺……至今沒察覺的樹，我們事到如今才說察覺，然後說樹讓人毛骨悚然必須砍掉。這樣簡直亂來吧？」

「哎……」

老實說，我可以理解他們想砍樹的心情，只是在這同時，火憐覺得這樣亂來也是當然的。先不提實際上是否亂來，火憐會這麼想也是當然的。

兩邊的說法應該都站得住腳。

所以站在旁觀者的立場，我只能說可以理解雙方的想法，不過重點在於我現在的立場不是旁觀者。

雖然要依照時間與場合而定，不過這次我只能站在火憐哥哥的立場。

我想站在這樣的立場。

「好吧。看來妳這次說的是真的，我就奉陪吧。」

「什麼嘛，哥哥，你一直懷疑我？沒禮貌，我至今對哥哥說過半次謊嗎？」

「至今光是已經確定的就有兩百九十三次。妳第一次說謊是在兩歲，弄壞我玩具的那個時候。」

「該說哥哥記性很好，還是小心眼，還是個子小……」

「不該說我個子小。」

總之，進入正題吧。

事到如今無須重新強調，我們現在是非法入侵別人家。對火憐來說，她應該很熟悉這個家吧，不過對我來說是首度造訪，完全陌生的別人家。

完全靜不下心。

「換句話說，妳希望我想辦法避免這棵樹被砍掉？」
「嗯，用哥哥的政治力想想辦法吧。」
「不准期待哥哥有政治力。」
「我想再提出更厚臉皮一點的要求……如果是『避免這棵樹被砍掉』，聽起來像是同意可以把樹移走，不過這也禁止。」
「禁止……」
明明是找我商量，用詞卻完全不客氣呢。
為什麼講得像是規則或條件？
「這樣像是把樹趕走，不是很討厭嗎？所以我的願望是讓這棵樹維持現狀，永遠待在這裡。」
「永遠啊……」
這棵樹看起來像是不久就會枯死，老實說，我覺得「永遠」這個要求很難做到……只是反過來說，要移動這麼老的樹，恐怕不只是困難而已。
先不提政治力，如果想保存這棵樹，只能讓這棵樹繼續活在這裡。
「聽妳的說法，妳的師父不覺得這棵樹毛骨悚然吧？」
「那當藍啊，他可是我的師夫喔！」

「妳口誤了。」

「那當然啊，他可是我的師父喔！」

「不准若無其事改口。不過，既然這樣……就由妳拜託師父，讓師父勸誡那些覺得毛骨悚然的道場學生不就好了？」

「沒這麼簡單喔。師父確實不覺得這棵樹毛骨悚然，但是反過來說，他是學武之人，我覺得他看到附近有樹只會踢倒吧。」

「…………」

這個師父真誇張。

不是砍倒，是踢倒？

總之，站在道場學生的立場，應該不敢對這種人說「樹很可憐」吧……

「以師父的觀點，要是沒有這棵樹，練武的地方就會變大。就算不覺得毛骨悚然，我覺得師父其實也希望樹消失吧。即使如此，我可不是沒拜託過師父喔。我好不容易請師父忍著別踢倒。」

「這樣啊。」

「在拜託哥哥之前，我當然會先拜託師父啊！」

「這樣啊……」

「不過，我沒辦法阻止道場其他的學生。那些傢伙都會反彈，也應該不會乖乖聽師父的命令。」

「是喔……那麼，不要從師父的立場，以妳這個在相同道場學空手道的同志身分說服大家如何？」

「不可能。如果可以成功，那我早就做了。即使我從來不想對哥哥低頭，我也願意對他們低頭。」

「原來妳從來不想對我低頭啊……」

這個妹妹一刀刀傷害著哥哥呢。

感覺像是血條逐漸被削短。

「反過來說，只要能說服大家，我覺得就能說服師父……應該說，師父就是這樣回應我的。」

「喔……」

「正確來說，師父說『只要妳打倒道場所有學生，讓那些傢伙改變意見，就可以留下妳發現的那棵樹，我也會忍著不踢倒』，不過我終究不願意打倒道場的所有學生。」

「……………」

這位師父實戰派過頭了。

相對的，火憐也只是「不願意」，不是「辦不到」，這一點很恐怖……但如果是投票表決，火憐肯定會慘敗，感覺這位師父依然感受到火憐的心意。

這座庭院是師父的，他原本應該可以自由處理長在這裡的樹……嗯，看來他很疼自己的弟子。

「以我的狀況應該是疼妹子吧……既然這樣，我覺得按照常理，應該要逐一說服道場學生才對……」

反彈。

我不知道這意味著何種程度的反彈，不過既然都是頗有實力的格鬥家，事情應該沒這麼簡單。

不要逐一應付，而是召集所有人講「道理」說服，反倒才是解決之道吧。

我模仿火憐觸摸老樹。光是用看的無法感受到的真實觸感傳入手心。

令我覺得這真的是生物。

只因為乾枯……因為至今沒察覺這棵樹位於這裡，就要「殺害」這個生命。即使是火憐以外的人也想反對吧。

我是否這麼認為就暫且不提。

「至少得去除『這棵樹毛骨悚然』這個先入為主的觀念才行。換句話說，要證明這棵樹不是怪異、妖怪或魔物之類的東西，只是普通的植物。」

「也對。讓那些嚇壞的小子安心就好。」

「…………」

以這種敵對的態度，應該很難說服那些「嚇壞的小子」吧……

「這樣啊，那我換個說法。他們不是嚇壞的小子，是懦夫。」

「我只感受到惡意。跟周圍和平相處好嗎？」

「我們相處得不差。彼此都是格鬥家，平常都會表達敬意。不過他們在這件事是懦夫。是庭院放養的兩隻弱雞。」

「不過現在在庭院的是我們吧……」

要證明這棵樹只是普通的樹，當然不會很難。只要採集細胞檢驗就好。不用大費周章，在學校的理化教室就能解決。

不過，火憐應該不希望這樣，而且周圍的「懦夫」們也不會因而讓步吧。

先以科學檢驗釐清生理上的質疑。形容成「不白之冤」有點過度，不過像這樣證明清白，總覺得有種「惡魔的證明」的味道……

我藉由「體質」知道這棵樹不是怪異，只是普通的老樹。

但我完全無法告訴別人……

何況要是進一步計較，我的感覺也不一定正確。所以不應該說是「惡魔的證明」，應該說是「吸血鬼的證明」。不過在這方面，只要最後請忍確認就好。

「小憐，妳覺得這棵樹為什麼長年以來沒人察覺？把原因全部歸咎在武術造詣還不到家，不覺得太牽強了嗎？」

「不覺得～～」

「這樣啊……」

既然她不覺得，那就沒辦法了，不過只要能夠找到理由，「編造」一個合理的理由，我覺得就能說服道場的學生們。

之所以使用「編造」這種騙徒會用的詞，是因為基於實際的推測，這棵樹至今沒受到他人注意，即使不是因為造詣不夠，應該單純只是因為周圍的疏忽。

不，「疏忽」這種說法還是太重了。

因為就某方面來說，庭院有樹是理所當然。神原家當然不例外，在具備這種氣氛的住家，樹是自然為眾人接受的附屬風景，不需要特別注意。

不是疏忽或造詣不夠。

大家只是不在意位於那裡的樹，經過火憐的「指摘」才注意到這件事。

正因如此……火憐才會感受到責任，干涉別人家（即使是師父家）如何處理老樹吧。

「所以，小月怎麼說？」

「嗯？」

「不准裝傻。妳找我商量之前，不可能沒先找小月商量吧？火炎姊妹的參謀是怎麼說的？」

「啊～～她聊到華盛頓。」

「嗯？美國的都市？」

「不對，是總統。」

「…………」

大概是美國第一任總統華盛頓砍櫻桃樹的事蹟吧……

「我……我姑且問一下吧，那個傢伙是基於什麼意思講這件事的？」

「斷掉再道歉不就好了？她這麼說。」

「…………」

這是對話題不感興趣的月火會做的反應……

小妹月火喜歡插手管別人的麻煩事，不過反過來說，她對自家人的麻煩事完全不感興趣嗎……

「那個傢伙只是沒有好好聽妳說吧？在這種狀況，妳要道什麼歉？妳做了什麼嗎？」

「她說，別計較自己做了什麼，別計較自己做對還是做錯，總之發生什麼事先道歉就好。」

「小月的人生觀表露無遺呢……」

哎，要是真的把樹折斷，或許會受到誇獎吧。如果包含師父在內的所有人都這麼希望。

想到這裡，我就重新體認到火憐內心多麼堅強。明明和周圍所有人，而且是平常共同行動的所有人都抱持不同意見，依然能堅持自己的意見。

明明說服眾人也沒有任何具體的好處或利益……至少我沒有無懼於和周圍產生摩擦的強韌精神。

光是這樣，先不提平常，在這種時候，我就想成為她的助力。不對，這樣聽起來像是我很照顧妹妹。

就當成是做人情給火憐的機會吧。

「咯咯咯……」

「為什麼一臉壞人樣？」

「小憐，還有多少緩衝時間？」

「可以說幾乎沒有。或許明天就會撤掉。恐怕今天就有人想打斷或折斷。」

「用鋸子好嗎？」

總之，看來沒時間了。

不是幾乎沒有，而是完全沒有。

總之，即使是比喻，確實也應該盡快行事。考量到道場的其他學生也可能像火憐這樣擅自進出，也可能會有人失控。畢竟這裡盡是不使用工具就能打倒樹木的格鬥家。

「那我知道了。小憐，交給我這個可靠的哥哥吧。」

「真的嗎？那我的胸部讓哥哥玩到爽當謝禮吧。」

「我不希望別人認為我是為了這種報酬行動，所以我不會玩到爽。」

「居然逞強，真是的～～」

「不然讓我玩到不爽吧。」

「玩到不爽？哥哥想對我的胸部做什麼……所以哥哥，具體來說，你要怎麼做？」

「哼，我會想辦法的。」

005

「羽川，幫忙想辦法吧。」

「不要扔給我好嗎……」

當晚，我打電話給羽川，一五一十說明火憐道場那棵老樹的事，借用她的智慧。

「我已經盡力，卻達到極限了。拜託幫幫小憐吧。妳是唯一的依靠了。」

「太早放棄了吧？」

羽川的嘆息聲傳入耳中。

最近，羽川毫不掩飾她對我的失望。

「拜託，我會讓妳的胸部任憑妳處置。」

「我的胸部原本就是我的吧……算了。畢竟是為了火憐妹妹。只要認定不是為了阿良良木，而是為了火憐妹妹，我就有幹勁了。」

「實際上，妳認為呢？」

「嗯？嗯嗯？什麼事？」

「沒有啦，我想先問妳對這件事的感想……妳贊成小憐還是其他人？」

「當然是火憐妹妹吧？沒有正當理由就處分一棵還活著的樹，太離譜了。阿良良木不這麼認為嗎？」

「這個嘛……我直覺是這麼認為，但如果我是當事人就很難說……即使我自己這麼認為，也可能會順應周圍的意見吧。」

「就是這樣。」

「嗯？」

「沒有啦，我覺得火憐妹妹周圍的人們大致也是這樣喔。所以，想要處分這棵樹的人，不像阿良良木兄妹猜測的那麼多。要是掌握主導權的人們翻案，我想這件事就可以解決。」

「嗯……」

不愧是羽川。

不枉費我這麼依賴她。

「大家至今沒察覺這棵樹的原因，應該就是阿良良木想的那樣。不是察不察覺的問題，只是沒有特別意識到。不過一旦在意就非常在意，反倒過度注意。說穿了，就像是阿良良木的翹頭髮。」

「像是我的翹頭髮嗎……」

注意到的話就說一聲吧。

在注意到的時候就要說。

「學到新的詞，後來看文章的時候就會特別注意那個詞。類似這樣嗎？」

「嗯，總之，算是吧……」羽川同意我的說法。「像是平常所走道路兩旁的每間店，並不是任何人都記得清清楚楚。」

「但妳應該記得很清楚吧。」

「啊哈哈，怎麼會呢？」

羽川笑了。

感覺是以笑聲掩飾。

「連結到剛才的話題，道場學生應該有人早就察覺那棵樹，卻因為大家聊到『至今沒人察覺』，在這種氣氛中難以啟齒。有可能吧？」

「也就是察言觀色嗎……確實有可能。」

「只是，這種現象不能這樣解釋，所以當然會視為不可思議的現象，把那棵樹當成不可思議的樹吧？」

「話說……這種偶然累積起來，或許會成為怪異奇譚流傳到後世呢。但我完全無法預料會是何種傳聞，又是以何種方式流傳……」

某些範圍能以理論說明。

不過，理論始終是理論。

不會成為超越理論的東西。

「阿良良木，我確認一下，現在那座道場近似傳染病爆發的恐慌狀態嗎？」

「講恐慌就太誇張了……不過，算是小規模的集團感染吧。」

「所以，只要想辦法平息就好。」

「嗯……？哎，沒錯。不過爆發性的傳染無法控制吧？所以才傷腦筋啊？」

「不，有方法可以阻止爆發性的傳染喔。」

「咦？」

「與其說阻止，應該說停止吧……不過這次也沒辦法了。」

羽川講得像是不願意這麼做。我聽過她的意圖，以及她後來提供的「智慧」之後，就覺得原來如此，深感同意。

這次，我終究沒說她無所不知。

006

接下來是後續，應該說是結尾。

不，我沒對羽川講那句招牌台詞，就是十分意外的結尾了，總之說明後來的狀況吧。從結論來說，火憐想保護的那棵老樹沒被砍倒。

當然不是說老樹後來被打倒或踢倒，樹至今依然健在。雖然不是今後保證永遠存在，總之算是度過險境了。

至於我們做了什麼……

「說到停止傳染或恐慌的方法……只要走到該走到的地方，就會停止了。」

就是這樣。

只要走到終點，就會停止。

總歸來說，即使是再強的病毒，只要擴散到無從擴散就沒得傳染，接下來自然就會邁向終結。

食物鏈的金字塔，就是以這種方式維持的。這麼說是理所當然，但這次不能真的任憑一直走下去。因為這次傳染的「終結點」是處分老樹。

「所以要移動『終點』。現在大家對那棵樹的感想是在『毛骨悚然』這個階段，或是更高一層的『恐怖』，大概是這樣的認知對吧？『毛骨悚然』、『恐怖』……只要再高一層就好。把那裡設定為終點。」

「更高一層是……」

「『敬畏』吧？」

敬畏。

成為受人畏懼、尊敬的存在。

隔天，火憐對道場的學生們這麼說。

那棵老樹的品種，和用來建立神聖道場的木材相同，所以種植在後院當成道場的守護神。

所以，才會發生這種奇怪的現象。

她這樣說明。

說明「這種解釋」。

「幾十年來一直隱藏氣息，守護道場學生至今的武道之神，終於用盡力氣而現身了，千萬不能砍倒。」

我們幾乎原封不動採用羽川編的故事。以火憐的個性，她當然不會對哥哥以外的人說謊，所以是從我這邊對火憐說謊。

到頭來，火憐並不相信怪異的存在，不過經過上上個月的奇妙體驗，「隱藏氣息守護眾人的武道之神」這種具備精神指標的設定，她這個武道家似乎比較容易接受。

至於她身邊的道場學生們，包含純粹被氣氛帶著走的人，由於自己的意見或情感沒被否定，又得知位於延長線上的「事件真相」，所以將這裡當成恐慌的終點站，換言之就是沒有進一步的舉動。

而且既然這是真相，他們就不可能試圖傷害那棵樹。

這種謊言當然騙不了掌管道場的火憐師父。雖然想調查也無從著手，但按照常理來想，建造道場的木材不可能和那棵老樹一樣。

「不過，師父也不會刻意戳破謊言，應該會順應局勢吧。畢竟火憐妹妹依照約定說服所有人了。」

看來正是如此。

哎，站在統整道場的立場，恐慌好不容易平息，他應該不可能笨到再度掀起恐慌──羽川的這個推測是正確的。

總之，那棵老樹暫時保住生命。火憐負起責任，保護了自己「發現」的樹。

「無論如何，說謊總是讓人不太舒服……」

藉助羽川智慧的我，肯定沒資格在羽川講這種話的時候鼓勵她，但我還是不得不這樣安慰。

「這不一定是謊言喔。」

「嗯嗯？」

「說不定，那棵樹真的是怪異吧？雖然不知道是不是守護神……卻可能是一直隱藏氣息，人們無法認知的怪異。到頭來，道場木材和那棵樹品種相同的可能性也不是零，以機率來說不無可能。」

「啊哈，說這什麼話，這機率也太低了吧？」

「就算機率低，也不一定不會發生喔。何況……」

不對。

即使是安慰，我接下來這番話或許也說得有點過火。

「或許那棵樹會因為我們這樣解釋，而真的變成怪異吧？成為守護習武學生的怪異。」

第七話　曆・茶

UN	MON	TUE	WED	THU	FRI	SAT
1	2	3	4	5	6	7
8	9	10	11	12	13	14
15	16	17	18	19	20	21
22	23	24	25	26	27	28
29	30	31				

10

October

001

關於我的第二個妹妹——阿良良木月火，我對她「走在路上」的印象不深。這種說法不是暗喻她走在不算道路的道路上，或是在人生中開拓新的道路前進，不是以這種帥氣的方式形容。該怎麼說，感覺她總是輕飄飄地在空中往前飛。

這是我身為哥哥的個人意見。

還不到「意見」的程度就是了。

不過，她身邊的人大多認為她是這種無法捉摸，如同鳥兒不斷翱翔的人吧。

無從捉摸，無法掌握。

大家都知道鳥會飛，不過說來耐人尋味，鳥在飛翔之前就具備飛翔的功能，這在動物學叫作「預先適應」。

沒有這個功能就無法飛翔，所以真要說的話是理所當然，不過仔細想想就很奇妙。爬蟲類分支為鳥類之前，在飛翔之前，就已經做好飛翔的準備。

與其說進化，應該說是沉眠的天分吧？早就知道總有一天可以飛翔，所以一步步確實做準備。「進化」是適應環境而發生的大自然選擇，卻預料到可能發生的狀況而預先適應。

這種萬無一失又掌握要領的做法，果然會令我想到妹妹。她某方面來說其實不算是腳踏實地，但是包含這一點在內，她都是一個很像鳥的傢伙。

詢問這樣的傢伙或許沒用，但我還是問了。

小月，對妳來說，行進的道路是怎樣的東西？即使不是在地面延伸的道路，天空肯定也有道路吧？

肯定也有路線吧？

飛機也是依照既定的時間與路線，確定航線才飛翔，考量到風向與空氣阻力而飛翔。既然這樣，我認為即使是看似輕飄飄的她，肯定也有化為指針、當成指針的路，具備「道路」這個概念才對。

所以我才問她這個問題。

然而……

「哥哥，天空沒有道路喔。」月火這樣回答。「就算有，我也不會管。我沒辦法依照既定的規則做既定的事。」

這妹妹比我想像中還危險。

既然她始終不把自己當成飛機，而是當成鳥，那她不久之後肯定會引發鳥擊事件吧。

002

「哥哥，歡迎回來～～」

「嗯，我回來了。」

「好早呢～～我有點心，要吃嗎～～？」

「點心？啊啊，不錯呢，我要吃。」

「也有茶喔～～」

「什麼嘛，妳挺貼心的耶。」

「也有事情要找哥哥商量喔～～」

「啊啊，那我也奉陪吧……慢著，喂！」

就像這樣，我自然而然陪月火商量事情了。這種行雲流水的話術，不愧是稀世的策士……不對，這次是我過於大意。

我居然對妹妹這麼和善，這是天大的失算。

總之在十月某日，月火趁我放學回家大意的時候設局，我落得必須在自家客廳享用月火準備的點心與茶，陪她商量事情。

包括上個月的火憐在內，妹妹們最近開始和我這個哥哥有交集，感覺像是回到以前那樣。這應該值得喜悅，要說我不高興是騙人的，但我現在是考生，所以有點為難。算了。

我不認為她找我商量的事情，會像是火憐一樣讓我感同身受想幫忙（就我所見，「火炎姊妹」這個正義使者的遊戲也是火憐主導，月火只是跟風），所以她想商量的肯定是無聊的事。我甚至可以斷言在茶與點心吃完之前就解決。

她端出來的茶點相當正統，大概是從學校茶道社的社辦拿出來的。

連這種茶點也通稱為「甜點」啊……如此心想的我無視於茶道禮法，隨便拿起來送進嘴裡。

不是無視，到頭來，我根本不懂茶道的禮法。

「好啦，親愛的哥哥。親愛親愛的哥哥。」

「別這樣叫我。」

「這是雙重的敬意喔。我想商量一件事。」

「長話短說吧。總之，這茶點挺不錯的，我會提供相應的助力。不過，妳能好好運用我這個哥哥嗎？」

「哥哥，你相信世界上有鬼嗎？」

「鬼？」

無論問我是否相信哪件事，我大致只會回答「不相信」。因為有個傢伙會說謊騙甜甜圈吃。

「這是怎樣？妳聽千石說了什麼嗎？」

我不知道可以問得多麼深入，所以像這樣出言試探。

包括騙徒事件，憑月火的情報網，要掌握這座城鎮最近半年發生的事情應該不難。就算掌握，也不知道她照單全收到何種程度。

只不過，雖然和火憐的類型不太一樣，但月火自己也是現實主義者。先不提「咒語」的事，即使這傢伙再怎麼像鳥，我也不認為她會和鵜鶘一樣凡事都囫圇吞棗。

「嗯？為什麼會提到撫子？哥哥偶爾會講得莫名其妙耶。」

正如預料，月火歪過腦袋。

她這個反應令我安心，但我避免顯露於言表。

「不，沒事。但妳怎麼突然提鬼的話題？」我反問。「難道是茶道室鬧鬼之類的嗎？」

我不是有根據才這麼問，甚至是要隱瞞千石的事件，才順著剛才的反問而詢問。只是把月火從「茶道室」拿來的茶點，和她說的「鬼」連在一起。

但我歪打正著。

所以我無法小看自己的直覺。若要說得貪心一點，我希望這種敏銳的直覺發揮在答案卷，因為我每次亂作答的時候反而完全不會猜對。

「一點都沒錯喔，哥哥真清楚呢。」

「咦？什麼事一點都沒錯？」

月火的肯定，使我做出這種反應，簡直像是我不記得自己剛才說了什麼，令人覺得我腦子和鳥一樣小。真要說的話，確實像是月火哥哥應有的樣子。

不過這是我自己的問題。

「所以說，茶道室鬧鬼喔。」

月火玩著上個月換成雙馬尾的頭髮說。

我個人曾經阻止她換成雙馬尾髮型，但月火這個妹妹不會聽哥哥的話。

「正確來說，是茶道室『曾經』鬧鬼。」

「正確來說……？」

光是鬧鬼就不是什麼正確的事了，總之我先默默聽她說下去吧。

「是喔，所以呢？」

我催促月火。

茶與茶點還有很多，我不在意多陪她聊聊，幸好月火和火憐不同，聊天的技術很好，光是聽她說應該不會造成壓力。

「所以說，那裡曾經鬧鬼喔。」

「妳說曾經鬧鬼……是什麼意思？是指茶道室有這種痕跡嗎？」

「不……很難說那裡曾經留下痕跡。沒有客觀證據證明那孩子待過那裡。」

「那孩子」？

這種形容方式莫名具體。

「月火，我告訴妳一件好事吧。沒證據就代表沒有鬼。好，這個話題到此結束。那麼，剩下的時間就閒聊打發吧。」

「喝！」

月火對哥哥採取攻擊行動。她拿起湊巧放桌上的三色原子筆攻擊。她不像火憐在學習格鬥技，正因如此，她拿凶器攻擊別人時毫不猶豫。

戰場原好不容易完全不再拿文具當凶器戰鬥……沒想到這種狂人出乎意料就躲在我身邊。

家裡居然有個只要報警應該就會逮捕的人……真恐怖。

幸好我長年當她的哥哥已經習慣，所以輕易躲開這根三色原子筆。

這種閃躲技術將來肯定不會派上用場，我當然也絕對不希望將來派上用場。

「我不是說過嗎？我想做的事是商量，絕對不是閒聊。」

「知道了知道了，別氣別氣，我知道了，所以收掉那根原子筆吧。」

「收掉？哥哥要我收掉這根三色原子筆的哪個顏色？」

「全部。紅藍黑全部。所以呢？怎麼回事？妳說茶道室曾經鬧鬼，卻沒有證據？」

「我不就這麼說了嗎？哥哥沒仔細聽嗎？」

「我才要問妳有沒有仔細聽。既然沒證據，就代表沒有鬼吧？」

我認為不需要刻意重複，但是這個妹妹聰明卻頑固，所以基本上同樣的事情或許需要講兩次。

「就我猜測，應該是妳已經證明沒有鬼了吧？」

「哇喔，哥哥為什麼知道？」

月火誇張表示驚訝之意。

這個反應令我挺痛快的。

要是稍微出錯，她的反應看起來就會像是裝出來的，所以這個妹妹堪稱很會拿捏這方面的界線。

「不愧是哥哥，哥哥是天才！」

「喂喂喂，別說我是天才，這只是努力的成果啦。」

相對的，我這傢伙輕易就會超越界線得意忘形。

總之，以這次來說，應該不是努力的成果，而是我當她哥哥的經驗使然吧。我大致知道月火會做什麼事。

不知道她會做出什麼事而害怕，卻也同時知道她「不知道會做出什麼事」。雖然隨機性很高，卻看得出大方向。

只要看得到大方向，就有利於阻止……火憐在這方面和她很像，但火憐棘手的地方在於即使旁人想阻止，她的速度與力氣卻非比尋常，所以「禁止通行」的標示不構成意義。

那個傢伙會強行突破臨檢崗哨。

月火則是可能會從臨檢崗哨的上空飛過，不過應付會飛的東西可以撒網。

事情的過程大致如下所述。

月火就讀的栂之木第二中學，校內歷史悠久的茶道社社辦出現鬧鬼的傳聞，也就是所謂的「學校鬼故事」或「校園七大不可思議」。月火大概不是以火炎姊妹的身分，而是以阿良良木月火個人的身分調查這個傳聞。

然後解決了。

在這種場合，將「沒事」這個真相形容為「解決」或許很奇怪，總之她蒐集證據、蒐集證詞，證明茶道室沒鬧鬼。

茶道室沒鬧鬼。她得出這樣的結論。

大概就是這樣吧。

我剛才猜到「茶道室鬧鬼」只是直覺，應該說連直覺都不如，不過關於這個推測，我可以賭上哥哥的名譽保證應該是正確答案。但如果這是正確答案，那麼同時也產生另一個疑問。

既然這樣，月火究竟想找我商量什麼事？這個問題……或者說這個事件，不是已經解決了嗎？

畢竟她說的「那孩子」不存在。未曾存在。

已經足以收尾。

講一句「小月真了不起」就結束了。

還是說，她希望我誇獎她？

對於哥哥來說，要誇獎妹妹有點難為情……但如果非得這樣才能結束這個狀況，如果是以前還不曉得，但現在我不會那麼抗拒。

「不愧是小月，小月是天才！」

「慢著，不是這樣，我現在很困擾啦。」

我原本以為用相同的方式誇獎，她可能會同樣開心，但是沒有。月火反倒露出有點為難的表情。

「哥哥，你覺得我該怎麼做？」

「嗯？什麼事？」

「沒有啦，就是說……哥哥說得沒錯，我確實好好提出證據說明沒鬧鬼……卻沒有任何人肯相信。比起我的說明，大家更相信鬼的存在。」

月火喝著茶這麼說。

003

有一種遊戲叫作「四角遊戲」。

不對，這種遊戲欠缺娛樂性，而且如後面所述，是完全無法當成遊戲的群體行為？總之這是有名的遊戲，我覺得無須說明，所有人肯定都聽過，但我的工作是說明所有人都聽過的事，所以姑且簡單說明一下。

進行這個遊戲的舞台，大多是颳著暴風雪的山上小屋。由困在屋內的四個山難者進行。

在雪山遇難的時候，大喊「別睡，睡著會死掉！」拍臉頰已經是定例，不過睡著是否真的會死掉似乎還是眾說紛紜。畢竟有人說睡著可以減少體力的消耗，降低代謝維持生命。總之，四角遊戲是在這種狀況下，避免大家睡著的遊戲。

室內四角各站一人，遊戲就開始了。A移動到B的地點，拍B的肩膀。以拍肩膀為暗號，B移動到C的地點，拍C的肩膀。被拍肩膀的C同樣移動到D的地點，拍D的肩膀，最後由D去拍A的肩膀就完成一個循環，回到起點。

四人像這樣在室內一直轉圈就不會睡著，得以順利迎接早晨……不對，我覺得無須多說，肯定不會是這種結果。

因為在最後，D就算要去A的地點拍肩膀，A也不在那裡。A已經移動到遊戲開始時，B所在的地點。

D只是移動到無人的角落，遊戲就此結束。剛才說「欠缺娛樂性」的重點就是這裡。

不過說來神奇，這個遊戲在某種模式下，會永無止盡持續下去。

要讓這個遊戲成立，四個角落總共需要五人，這個「第五人」神不知鬼不覺地加入遊戲，所以遇難者們不會睡著，依照當初的目的迎接早晨來臨，到了早晨終於發現

「這個遊戲光靠四人無法成立，那麼第五人究竟是誰……？」這樣。

「應該在更早的階段就有人察覺吧？」或「再怎麼想睡也該在第一輪就察覺吧？」這樣的吐槽很不識趣，「如果只是要消磨時間避免睡著，應該有其他更適合的遊戲可以玩」這樣的意見也應該收回。若要將這種現象解釋為鬧鬼，即使會讓人覺得匪夷所思，也不會讓人感到害怕，也就是傳為佳話。因為多虧這個「第五人」，四個遇難者才撿回一條命。

月火他們並不是在茶道室玩「四角遊戲」（月火說他們曾經在文化祭舉辦和服走秀，使我覺得這個茶道社相當豪邁，但終究不會在神聖的茶道室玩這種繞圈跑的遊戲吧），不過我聽完她的說明，就聯想到這個忘記在哪裡聽誰說的鬼故事傳聞。

「第五人」。

不對，茶道社現在有七人，照這樣來說應該是「第八人」。雖然「八」這個字是扇形，在日文代表好兆頭，不過這部分和這件事沒什麼關係。

「那個……原本就傳說有人目擊過『第八人』，是這麼一回事吧？而且妳想消除這個謠言……」

「不是消除喔。我說過，『第八人』原本就不存在，只是自然發生的傳聞。哥哥，我個人不爽自己的根據地成為這種爛透傳聞的源頭，才會主動調查。」

「…………」

又是「爛透」又是「不爽」，用詞挺粗暴的……像這樣和她一對一交談，就由衷覺得個性乍看粗魯實則直爽的火憐多麼好相處。

「細節先省略，『第八人』茶道社員確實存在的目擊說法跟相關證據，我逐一以邏輯否定喔。邏輯。」

「別強調『邏輯』啦，聽起來好假。」

「居然說『聽起來好假』，沒禮貌。」月火鼓起臉頰。「去除邏輯上不可能發生的狀況剩下的東西，就是去除邏輯上不可能發生的狀況剩下的東西喔。」

「這樣說確實符合邏輯吧……」

但她這段話毫無內容耶？

即使不依照邏輯也太離譜了。

「不過，無論是消除傳聞還是調查，怎麼光是這樣就把事情鬧得這麼大？妳的行動反而會成為傳聞吧？妳這樣真的是俗稱的『match pump』。」

「『match pump』？那是什麼？什麼意思？」

「那個……」

聽她問我這個慣用字的意思，令我嚇了一跳。我的語彙能力不太好，偶爾會依照語感就拿不明就裡的詞來用，有時候也會因而得知自己用錯。

為了避免妹妹露出得意洋洋的表情，也為了保住哥哥的面子，這時候得好好說明才行……

「『match』就是點火的火柴，摩擦之後會點火的那個。『pump』是打水的泵浦。所以『match pump』的意思是自己點火之後自己滅火……」

「我知道泵浦，不過火柴是什麼？」

「…………」

火柴的知名度這麼低嗎……這是世代的差距呢。

我說明是類似打火機的東西。

雖然機制完全不一樣，但我覺得她應該知道我的意思。

「是喔……換句話說，就像是羽川姊姊呢。」

「是像妳啦。不准批判羽川。」

「不不不，不是批判喔，反倒是肯定喔，非常肯定喔。我肯定羽川姊姊，也肯定自己喔。」

「哎，應該沒人比妳更肯定妳自己吧……」

「我肯定到令人以為我是拿破崙喔。因為換句話說，『match pump』就是自己的責

任自己扛吧？」（註27）

「………」

解釋得真正面呢，我不禁想好好修理她。

而且她還是露出得意洋洋的表情了。

到頭來，如果她真的會自己扛責任，就不會像這樣找我商量了。

………不對。這次不一樣。

月火當然經常將各種麻煩事、問題或災難扔給我或周圍的人善後，基於這層意義，完全不能說她是一個負責任的傢伙，但這次不一樣。

事情已經結束。

以茶道室為舞台，「第八人」茶道社員的傳聞，已經透過月火自己的調查而正式否定，事情就此結束。

事件已經解決。

物語已經結束。

責任已經負清。

即使如此，依然有後續。

註27 日文「肯定」與「皇帝」音同。

「哥哥，聽我說吧？聽我這個好可愛好可愛的妹妹型角色月火說吧？」

「不，雖說是妹妹型角色，但妳只是我與小憐這兩個人的妹妹吧……對於其他人來說，妳只是個女生。」

「說這什麼話？我是萬人的妹妹喔！」

「妳有一萬個哥哥姊姊嗎……」

這……真恐怖呢。

恐怖到晚上都沒辦法闔眼。

「沒有啦，如果有一萬個哥哥或火憐確實很恐怖就是了，不過哥哥，抱歉，可以不要離題嗎？我自認正在講正經事。」

「嗯……」

但她一邊講一邊吃茶點，從這種行為看不出她多麼正經。

「我知道了。所以，妳這個好可愛好可愛的妹妹型角色要說什麼？」

「就說了，我千辛萬苦否定『第八人』的存在，大家卻對我這樣說喔：『或許是這樣吧，好啦好啦。』」

「…………」

好啦好啦。

原來如此，雖然對話不成立，但我知道她想表達的意思。應該說，這種「對話不成立」的感覺就是月火現在的煩惱吧。

這是她現在的煩惱根源。

「『月火說的或許正確，依照邏輯或許沒錯，即使如此，「第八人」或許還是存在喔～』他們居然這麼說！傳聞完全沒消失！」

前半段的語氣有些無奈，不知道是在模仿誰，還是月火自己的想像，不過相對的，她後半回復原本個性之後的激動程度更勝以往。

這傢伙情緒起伏超大的毛病完全沒改善。

連戰場原都改頭換面了，所以她肯定也有希望才對……

「哥哥，你認為呢？」

激動起身的月火，情緒又迅速恢復冷靜，重新坐下問我。

「你認為我該怎麼做？」

「妳的意思是……」

「這種狀況，你覺得該怎麼處理？該怎麼說……提出正確的主張，大家也知道這是正確的，所以已經不再對立或是辯論，但狀況從一開始就完全沒變過……『正確』不具意義，沒有效果。哥哥覺得該怎麼做？」

「…………」

「正確」不具意義。

這種狀況別說常見，甚至比比皆是。我至今總是這樣告誡妹妹們。標榜自己是正義使者，高揭正義名號的火炎姊妹，我費盡脣舌，偶爾和她們扭打成一團告訴她們，正義或正確並不是這個世界萬用的通行證。

總之，先不提她們是否理解這個道理，不過這次的案例似乎不適用於這樣的議論。

不是正確與正確的衝突。

也不是正義的無力感。

正確、理論、理性之類的東西不受重視。月火這種個性的人，應該難以接受這種不著邊際的感覺吧。

哎，我雖然以「月火這種個性的人」舉例，但月火的作風更加不著邊際……

「……如果打個比方，就是這樣吧？換句話說……」

「不，別打比方。」

「好歹讓我打個比方吧？」

「我在講我的事，要是拿別的事相提並論，老實說，我覺得不是滋味。」

「妳的想法關我什麼事？」

「會嚇一跳耶。明明自認努力說明自己的主張，別人卻偶爾會說『啊～～這種事很常見呢』就接受了。就算知道類似的例子，這時候也應該略過不提，這才是成熟的做法吧？」

「啊～～這種事很常見呢。」

「我就是在說這個！」

「比方說，相信血型占卜的傢伙，旁人用任何邏輯駁倒也不構成意義……類似這樣吧？」

我不是以「好啦好啦」，而是以「別氣別氣」安撫激動的月火並且這麼說。即使除去月火的說法，我也不確定這樣舉例是否適當，不過應該很好懂吧。

「我不知道以邏輯駁倒是怎樣的做法，不過，嗯，或許沒錯吧。」總之月火點頭回應。「實際上我有過這種經驗。我說『只有日本人這麼相信血型占卜』，對方就說『這種理性的思考邏輯，看來妳是A型！』這樣。」

「這個例子有點極端……」

與其說極端，應該說偏激。

騙徒散布的「咒語」或許也是相同類型，但即使早就知道是「假的」，眾人也會或多或少採信，造成自我的矛盾。

不只是血型占卜。

例如我會在元旦到神社參拜，祈禱今年身體健康，但我不認為將五圓硬幣投進香油錢箱合掌許願，我這一年就真的會健康。

我沒有這麼虔誠，但還是會在新年前去參拜。

類似這樣。

「在血型個性診斷裡，B型的待遇差到讓月火不以為然。」

「別用名字自稱啦，妳是小朋友嗎？」

「明明撫子這麼自稱就不管……實際上，我覺得很多B型或AB型的人，內心會因為那種個性診斷受傷。雖然只是隱約，不過少數派容易被講壞話，這是相當好懂的機制。」

「唔～～」

總之，講A型壞話的個性診斷，現在應該沒那麼流行了。

「記得叫作『標籤效應』？因為從小就被灌輸血型個性的分類，所以會培育出符合各自血型的個性……」

「不對，『標籤效應』是說，A型的人看起來很容易像是A型。要是預先知道這個人是A型，看起來就像是A型。但我覺得這已經不只是貼標籤，而是戴帽子的程度了。」

「嗯……慢著，不過在這種狀況，問題不在於血型占卜或血型個性診斷的對錯，大部分的人也不相信，即使如此，還是拿這種話題當成一種娛樂吧？這麼做不會造成什麼問題就是了……」

存在於其中的，就是娛樂性。

當成一種遊戲。

所以，像這樣樂在其中的人們，聽到「只有日本人這麼相信血型占卜」，只會覺得對方不識趣……依照狀況還可能視為一種嘲諷。

不只是血型占卜，包括星座或手相，只要是占卜大多如此吧。又不是古代的政治，真的拿占卜當成人生指標的人，我認為不會很多。

「沒錯。包括妖魔鬼怪或幽浮都是這麼回事。如哥哥所見，我是理性的女生對吧？是具備中性魅力的理性女生吧？」

「我不認為妳具備中性魅力。」

「中性魅力究竟是什麼樣的魅力啊……既然形容成『中性』，我覺得就已經不是異性了。難道是要當男生或女生都可以的意思嗎？」

月火說著這種完全無關的話題。

「我是理性的女生。」她接著說。「我看到大家嚷著說鬧鬼，就反射性地覺得一定要平息這場騷動，大家好像也希望這樣所以幫忙調查，但我真的找出答案之後，大家卻一臉竊笑或苦笑……就是這種感覺。」

「沒反駁，而是無視……後來大家依然拿『第八人』當話題鬧著玩？」

「沒錯。」

月火不滿地說。

總之，月火並不中性，看她平常容易起伏的情緒也很難說她理性，不過就我對她個性的認識，她對此應該無法釋懷。

無法釋懷。

不對，或許也是因為自己的努力完全被忽略而不悅，但她更感到無法理解。

為何？

為什麼？

明知這件錯誤的事情不正確，不是真相，為什麼還是不改變想法與解釋？

為什麼沒改變立場，和往常一樣繼續樂在其中？

相對於站穩立場的旁人，月火現在確實是輕飄飄沒踩穩立場的感覺，這我可以理解，不過我想再問一次，我應該以何種態度陪她商量這件事？

這是實際的問題。

這個怪異奇譚——這個鬼故事，已經由她自己的才華與器量解決。

就算這麼說，她總不可能要求我去栂之木第二中學的茶道社，說服月火以外的六個社員吧？我妹妹阿良良木月火明明是茶道社社員卻總是強人所難，但她肯定不會提出這種無理的要求。

如果真的是這樣，這件事應該會鬧大吧。

高三學生闖入中學，對六個國中生講得滔滔不絕試著說服，一副孩子氣的模樣……沒錯，這才是不識趣的極致，是具體的惡整。

到時候我肯定會被臭罵一頓，月火之後在茶道社的立場，也會成為她人生中的谷底吧。

可能成為不是擁有怪獸家長，而是擁有怪獸哥哥的妹妹角色，成為傳說。

火炎姊妹的風光事蹟也到此為止。

這麼一來，她雖然以商量為名義，其實並不是想得到答案，只是想發牢騷？

那我的職責應該已經結束了……但實際上又如何？要是我現在離席，月火會拿起三色原子筆的銳利尖端指向我嗎？

我會將原子筆的尖端形容為「銳利」，只限於月火以及昔日的戰場原吧……

「我說小月……」

我決定豁出去切入核心。我手上當然沒有原子筆，我的武器只有話語。

「所以，妳想要我怎麼做？」

「咦？這是什麼問題？哥哥，你沒聽我說話？」

「慢著，就算妳露出意外的表情……露出意外的表情講得像是責備我……」

「喝！」

她再度以三色原子筆攻擊。這次我也勉強躲過，但我的皮膚差點被塗成三種不同的顏色。

不對，三色原子筆基於構造，不可能揮一次就塗滿三種顏色……我只是覺得突然離席可能很危險才率直這麼問，不過很遺憾，我在這個遊戲似乎已經走投無路，無論講什麼都註定會遭受攻擊。

「哥哥，要是你亂講話過頭，我就用三色原子筆蠶食你喔。」（註28）

「我不是食物，不會被三色原子筆蠶食。小月，別講得拐彎抹角，也別講得這麼恐怖，給我講清楚吧。妳希望我怎麼做？」

註28　日文「三色」與「蠶食」同音。

「哥哥這樣問，我也不知道該怎麼回答。沒有啦，所以我想徵詢意見，想做個調查。哥哥，你相信世界上有鬼嗎？」

回到一開始的問題了。

應該說她一開始就是問這個問題。我以為這是帶入話題的開場白，看來並非如此。

應該說，她似乎一開始就進入正題了。

即使後來講得拐彎抹角，也講得很恐怖，但是從一開始就進入正題。

後來，我以直覺說中話題的具體內容，就聊得越來越複雜了。不過原本是更單純的話題。

這個妹妹在詢問我的立場。

「嗯……」

這麼說來，我雖然在心裡想了很多，卻沒有開口回答這個率直的問題。

因為這果然是難以回答的問題。

不能貿然回答。

要是配合妹妹隨便敷衍，不曉得會被誰聽到。俗話說「隔牆有耳」。

隔影有吸血鬼。

「什麼嘛，哥哥，為什麼答不出來？只要回答ＹＥＳ或ＮＯ就行吧？」

「不不不，小月，世間的問題出乎意料不一定都能以YES或NO解決。」

「是嗎？不然我就以YES或NO解決哥哥吧？」

月火以三色原子筆擺出架式。

也可以稱為「蠶食原子筆」。

怎麼回事？這是預告如果我的回答令她不滿意，原子筆就會揮過來嗎……那我就只能配合月火的話題回答NO了。

唔～～

總之，既然茶點快吃完了，茶杯則是早就見底，我就搖頭之後離席吧。

畢竟我還得用功備考。

我回答月火的問題。

「NO。我不相信這個世界上有幽靈。妳以外的茶道社員都錯了，我保證妳是對的，別在意這種事。妳就維持現有的立場，貫徹妳的正道吧。」

月火這個妹妹誕生至今十幾年，我從未如此肯定她，不過，總之我在這時候這麼說。

對此，被吐槽「妳是拿破崙嗎？」的阿良良木月火是這麼回應的。

「就是說啊。但我會在意耶。」

「……」

即使保證她是正確的，她也不改變意見。

那妳不就和別人沒什麼兩樣嗎？

004

和別人沒什麼兩樣。

只不過，任何人確實都具備這一面。如同世間的問題出乎意料不一定都能以YES或NO解決，人的感受或情感不一定都能歸類為正確或錯誤。

有時候，正確與不正確的事物會同時擺在面前，而且即使知道哪一個是不正確的選項，依然會刻意選擇。

我想，月火現在就是這種狀態，「在意無須在意的事」也肯定是正常活在世間就無法避免的事。

說穿了，我對月火的建議，就是要她實踐「在意這種問題也沒用，所以不要在意」這個想法，世間或許有人做得到，但基本上一般人應該做不到吧。

後悔一些就算後悔也沒用的事情。

老是講一些就算講了也沒意義的事情。

人生就是反覆做這種悶悶不樂的事情。

我想起上個月火憐找我商量的事。悄悄豎立在道場後方的老樹。現在回想起來，不曉得滿心覺得那棵老樹很詭異而害怕的道場學生究竟有幾人。

他們的內心某處，或許也覺得自己要求砍倒老樹的反應過度，知道這樣做得太過火吧。

即使如此，這種心情一樣止不住。直到以羽川的提議止住，都無從按捺這份心情。

要切換心情，按下內心的切換鍵，不是那麼容易的事。

或許乾脆說不可能比較好。

「……不，雖然我這樣講很誇張，不過這真的很常見。比方說鬣狗的形象很差吧？大家都覺得鬣狗會等獅子抓到獵物之後吃剩的甚至直接搶走，是一種奸詐的動物吧？不過實際上，鬣狗是會自己狩獵的動物，反倒是有鬃毛的公獅子懶得狩獵……不，我不是想炫耀雜學。我的意思是說，類似這樣的事情只是常識，用不著刻意調查，知道的人都知道，卻沒有普及、沒有波及。植入一次的印象、貼上一次的標籤，即使釐清真相也會一直存在。即使得知真相是真相、知道錯誤是錯誤，依然假裝不知道，過著一如往常的生活。為什麼會這樣？」

「阿良良木學長，人們不會正視不利於自己的事喔。」

神原學妹回答我的疑問。

這裡是隔天的神原家。

將狀況說明得詳細一點吧。隔天，我來到神原房間打掃，現在正在將她再度化為混沌的領土復原。今天也完全不想幫忙的她，在走廊如此回答我。

「該怎麼說，我之前聽戰場原學姊提過……忘記叫作什麼偏誤了。人們即使在緊急狀況，也會忽略不利的情報，一直認定『只有自己沒問題』……」

「不，這應該不太一樣吧？因為在這種狀況，茶道社的社員就算繼續相信幽靈——『第八人』的存在，也不會得到心靈慰藉或任何好處。」

「不過，比起以理論否定幽靈，有時候無視於理論肯定幽靈會比較輕鬆吧？雖然這件事和鬣狗的形象不太一樣……但應該是這麼回事吧？」

神原和月火不同，她對於怪異的認知和我相同，我們都擁有關於鬼、猿猴與蛇的認知，所以我可以對她說得深入一點。

「我想，戰場原說的應該是『正常化偏誤』吧。」

「又來了，阿良良木學長居然用『戰場原』稱呼學姊。在我面前完全不需要這樣愛面子吧？和平常一樣稱呼『黑儀兒』不就好了？」

「我不想對當事人以外的地方用這種稱呼……不對，我也沒這樣稱呼過當事人。」

「咦？不是『黑儀兒』？不然是『內搭褲妹』嗎？」

「她又沒穿內搭褲，為什麼要這樣叫她？總之，重點好像也不是好不好玩，就我所聽到的，茶道社的人並不是那麼把『第八人』當成有趣的傳聞。」

「具體來說是怎樣的傳聞？既然月火妹妹已經查出真相，現在問或許也沒意義，但我聽過內容或許意外可以接受喔。」

神原在走廊這麼說。

說真的，在走廊雙手抱胸看學長整理房間，究竟是何種心情啊……

還是說有錢人不在意這種事？要說這是王者的風範好像也很適當。

「像是阿良良木學長之前說的，火憐妹妹那間道場的事件，只要當成『守護神』的怪異，大家不就接受了嗎？這個『第八人』會不會也這樣？茶道社的……這個『第八人』社員，其實是茶道之神……」

「茶道之神……」

會是誰啊？

如果是茶神或茶妖，我倒是略知一二。

「不，好像不是這樣喔。我只是一知半解，又不是那間學校的學生，所以無法說得很確定，不過這個鬼故事反倒該歸類在毛骨悚然的類別。」

「嗯，詳情說來聽聽吧。」

「…………」

架子擺真大。

大概是籃球社王牌時代的習慣沒改掉吧。明明現在不是王牌或明星，只是一個受歡迎的女生啊！

……這當成擺架子的理由已經很夠了。

「就說了，我只是一知半解，沒有知道得很清楚……感覺就是把原本存在的『學校鬼故事』套用在茶道社。可以說套用，也可以說適用……」

「那麼『原本』是怎樣的鬼故事？」

「記得……對，就是多一個同學的鬼故事。班上明明是三十人，卻不知何時變成三十一人……要是察覺這件事，就會和這個人對調……自己成為『第三十一人』的學生……而且得一直看著『前第三十一人』和同學和睦相處……」

「嗯，對調型啊。也算是神隱型？確實恐怖。」

神原嘴裡說恐怖，卻沒有害怕的樣子。也是啦，雖然這是「恐怖故事」，高中生卻不會當真嚇到。

「學長認為是應用這個鬼故事，營造出『第八人』社員似乎存在的氣氛嗎？那就不是了。」

「不然妳覺得是什麼狀況？」

「沒有啦，就算不是『守護神』，既然是茶道室，有個座敷童子之類的怪異也意外合適吧？如果『第八人』是座敷童子，那我就能理解為何月火妹妹再怎麼否定，再怎麼以邏輯否定，大家依然繼續堅信下去。」

「原來如此。」

若是座敷童子就有可能。

如果真的有座敷童子，那就不只是有趣的程度，因為傳說趕走座敷童子的住家會毀滅。然而現在不是這種狀況。

「第八人」可能會和自己對調，導致自己消失……鬼故事主打的這個重點，要是有人照單全收，肯定會想要否定。

因為對自己來說，否定比較有利。

「那麼與其說是正常性偏誤，或許更像是同步現象。這也是聽戰場原學姊說的，只要十人有九人贊成，即使是不正確又不合理的事，也會覺得正確又合理，覺得剩下的這個人是錯的。這麼一來就難以翻案，算是少數服從多數的壓力。」

「少數服從多數啊……」

戰場原這輩子未曾參與任何表決，不過或許正因如此，所以才熟悉這種理論吧。畢竟那個傢伙總是位於全體通過的幻想之外。

「但我覺得這樣也太極端了。要是茶道社員之中，至少有一個人贊同小月的意見該有多好……」

只要有一個人贊成，感覺事情就簡單了。茶道社員共七人，如果現在表決，就是六比一的狀況。

六比一終究有點不利，但如果變成五比二，應該可以稍微抗衡吧。只要組成派系，組織肯定難以忽略這個派系的存在。

如果兩人還是不夠，就再多一人，這樣就是四比三，肯定足以對抗。

「……不過，就是因為沒變成這樣，小月現在才處於不利的立場，才會一直累積壓力。」

「月火妹妹現在是什麼想法？雖然不是『全體一致的錯覺』……但她是不是覺得煩了，開始想配合大家的意見？」

「沒有，這就是那個妹妹厲害的地方。」

也可以說她在這方面的角色特質和戰場原重疊。不過那個傢伙和戰場原不一樣，喜歡集體行動。

「感覺那個傢伙是戰場原的廉價版。」

「別說自己的妹妹是廉價版比較好吧……」

「不過，這次的事件沒有小憐那時候緊急。無論大家是否肯定這個『第八人』的存在，這個『第八人』的存在是否被否定，茶道社也不會因而廢除，友情也不會受損，不是這麼嚴重的事情，只不過是碰壁罷了。」

「碰壁？」

「對於標榜正義的小月來說，無視於正確性的環境令她不自在。」

不對。

任何人待在這種環境都不自在吧……

「不合理或沒道理的一方反而強勢，而且是毫無意義地強勢，這種狀況其實挺常見的。小月要學習這個道理或許還太年輕了。」

「居然說太年輕……阿良良木學長從剛才就只提到月火妹妹與火憐妹妹，但學長您自己呢？」

「嗯？」

「在這種狀況，阿良良木學長站在哪一邊？」

「不，在這種狀況沒有敵我之分……小憐那時候，我站在小憐那邊，不過該怎麼說，當時是話題朝著不太好的方向進展，我才斗膽挺身而出多管閒事。」

「嗯……不過真正挺身而出的是羽川學姊啊……」神原說。「就算進入第二學期，那個人依然諸事纏身呢。畢竟還發生過虎的事件……」

「…………」

「總之就我聽學長說明之後的一知半解，無論要不要相信、要不要肯定『第八人』的存在，這件事也不會因而改變，只是心情上的問題。」

「……說得也是，這是心情上的問題。無論如何，我還是覺得我兩個妹妹的意志都很堅定。雖然不是要站在哪一邊，但如果我是當事人，如果我是茶道社的社員，我大概會隨便附和大家吧。」

「呵呵，原來如此。所以『第八人』茶道社員是阿良良木學長。」

「不，這就完全是兩回事，不要越講越混亂。總之……」

我像是在做總結般說。

雖然對不起月火，但這種對話終究是閒聊，不是想一直討論的事，我差不多想進入下個話題了。

「經歷這種不講理的狀況，也是為了將來好吧。」

「不講理啊……但我覺得道理已經講夠多了……所以我個人會想站在月火妹妹這邊。」

「因為妳總是站在可愛女生那邊啊……」

「不，可不可愛在這種場合無關。要是這麼說，說不定茶道社另外六個社員也很可愛啊？」

「…………」

這是什麼想法？

明明沒見過那些茶道社員，妳卻預設他們的長相講這種話？

「究竟是月火妹妹比較可愛，還是其他的茶道社員比較可愛，這就是所謂的『薛丁格的小貓咪』理論。」

「我沒聽過這種所謂。妳所謂的時候給我正經一點。」

「不過，阿良良木學長其實也是這樣吧？因為我和阿良良木學長……」神原看向自己綁繃帶的左手，再看向我還在解決中的影子。「知道怪異。我們知道什麼是不講理、不合理、沒道理。正因如此，我這次想站在月火妹妹那邊。站在想要否定怪異，為現實犧牲的月火妹妹那邊。」

「…………」

「啊，沒有啦，我這麼說並不是在否定小忍哦？小忍的可愛程度難以用筆墨形容，簡直是薛丁格的小小鬼。」

「不准說她是小小鬼。這是哪門子的簡直？妳給我稍微簡直一點。」

「簡直一點？」

「哎，沒錯，聽妳這麼說就覺得或許如此，不過就算這樣也做不了什麼吧？再怎麼樣也無計可施吧？」

「如果阿良良木學長堅持的話，我不介意闖入栂之木二中的的茶道社喔。」

「我沒堅持要這樣。」

如果由妳出馬，或許可以順利用甜言蜜語迷倒女國中生們……不過這樣明顯做得太過火了。

不要做得過火，也就是要妥善行事。

有什麼辦法能順利安撫月火呢……

「慢著，其實有喔。」

「咦？」

「如果阿良良木學長只是想討好月火妹妹，其實有方法喔。」

「我並不想討好她……不過有方法嗎？」

「嗯。總之，我也和阿良良木學長一樣，覺得月火要正視這種現實還太早。不過這個解決方法有唯一的問題。」

「有問題？有問題的話不太妙吧……是什麼問題？」

「問題在於以結果來說，將會欺騙月火妹妹。阿良良木學長，你會抗拒對妹妹說謊嗎？」

「哈哈哈！」

當然不可能抗拒。

005

接下來是後續，應該說是結尾。

不對，就說了，在月火解決這個怪異奇譚的時間點，就足以當成結尾，所以這不算是結尾，應該算是附錄。

我接受神原的提議，說服月火。不知道該說是說服還是安撫，總之就是這麼一回事。

月火以外的茶道社社員——另外六人為何堅信「第八人」的存在？為何就算提出正確的邏輯，他們在情感上依然繼續相信？總歸來說，只要說明這一點，只要以合理的方式說明不合理，月火就會接受。

所以神原以道理解釋。大家是為了月火而相信「第八人」的存在——以這樣的道理解釋。

如同之前找我商量這件事的時候一樣，月火經常擅自拿走社辦備用的茶葉或茶點。這種事不用視為問題，不過嚴格來說不值得讚許，要是鬧上檯面，社團可能又會再度勒令停止活動。

所以，大家肯定「第八人」的存在，藉以掩飾月火這種奔放的行徑。

以這樣的道理解釋。

認定「第八人」存在，備用消耗品減少的速度就合理了。

雖然絕對沒有串供，但是大家為了袒護月火，承認「第八人」加入茶道社。

「原來如此！大家是為了我！」

呆子瞬間上當。

「我卻不識趣地說什麼世界上沒有鬼……原來我這種心態才有鬼！」

這種雙關語一點都不好笑。

總之，雖然真相應該完全不是這樣，這個謊言依然具備率直的特性，令人覺得就算這是真相也能接受。

「好，就讓你騙一次吧！」

就讓你騙一次吧。

就讓你搪塞一次吧。

月火這麼說完，似乎就完全忘掉這件事了。

我將這個結果告訴神原。

「嗯……」她說。「茶道社的社員們，以及阿良良木學長。月火妹妹是自願被哪一邊騙啊？」

第八話　暦・山

UN	MON	TUE	WED	THU	FRI	SAT
			1	2	3	4
5	6	7	8	9	10	11
2	13	14	15	16	17	18
9	20	21	22	23	24	25
6	27	28	29	30		

11

November

001

忍野扇會怎樣闡述「路」呢？我沒聽過她這個忍野咩咩的姪女聊過「路」。她只聊過十字路口、聊過紅綠燈，卻閉口不聊「路」本身。不對，或許曾經在天南地北的閒聊提過，我卻不記得了。她說過的話很神奇地不會留在記憶裡。不只是說過的話，她的行動、她的身影，她的一切都很難留在記憶裡。

如同風一樣風化。

如同傳聞只傳七十五天，和她相關的事物會逐漸消失，如同沒發生過。

不過，如果不是路、不是道路，而是道路工程，我就記得她聊過。雖然不是最近聊到，我卻清楚記得這件事。

「阿良良木學長。雖然會變成政治性的話題，不過在現今的社會，路這種東西是用來鋪設、修理、構築……產生雇用需求推動經濟的一種裝置對吧？」

她——忍野扇——小扇是這麼說的。

語氣如同看透一切，令我想起她失去音訊的那個叔叔。語氣達觀到不像是後輩，不像是高中生。

不對，從參透一切的感覺來說，她的看透方式和忍野不一樣。

但她想維持善惡、正負、光闇平衡的態度，身為維護平衡的使者而保持中立的態度，和忍野一模一樣。

「不是用來走的地方，也不是用來跑的地方，存在的意義在於建造的過程對吧？在現代，開拓道路的目的就是開拓本身。如同為了活下去而活。」小扇說。「即使是沒人會走的路，或是怎樣的路，光是在沒路的地方鋪路，這種行為就具備意義。」

鋪設沒人走的路。

鋪設沒人用的路。

而且要是蕭條、要是損毀，無論多少次都可以重鋪，可以一直修繕。出現裂痕就填補裂痕、出現髒汙就清洗髒汙，使得路一直維持路的功能。

「阿良良木學長認為呢？阿良良木學長認為鋪設沒人走的路沒意義嗎？」

對於沒人走的路來說，鋪設沒人走的路沒意義嗎？

「阿良良木學長，您或許會這麼認為呢。因為依照叔叔的說法，您傾向於在事物之中尋找過多的意義。但我不是說『沒意義』喔，是說『意義不同』。」

意義不同。

這裡的「不同」是「相異」的意思？還是「錯誤」的意思？我難以判斷，所以沒回答這個問題，而是改為詢問小扇。

那麼，妳認為呢？

鋪設沒人走的路，究竟有沒有意義？

她——忍野扇露出甜美的微笑，愉快回答我這個問題。

不過很抱歉，她的回答完全沒留在我的記憶裡。

002

「完全入冬了耶。到了這種程度，什麼時候下雪都不奇怪。雖然大家說什麼地球暖化，不過到頭來，冬天還是一樣冷，不會四季如夏耶。您認為呢？」

「哎，要說冷確實很冷……這部分我不懂。不過就我看氣象報告，應該不是一樣冷吧？冬天的平均氣溫也升高了。因為夏天變得更熱，所以即使冬天氣溫沒變得很低，以相對溫度來說，身體一樣會覺得冷吧？」

「原來如此，阿良良木學長果然聰明呢，不愧是我叔叔另眼相看的人。」

「老實說，妳叔叔沒有對我另眼相看……」

「哈哈。這麼說來，日文的『另眼相看』好像是圍棋的用語？記得是先下一子的意思……不過這完全是承認自己階級不如對方的行為吧？以將棋來說，就像是要求對方拿掉一個棋子再對戰……叔叔就算再怎麼認同阿良良木學長，終究不認為階級不如您吧？」

「…………」

我居住的城鎮有一座山，山頂有一座神社。雖說是山，卻是沒人爬的小山；雖說是神社，也是無人參拜的廢棄神社……

即使如此，山依然是山，神社依然是神社。

十一月一日，清晨。

在上學的數小時前，我和小扇一起爬這座山，前往山頂的神社。

上次爬這座山是什麼時候的事？

記得是和忍一起爬的？

上上次則是……和神原與千石，三人一起爬的。

小扇看起來體力不算好，卻意外地健步如飛，像是在帶領我般走在前方。現在吸血鬼之力逐漸薄弱的我，甚至快要被她扔在後頭。

「要是叔叔說他對阿良良木學長另刀相剮，叔叔與阿良良木學長的階級都會下降吧。」

「……慢著，小扇，我或忍野的階級下降都不重要……但是差不多可以告訴我了吧？為什麼我和妳現在會像這樣在山上健行？」

「阿良良木學長，您真是的，我不是說明過了嗎？」

「……？」

有嗎？

這麼說來，她好像說明過……不對，就算我最近逐漸被公認是對女生百依百順的角色，也很難想像我沒問任何原因，沒聽任何原因，就這麼聽話被帶到毫無人影的山上。

肯定聽她說過某個原因吧，只是我不小心忘了。

唔，是我太專注用功準備考試嗎？明明終於習慣如何背年表，要是日常生活的記憶因而變差，可不是本末倒置這麼簡單。

但是無論如何，既然她表示已經說明過，我現在也不方便再問一次。她是我剛認識的學妹，我身為學長還是想顧點面子，她是忍野姪女的話更不用說。

…………

咦？

到頭來，我是怎麼認識她的？

「抱歉，小扇……我是在哪裡怎麼認識妳的？」

如果是基於面子問題，我問學妹這種更基本的問題或許更丟臉吧，但我忍不住問了。

「哈哈，阿良良木學長真是有精神啊，是不是發生了什麼好事啊？」

小扇沒停下爬山的雙腿這麼說。仔細一看，明明是走山路，但她腳上穿的甚至不是球鞋。即使事先知道要爬山，依然如此缺乏準備。

或許對於小扇來說，這種程度的山路不算爬山。

雖然看起來不像，但她是登山少女嗎？

這條路其實很不好走啊……

「是神原學姊介紹我認識阿良良木學長的。您忘了嗎？」

「……是嗎？啊啊，聽妳這麼說，好像是這樣吧。那個……記得妳是籃球社的一年級新生之類嗎？」

「阿良良木學長老是在問問題耶，這麼在意我的事嗎？我是和運動無緣的讀書人喔。」

「為什麼明明是讀書人……看起來卻很會爬山？」

「因為山是神的居所。對於小女子不才來說，就像是主場。」

她講得莫名其妙。

雖然聽不太懂，卻不知為何具備說服力，具備不明的說服力，所以我實在難以追究。這方面不愧是那個忍野——那個專家的姪女。

我默默聽她說明。

聆聽走在前面的她說明。

「因為光是山本身就像是怪異了，總歸來說，是我專精的領域喔。我可以理解為什麼想在山頂設立神社。不過北白蛇神社和這座山完全無關。因為硬是將無關的東西搭在一起，才會造成齟齬……」

「齟齬？」

「啊啊，請左耳進右耳出吧。因為沒有其他更適合的詞，所以我才用齟齬來形容，但其實不到齟齬的程度喔。這只是初期設定出錯，原本想重來多少次都沒問題的。」

「妳的意思是說，某人以前在這座山上蓋神社是錯的？」

「我的意思是說『就算錯了也沒關係』。這是假設，是打樣。舉例來說，阿良良木學長想和女友上同一所大學，所以現在每天拚命準備考試，但如果您現在和戰場原學姊分手怎麼辦？會放棄準備考試嗎？」

「這種舉例真討厭……」

雖然用詞很有禮貌，內容卻毫無客氣或體貼可言，確實令人覺得是神原的學妹。

我板起臉，但小扇不予理會，應該說連頭也不回。

「應該不會放棄吧？」她說。「或許可以改考別所大學，不過持續準備考試好幾個月至今，您不會任其完全化為烏有，應該說做不到吧？即使契機是錯的，也無法否定過程吧？我有說錯嗎？」

「不准說我和戰場原交往是錯的。小扇，適可而止吧。」

「我沒辦法適可而止喔，因為我生性腳踏實地，如您所見。沒有啦，雖然這麼說，但要是害阿良良木學長不高興，我會道歉。不過這始終是假設，我相信阿良良木學長不會因為這種假設的話題不高興。」

「……」

哎，要是對假設斤斤計較，我身為學長確實有點小家子氣。

到頭來，小扇舉這個例子應該是想讓我知道，在看待事情的時候，最初的目的並非一切。順著她舉的例子來說，我確實將主要目的設為「和戰場原上同一所大學」，以此為基準開始準備考試，但如今這並非一切。

假設，真的只是「假設」，即使今後和戰場原分手，但我已經察覺讀書的樂趣，所以應該不會拋棄這份樂趣。

這或許也是不希望至今的努力白費而將錯就錯，但絕對不只如此。

「我說啊，小扇……」

「什麼事？學長果然生氣了？傷腦筋呢，我不是想惹您生氣，反倒是出自一片好心才這麼說。」

「不，就說了，我沒生氣……但妳說『出自一片好心』是怎樣？那個……原本不是在討論我考大學，是討論山與神社吧？是討論這座山以及山頂的神社吧？妳說初期的設定出錯……」

「嗯，是的。」小扇說。「壞心眼的人才會挑剔說這是出錯。即使出錯，這件事也已經歷史久遠到堪稱超過追溯期了。不過按照世間的趨勢，重大犯罪的追溯期似乎會被撤除吧。」

小扇至此終於停下帶頭的腳步，轉身面向我。

「我是來修理這個錯誤。」

她這麼說。

這似乎就是她這次爬這座山的原因。對了，這麼說來，我好像早就聽過這個原因。好像曾經聽得更詳細。

正因為接受這個理由，我才會像這樣擠出K書的空檔陪她爬山。

仔細一看，小扇之所以停下腳步，並不是要轉身面向我，等待速度變慢的我跟上，單純只是抵達目的地了。

她身後是即將毀壞的鳥居。

那麼，鳥居後方應該是那條別說香客，連神都不會行走的參拜道路，盡頭則是已經崩塌的神社吧。

「…………」

雖然完全不是新年參拜的季節，不過總之我們登山完畢，抵達有某種齟齬的神社——北白蛇神社。

003

關於北白蛇神社，大概需要若干說明吧。如同至今多多少少提到，我和這裡結下一段奇緣，但即使除去這一點，在最近……具體來說是春假之後，這裡成為城鎮的熱門景點。

春假之後。

也就是忍野忍——吸血鬼前來之後。

忍造訪這座城鎮，是距今約半年前的事。傳說的吸血鬼，美麗到連背脊都凍結的吸血鬼來訪。鐵血、熱血、冷血的吸血鬼訪日。這是重大事件。

不，這對我來說不是重大事件，也不是說「吸血鬼實際存在」是重大事件。我的意思是對於「業界」來說，這麼強大的怪異光是「採取行動」就是大新聞。

以颱風為例或許比較好懂。

颱風的種類、路線、速度與規模，總是在時間有限的新聞報導占一席之地。關於氣象的情報或現象這麼多，但是有其他「天候」和颱風一樣詳細編號並且命名嗎？

就是這麼回事。

忍野忍——前姬絲秀忒．雅賽蘿拉莉昂．刃下心的旅行，真要說的話是一種災害。

正因如此，忍野才會出動，並且致力於災後重建。忍野基本上以蒐集怪異奇譚維生，在這座城鎮也是四處蒐集鬼故事、都市傳說或街談巷說的邋遢專家，但他也會做其他的工作。

應該說，關於這方面的工作，我也曾經直接幫忙。因為我是吸血鬼騷動的當事人，而且這麼做是為了還債。

傳說的吸血鬼出現，導致靈力失常。為了讓這座失常到不能再失常的城鎮回復為正常狀態，忍野要我幫忙矯正靈力亂流的中心點。

與其說是中心點，我聽他說明之後，覺得或許該叫作爆炸點。

地點就是這裡，北白蛇神社。

有人將「都市之肺」形容為「都市的氣袋」，套用這種說法，這裡大概是偏遠城鎮的氣袋吧。包括靈力亂流，以及還沒成為怪異卻可能成為怪異材料的「髒東西」集合、堆放的場所。

聚集地。

吸血鬼經過之後寸草不生、寸草不留——忍當時展露的強橫威力令人不禁這麼認為，但如果什麼都不留還算好，她卻留下這種副產物、這種後遺症，確實造成困擾。

雖然只有短短兩週，但我同樣當過吸血鬼，並且落得悽慘的下場。基於這樣的立場與心境，我實在不方便這麼說，不過我可以理解那些專精對付吸血鬼的專家們，為什麼會摩拳擦掌，為了除掉忍不惜踰矩。

實際上，聚集在這座神社的「髒東西」，害得我妹妹的朋友——千石撫子吃盡苦頭。換個方式來說，害撫子受苦的那個騙徒，或許是吸血鬼騷動引來的「髒東西」。總之，這是基於我個人恩怨的想法。

無論如何，依照事情的演變，並且依照時間與場合，即使以這座北白蛇神社為中心爆發妖怪大戰爭也不奇怪。

妖怪大戰爭。

聽起來很假，卻令人笑不出來。忍野將防範戰爭於未然的任務完全扔給我這種平凡高中生，他的做法也挺危險的。不過，如果他沒讓我做這麼重要的工作，我欠他的五百萬圓債務或許不可能還清吧。

換言之，這是價值五百萬圓的工作。

「因為神社荒蕪毀滅，再也沒有神住在裡面，成為空蕩蕩的場所，才成為『髒東西』的避風港嗎？」

我環視久違造訪的廢棄神社周邊，心懷感慨地說。我心懷感慨不是因為懷念神社，而是回想起忍野。或許是因為和忍野的姪女一起過來，所以輕易就會想起那個傢伙吧。

「避風港嗎？哈哈！」

小扇笑了。快活地笑。

和廢棄神社的氣氛完全不符的假笑。

「哎，任何人活在世間，都需要某個避風港吧……」

「不，我現在不是在講人，是講『髒東西』。」

「人不也是『髒東西』的一種嗎？」

「………」

她大概是說騙徒那種人吧？

既然小扇是忍野的姪女，大概也認識那個騙徒吧，那麼要不要提一下？我內心瞬間想這麼做，但如果她不認識，我就非得特地說明那個騙徒小子，即使她認識，要是因而莫名聊開了，就另一方面來說也會令我不悅。

小扇主動提及就算了，總之我不要提到騙徒的話題吧。我如此心想，將湧到喉頭的話語吞回去。

不過，我想起那個傢伙說過的話。

想讓某種事物在某處流傳、感染，必須先讓這個地方變成中空，而且這種中空狀況，是可以「人為造成」的。

「………」

忍造訪這裡，所向披靡。

城鎮變成中空之後，各種「髒東西」像是尋求食物般聚集過來，集合在內部也空無一物的這座神社。

而且依照我的推測（即使稱不上推測），正因為這座神社已經毀滅，神已經不在這裡，才會成為「內部空無一物」的狀態。如果我的推測沒錯，那麼……

「……神去哪裡了？」

「嗯？阿良良木學長，您說什麼？」

「沒事……」

我想到的是目前由我保管的一張符咒。與其說保管，應該說只是某人硬塞給我的東西。老實說，我不知道該怎麼處理。

連忍都沒轍的東西，我又能怎麼處理？既然是符咒，找個地方供奉就好嗎？可以的話，我不想留在身邊。

「話說回來，阿良良木學長，『香客』這種說法很奇怪吧？來神社的人們是客人嗎？」

「嗯？啊啊……哎，我知道妳想說什麼……但也想不到其他更適合的形容方式了。所以小扇，妳說要修正齟齬，具體來說要做什麼？妳說初期設定出錯，意思是建立在這座山上的神社不適合蛇神嗎……？」

「形容成適不適合，聽起來感覺像是衣服穿起來搭不搭……」

小扇明明是專家的姪女，卻似乎毫不在意地走在參拜道路正中央。參拜道路的正中央是神走的路，一般人不能走。明明連我這個外行人都知道這件事……不過既然神已經不在，這條路或許已經不算路了。

小扇行經空蕩蕩（不是比喻，是真的什麼都沒有）的洗手區抵達神社，然後仰望。

「嗯……」她輕聲說。「這下子麻煩了呢……我想回家了。不過前提是我有家可回。」

「啊？妳家不是忍野家嗎？」

「沒有啦，是忍野家沒錯。這看起來……感覺真的是勉強維持平衡呢。叔叔居然任憑這種東西變成這樣就離開……是這個嗎？」

小扇指著貼在神社的符咒。將那張符咒貼在那裡的就是我。

我依照忍野的吩咐，和神原一起來到這間神社貼這張符咒。我不清楚這張符咒在靈力方面的功效，幾乎沒任何知識就貼上去，所以從某種角度來說可能會遭報應，不過這張符咒，必須是我與神原這種雖然深陷這邊世界卻沒有知識，沒成為專家的超級外行人才能貼。

忍野也不是只為了讓我還債，不是只基於善意，就介紹登山一次賺五百萬圓的超高薪工作給我。

某人目前託付我保管的符咒，大概也具備類似的意義吧。不過與其說是以債務形式交給我保管，不如說符咒本身就是不良債權……

「嗯，忍野要我來這裡貼的就是這個。」

我回答小扇的問題。

回想起來，記得那是六月的事，所以是四個月以上的往事。雖然絕對沒有懷念可言，不過多虧忍野給我那份工作，我才能和千石撫子這個老朋友重逢，所以真要說感觸良多也沒錯。

如果沒有那次的偶然重逢，我現在肯定不會和千石玩在一起吧。想到這裡就覺得人的緣分好神奇。

不對，不只千石，包括羽川、戰場原、八九寺與神原都一樣……

還有忍。

吸血鬼也一樣。

「總之，雖然有危險，不過這個事件姑且維持在平衡狀態呢。畢竟境內的氣氛也舒暢了。」

「舒暢啊……」

「是的。即使只是暫時，但我甚至很難把這裡當成『髒東西』的聚集處。」

「…………」

如果現在這座廢棄神社的境內很「舒暢」，那我大致知道原因。那當然，因為我與忍在暑假的最後一天，讓這裡變得「舒暢」了。

這件事我還沒告訴小扇嗎？

「這樣看來，如果維持現狀，接下來一百年都沒問題吧。就當成靈力適度分散了吧。不過我今天來到這裡，始終是為了另一件事……」

小扇一邊說，一邊採取難以置信的行動。真的是沒有議論餘地的奇特行徑。她突然爬上這間長年沒整修的破爛神社。

「呃……妳在做什麼，小扇？」

我其實想以「妳在做什麼？小扇！」這樣的語氣大喊，不過人在這種緊急狀況喊不出聲音。該怎麼說，我就這麼正常發問了。

小扇如同野生動物，轉眼就爬到神社屋頂，不知道她剛才強調自己是讀書人究竟是真的還是玩笑話。

如同猴子，也如同貓。

即使有空詢問，也來不及阻止。她沒穿攀爬用的鞋子，也沒穿方便行動的衣服，真了不起。

不過就算爬上去，看起來也不甚安全。因為神社經年累月已經破爛不堪，感覺強風一吹就會倒塌。

光是屋頂增加一個人的重量就可能扁掉。如果那是電梯肯定會發出警報聲。

不過，正因為破爛成這樣，所以攀登時可以用來使力的凹凸很多，小扇才能像那樣如同爬竿輕易登頂吧……

「阿良良木學長，怎麼了？請跟我上來啦。」

「不，那個，我今天穿裙子，所以……」

怎麼可能。

即使是我，也不會對學妹這麼聽話，豁出去跟著採取這種行動。

「而且我不擅長爬竿。」

「哎呀哎呀，被稱為『直江津高中昇龍』的阿良良木學長，居然講這種丟臉的話？」

「沒人用這種像是昇龍拳的名號叫我。」

「這麼說來，學長知道嗎？快打旋風使用昇龍拳的主角名字是『隆』。」

「是嗎？不是『龍』？」

「嗯。另一個主角叫作『拳』。哎，這是以前的設定，現在可能換了。說到設定，阿良良木學長……」

屋頂的小扇沒看著我，而是從那個高度眺望整座城鎮（但我不確定從那個高度是否能將我居住的城鎮盡收眼底）對我說。

「接下來不是龍，是蛇的話題。可以嗎？」

「啊啊……關於妳現在踩在腳下的蛇神嗎？」

「蛇神具備代表性，不過用不著尊稱為神，蛇經常被視為神聖的生物，您知道這股風潮怎麼誕生的嗎？」

「將蛇視為神聖的生物……」

嗯。

蛇雖然可怕，不過「蛇神」的形象確實不突兀。只是我沒深入思考過原因。

「又不是牛或馬這種有助於人類生活的動物，和人類也不算親近。若要說是爬蟲類，應該也有其他候補。學長覺得為什麼？」

「問我為什麼……」

「請想想十二生肖吧。依序是鼠、牛、虎、兔、龍、蛇……不過仔細想想，是不是不太對？蛇在龍之後上台，這樣很難表現吧？頂多只能說『這真的是龍頭蛇尾』博觀眾一笑。」

「我覺得十二生肖並不是用來博觀眾一笑的舞台……」

我抬頭說。

這個角度出乎意料難交談。學妹從高處俯視，至少不會愉快到令我雀躍。

「我不懂。為什麼？有什麼由來嗎？像是關於蛇的神話……」

「不，關於蛇的神話當然有，多到可以堆成一座山，但我在這裡問的是蛇為什麼可以成為神話的主角。」

她說的「在這裡問」應該是在神社上面問吧。我開始思索，應該說開始搜尋記憶。如果是這方面的話題，我就算已經聽羽川或忍野說過也不奇怪。

「記得……對了。因為蛇象徵著不死或復活吧？」

「喔，突然就講出正確答案？」

小扇點頭回應。

不過她點頭的時候沒看著我，所以我難以判斷她是真的點頭，還是純粹換個角度欣賞風景。

「了不起，考生就是不一樣。」

「不過……就算妳稱讚了不起，大學考試也不考這種知識。」

「蛇經由脫皮而成長，而且沒有手腳，外型沒有凹凸，所以脫皮之後的皮是以簡單易懂，說穿了就是以直截了當的形態殘留下來。考慮到蛇這種生物本身的隱密性，脫皮之後的皮甚至可能比蛇本身還顯眼。」

「……………」

「總之，在生物學不像現在發達的時代，要是觀察蛇脫皮的樣子，不免會讓人將蛇視為神聖的生物呢。」

不死、復活。

以及神聖嗎……

「可是小扇，那是……」

「嗯，是的。脫皮是蛇的生理現象，和不死的特性無關。此外，雖然蛇給人的形象是生命力很強，實際上卻沒那麼強。」

「如同鬣狗的形象？」

「說得也是，嗯。所以剛開始會造成誤會。不過就算這麼說，蛇擁有的神聖形象，事到如今在現實層面也不可能去除吧？」

「……………」

「在現代的日本社會，基本上沒人不知道蛇會脫皮，因為生物課就會教。即使如此，大家內心某處依然留著對蛇的敬畏之意，輕易就接受『蛇神』這種詞，絲毫不覺得突兀。」

初期設定出錯。

不對，不是出錯，只是時代不同罷了。

「阿良良木學長，怎麼了？您覺得以科學解析信仰很不識趣？覺得我說得很俗氣？不過翻開歷史，因為信仰根據不充分，使得許多人在不講理、沒道理的狀況下受罰或遭到處刑的例子，多到可以堆成一座山喔。」

「……又可以堆成一座山？」

「也就是說，該切除的話就應該理性切除。不用擔心，正如剛才所說，再怎麼不識趣地進行解析，一度產生的信心不會因為邏輯或理論而消失。」

「…………」

這種事我上個月就聽過了。

是關於妹妹的事。

茶道社室出現的幽靈，「第八人」茶道社員的存在，我妹以邏輯否定，從頭到尾徹底否定。以那個妹妹的作風，應該是毫不客氣否定到令人質疑「妳做到這種程度？」的程度。

但是，這麼做沒意義。

無論她怎麼說，其他的茶道社社員也一直相信「第八人」的存在。如果只限於那個場合，反倒是月火特異獨行。

「沙丁魚頭都能當成信仰，蛇皮也能當成信仰。總之，就是這麼回事喔，阿良良木學長。以數千年、數萬年為單位植入身體的本能，沒辦法以區區數百年的科學根據推翻。重視心理更勝於真理，這就是人類，這就是人類社會。」

「……不過，這種東西也總有一天會改變吧……？只要累積數百年、數千年的科學根據，人類將會重視真理更勝於心理嗎？」

「會吧。遲早的事。不過重視真理更勝於心理的人，今後是否可以繼續稱為人類，我打從心底抱持疑問就是了。」

小扇說。

關於這方面，我也抱持相同的想法。

或者說，抱持相同的心理。

「總之，今後的事情今後再想，我等阿良良木學長死掉之後再想。」

小扇面不改色講得好像她會比具備吸血鬼特性的我長壽許多，切換話題。

「現在的問題是要為這間神社收拾善後。為這間一千多年前就供奉一千多歲蛇神的北白蛇神社收拾善後。也可以說是為叔叔收拾善後吧。」

「什麼意思？既然已經不是堆積髒東西的狀態，不就已經解決了嗎？」

我與神原完成「跑腿任務」之後，這件事本身肯定已經結束。

「沒結束。反倒剛開始。」

「慢著，就算妳事到如今講這種常見的台詞……」

第一個講這句台詞的人是誰？

和「我們的冒險從現在開始」並列為最想知道出處的台詞。

「不，真的沒結束喔。因為叔叔使用的是柔道的受身手法。只有防禦，沒有攻擊。」

「這……忍野確實不是主動攻擊的類型啦。」

「講得簡單一點，名為姬絲秀忒・雅賽蘿拉莉昂・刃下心的颱風襲擊這座城鎮時，叔叔成功為這個事件收拾善後。這確實防範妖怪大戰爭於未然，叔叔身為怪異專家立下了功勞，不對，是大功勞。可是今後呢？我覺得這是叔叔天真的一面……要是今後又有刃下心等級的怪異來訪，叔叔沒做好預防措施吧？」

「…………」

將那張符咒託付我保管的人物，也說過類似的話。應該說那個人是講完這番話之後，才將那張符咒託付我保管。

可是……

「我認為在確保當前安全之後，接下來應該處理聚集地本身。因為只要沒有聚集地，『髒東西』就無從聚集在那裡了。」

「嗯……哎，我懂。不過這已經不是獨力做得到的事了吧？忍野曾經舉例，可能需要雄厚的財力改建這間神社……」

「光靠財力也做不到吧。理想的狀況是重建這間廢棄神社，成為香客全年絡繹不絕的場所……換句話說就是恢復蛇神信仰……哈哈，阿良良木學長說得確實沒錯，這不可能是獨力做得到的事……卻也不是因為不可能就放棄的事吧？」小扇說。「即使沒意義，即使不可能，該矯正的還是要矯正。因為沒意義，所以不矯正錯誤，阿良良木學長，您不覺得這是錯的嗎？」

「哎……每天拿題庫練習卻一直寫錯的我，面對這個問題只能回答YES。不過，事情分為做得到與做不到兩種，這是現實吧？是現實的正確存在方式吧？我不認為所有人做得到任何事的世界是正確的喔。」

「我也不這麼認為。這是意志的問題。是攻擊性的防禦，個人志氣的問題。哈哈，形容成『攻擊性的防禦』，可能會被認為志氣很低吧。那個……回到正題好嗎？」

「回得去正題就回吧，我還完全不知道妳想說什麼。小扇，妳說這間神社位於這座山是失去平衡，是初期設定出錯，但這真的不是妳這個女高中生能改善的事情吧？又不可能事到如今才把這間神社遷移到其他地方……」

「嗯，是的。」

小扇很乾脆地點頭。

這種出其不意的反應，這種遲遲無法成為議論的感覺，不得不令我覺得她和她叔叔流著相同的血。

「阿良良木學長，若要講歷史，其實這間神社——這間北白蛇神社，昔日位於完全不同的地方喔。」

「完全不同？」

「是的，當時連名稱都不一樣，所以才遷移到這座山上。『黏』在我現在所站的這個山頂。」

「…………」

「我稍微詳細說明原委吧，當時這座山是非常高階的靈山，所以這間神社才搬到這裡，想要沾光達到有求必應的效果。」

「妳說的遷移……那個，就是分社那樣的形式嗎？」

「不，不是分社，是主社直接搬過來。」

「……可以這樣？不，我不清楚神社的存在基準……不過這種神社或廟宇，基本上不是應該一直位於相同地點嗎？」

「不盡然喔。有時候真的會因為颱風來襲之類的不得已理由而遷移。哎，總之我不是想講這個。」

「咦？妳不是想講歷史嗎？」

「不不不，歷史一點都不重要。我只是講到歷史，並不是想講歷史。阿良良木學長，請想一想，原本位於其他地方的神社，所在地不同的前北白蛇神社……當時應該不是這個名稱，不過為求方便以及易懂，就稱為前北白蛇神社吧。當時的人們，也就是這間神社的相關人士們，是用什麼方法把神社搬到這座山頂？」

「什麼方法……總之，妳說的『當時』應該是很久以前的事吧？既然這樣，我不認為那時候的技術足以將整間建築物原封不動遷移過來，應該是先拆掉建築物再搬過來。不過賽錢箱大概可以直接搬吧……」

「是的。建造這種建築物的時候，連一根釘子都不使用，所以要拆解也不會花太多工夫。阿良良木學長說的是瓶中船的概念吧？想將帆船裝入瓶口狹小的瓶子裡，正確的做法是將零件放到瓶子裡組裝……不過，阿良良木學長，神社和瓶中船不一樣，就算拆解也不代表方便搬運啊？」

「嗯？」

「因為，我們剛才爬的山路，在當時不存在。」

小扇說完朝鳥居另一側，我們剛才所爬的險峻山路示意。

是的，險峻的山路。即使有那條山路，要搬運木材與建材也相當不容易吧，但她說當時連那條路都沒有？

「是的，沒有。那條路是戰後開拓出來的，是最近的事。」

「但我不認為『戰後』叫作『最近』……」

「在京都，『戰後』的意思似乎是慶仁之亂以後……」

「不，我覺得這是騙人的，不可能吧？」

「天曉得。姑且講得出原因喔。也就是說，在世界大戰的時候，京都和其他都市相比，遭受空襲等損害的程度比較少，所以很難以世界大戰當成基準。從這個角度來想，他們的『戰後』確實可能是慶仁之亂以後。」

「原來如此，有道理……」

我聽到別人說「戰後」，也會在一瞬間以為是「春假之後」，這或許是同樣的道理吧。

「總之，這條階梯算是最近鋪設的？」

「是的。以瓶中船來形容，就是瓶頸特別長或扭曲的感覺吧？」

「在這種時候……一般都會開一條路搬運建材吧？換句話說，在那條階梯完成之前都是使用那條路……等到方便的新階梯完工，那條路就沒人使用，最後長滿草木看不見了。」

「說得也是。『開路』是製作某種東西時的必要程序。不用舉絲路為例，人類史幾乎等同於道路史。首先開拓的是陸路，再來是海路，然後是空路。之後大概是通往宇宙之路吧？不過阿良良木學長，這個答案也是錯的。」

「咦？是錯的？」

「嗯。我剛才也提到，這座山是高階的靈山，無法進行這麼大規模的工程。要將神社遷移到山頂，當然得進行最底限的工程，不過基於人情，可以的話當然得盡量避免傷害這座山吧？不只是基於人情，也是基於信仰。」

「……沒開路？」

「是的。至少沒有人為開路。阿良良木學長，您想想，我們剛才是走戰後鋪設的階梯，不過只要拿出毅力，就算不走那條階梯，也可以從滿是樹木的森林拓荒走到山頂吧？」

「…………」

很難說。

拿出毅力的話或許可行，問題在於我沒這種毅力。不過，小扇這個登山少女或許做得到吧……

畢竟早期人們的毅力可不是蓋的。

尤其關於建築方面，不必利用建設機械，就能蓋出難以置信的世界遺產……

我剛才說，所有人做得到任何事的世界，不一定是正確的世界，但是只要不考慮人權問題或勞動環境，人們或許算是無所不能。

不過，即使如此，在這種條件之下，要如何成功「搬遷」這間神社？

我不知道這座山昔日多麼靈驗，至少從建築觀點來看，這個地方的條件差到極點，要怎麼把建築物遷移到這裡？

「是使用某種世間不該存在的技術嗎？超自然的神奇力量，或是靈力……那就真的很靈驗了。」

「不，沒做這種事，純粹是人類的智慧喔。不過就我來說，這是造成極度困擾的『搬遷』……也可以說我正是因為這樣才會來到這裡，來到這座城鎮。真是的，什麼北之白蛇啊……」

小扇這麼說。

雖然表情沒變，她卻無故作勢要踹腳下的神社。如同發生了什麼討厭的事。

004

接下來是後續，應該說是結尾。

關於北白蛇神社，小扇所說的「前北白蛇神社」遷移之謎，說來何其意外，居然是我妹妹的朋友——千石撫子解開的。

「曆哥哥，這種事很簡單喔。」

她說。

當天晚上，基於各種原因被扭送……更正，被帶到阿良良木家保護的千石撫子這麼說。

「以遊戲來說就是輕鬆小品喔。」

「輕鬆小品……？」

等一嚇。

無論答案為何，要將一間建築物搬到山上，不可能簡單或輕鬆，更不可能是什麼小品。

不過，身為遊戲玩家，可以將這件事視為遊戲的千石，或許可以輕易得出解答。

「雖然好像沒有進行鋪柏油之類的大規模工程，不過聽曆哥哥的說明，還是有進行最底限的工程吧？」

「嗯？是啊……」

補充一下，我向千石說明這件事的時候，沒提到小扇的名字。不只是名字，連小扇這個人都沒提到。考量到我最近經歷的各種事件，我隱約不太敢把小扇介紹給她。

不過，我無法否認有種過度提防，過於操心的感覺……

雖然這麼說，但既然是關於北白蛇神社的事，我就非得告訴千石才行。因為只要是關於那間神社的事，千石就是當事人。

「那麼換句話說，就是進行了最底限的工程。」

「什麼意思？」

「所以說，做工程的人，讓工程竣工的那些人……」

千石說。

總覺得她的講話方式很像火憐。像月火就算了，為什麼會像火憐呢……是個人影響力的差距嗎？

火憐容易影響他人，月火容易受到他人影響……

「他們在山頂開拓土地，製造出建造神社的空間對吧？」

「嗯。總之，開拓土地製造空間……就是最底限的工程吧？畢竟我不認為山上自然就會出現那麼空曠的土地。」

「嗯，所以，他們利用當時砍下的木材蓋神社。這項工程一點都不浪費資源喔。」

千石說。

一點都不浪費，最底限的工程。

「這樣的話，就不需要將木材搬到山上吧？換句話說，沒必要為此開路。拓荒爬到山頂，以毅力登頂，然後住在山頂施工。」

「…………」

不，我覺得並不是一定要住在山頂……對喔。地點在山上，所以周圍就有木材可以拿來蓋建築物，不需要搬運。

多得跟山一樣。

不久之前，我曾經謊稱火憐學武的道場，是用道場後院的樹木蓋的……即使當然不能一味傷害靈山，不過為了蓋神社而開拓土地，再將開拓工程砍下的樹木回收利用，應該算是一種地產地消，套用流行的說法就是秉持環保精神吧。

聽她這麼說，就覺得這個單純的答案是唯一解答。如果小扇問的是：「如果要在山上蓋新的神社，並且盡量避免傷害這座山，應該怎麼做？」雖然會花一點時間，但我或許也會得出相同的答案。

不過在這種場合，問題在於……

「可是千石，這是遷移耶？不是新建……既然是以新的木材建造新的神社，那不就是完全不同的神社嗎？」

「屍體……不，御神體之類的東西應該會轉移過來吧？不過既然難得搬家，就想把建築物也換新。當時應該是這麼想的吧？」

「…………」

記得「鐵修斯之船」這個故事是這樣說的。

在修船過程中，各部位的材料逐漸換新，到最後，船原本使用的材料連一個都不剩。那麼這艘船還能當成是原本那艘船嗎？

我認為是這樣的問題。

「建築物整個替換、交換，只有名稱帶過去。不對，這麼說來，連名字也換過了……」

無論任何事物改變，只要信仰不變，就不算改變。

這大概是將理性與感性劃上等號吧。

即使替換也不算改變。不變。

不對，這或許正是小扇視為問題的部分。到頭來，如果相信小扇的說法，那麼將那間神社遷移到那座山頂是錯的。

錯的？

不對，重點在於平衡。

在那座山上祭祀神，破壞了某種平衡。

「……這麼說來，曆哥哥，剛才的猜謎讓我想到一件事。」

「不，那不是猜謎……」

「那間神社已經破爛不堪，今後不會重建嗎？」

「重建……」

我沒想過這件事。

不過如果要重建，以現代的做法，終究不會投機取巧當場砍樹吧，當然也不需要開拓新路。

神社年久失修成那樣，改建當然是應該歡迎的事。不過到時候，小扇所說的「平衡」將會如何？

將再也沒有香客來訪，也沒有神的神社重建、翻新，究竟會誕生什麼信仰？

不對，不是誕生。

是延續。

無論怎麼以道理解釋、以邏輯論述，信仰與怪異都會繼續存在。

「希望可以重建。」千石說。「要是神社重建，那裡肯定不再是『髒東西』的聚集地。到時候朽繩……更正，蛇神大人也肯定會回到那間神社。對吧，曆哥哥？」

「啊啊……嗯。說真的，要是這樣就好了。」

這樣是好？還是不好？

我不可能知道這種事，但還是如此回應千石。

無論如何，不知道從何時開始，我們城鎮的平衡就一直在瓦解。

有種討厭的預感。

不對，不是預感，是實感。

臥煙伊豆湖託付我保管的那張符咒，或許在不久的將來就會拿出來使用，非得拿出來使用了。

第九話　曆・環

UN	MON	TUE	WED	THU	FRI	SAT
					1	2
3	4	5	6	7	8	9
0	11	12	13	14	15	16
7	18	19	20	21	22	23
4	25	26	27	28	29	30
1						

12

December

001

在忍野忍的概念中，昔日只要說到道路，無疑就是夜路。她是各界深夜的統治者，是不死之王、怪異之王，夜路對她來說是王道。

這在她心中當然是往事，是很久以前的事，現在她統治的地盤是我的影子，是換算成面積不到一平方公尺的土地。忍對此應該頗為……相當不滿，不過當前她還沒拿這件事向我抱怨。

對自己抱持絕對自信的人，或許意外不會在乎自己擁有多少東西。不，或許會在乎，不過只要自己是自己，無論發生任何問題、欠缺任何東西，都肯定可以處理妥當。

即使失去力量、失去定義，只要自己依然是自己就好。

「吾確實無須提防夜路，對吾而言，反倒是陽光普照之日路比較危險。」

在她還沒降階、還沒落魄，還不是渣滓，還是吸血鬼的那時候。

換句話說，她不是忍野忍，而是被稱為鐵血、熱血、冷血的吸血鬼，名為姬絲秀忒·雅賽蘿拉莉昂·刃下心的那時候，她在廢棄大樓的樓頂這麼說過。

由吸血鬼說明日路的風險，令人覺得確實如此，極度認同。忍野咩咩或專精吸血鬼戰鬥的三個專家確實是她的敵人，不過她至今的第一天敵依然是太陽吧。

所以反過來說，她因為失去力量而得以在陽光下行走，對她來說或許堪稱是意外的收穫。

不對。

應該說她為了這份收穫而拋棄過於重要的東西，所以將其講得像是一件好事就不太好。

「不過，夜路是伸手不見五指之路，亦即看不見之路。看不見之路真的可以稱為道路嗎？」

她這麼說。

道路要發揮道路的功能，確實需要清楚劃分界線。光靠定義無法成為道路。若要說「一看就知道是道路」是道路的必備條件，應該也沒錯吧。如果事後才有人告知我剛才走的地面是某某道路，我應該無法接受吧。

換個說法就是這樣。

無論是哪種道路，只要閉著眼睛行走，就無法發揮道路應有的功能，成為普通的地面。

即使定義屹立不搖，依然不是道路。

只是，正因如此，所以夜路由電燈照亮。

以免人們找不到路。

或是以免遭遇怪異。

「哼，電燈啊……夜晚也失去黑暗很久了。」

那個吸血鬼聽完我這番話，不耐煩般這麼說。哎，對她來說，黑暗減少等於是領土減少，我可以理解她不耐煩的心情。

即使黑暗或闇絕對不會消滅，即使消滅才意味著黑暗或闇的誕生，這也不是什麼太大的問題。不過這和領土受到侵略是兩回事。

「昔日說到照亮夜路之物，大概只有月亮吧。」

正圓形的月亮。

很遺憾，當天不是滿月，但她懷念地仰望天空。

仰望照亮夜路的夜空。

002

「太扯啦！」

忍突然這麼說。

在她會說的話語中，這已經是我聽好幾個月的招牌台詞，但是突然聽到依然會嚇一跳。

會以為發生什麼事件而畏縮。

加上這句台詞的氣勢，使得我以為什麼事惹她生氣了。

原本這句話的意思應該是「太誇張了」，她卻好像遺忘、遺失這句話的原義，當成開場的問候語。

甚至想問她現在是否真的覺得太扯了，還是隨口拿這句話來用。

現在是十二月，年底。

昔日稱為「師走」的月份。

據說因為是老師也忙到四處奔走的時期，所以叫作「師走」，不過這似乎是民間的謠傳。當初聽到的時候，我覺得即使不是年底，老師應該也會四處奔走，所以羽川告知這始終是謠傳時，我非常可以認同。既然這樣，正確的由來是什麼呢？我不知道。也沒問。

欠缺這種求知慾，或許是我的缺點。

總之，既然俗話說一月離、二月逃、三月去，若要說十二月是奔走，也沒有令人詫異到想詢問的程度。

總之，先不提老師忙不忙，對於日本考生來說，十二月確實是忙碌的季節。因為下個月就要考試了。

我不可能閒著沒事。

不，老實說，我現在忙到不可開交，很難說只是因為考試的關係。我甚至想扔下所有課業，宣稱現在不是備考的時候。

只是，如果做得到這一點，我就不會這麼辛苦了。

畢竟身為人類，即使知道自己即將死亡，即使被宣告死期，在死亡之前依然得繼續活下去。

得繼續生活下去。

因此在這天，雖然我同樣進行考前的最後衝刺，但是我在數學與國文中間的空檔想攝取糖分的時候，忍像是鑽過這道縫隙般現身了。

太扯了！

她這麼說。

「……喲，忍。」

從我影子裡蹦出來的金髮幼女，以鵜之眼鷹之眼鬼之眼轉頭環視周邊。總之我像

這樣向她搭話。（註29）

忍野忍。

吸血鬼——前吸血鬼。

她是平常躲在我影子裡的怪異之王。雖然現在已經凋零，但她威風凜凜的舉止依然具備王者風範。

何況她原本的性質是吸血鬼，也就是夜行性，所以即使在失去力量、遺失本質的現在，在太陽高掛天際的白天，她基本上都在我的影子裡呼呼大睡，但今天明明才下午三點，她就醒了。

這麼一來，與其說她是夜行性或是吸血鬼，不如說她只是一個生活作息不穩定的傢伙，說不定她過一陣子就會說上午還算是晚上。

不過，怎麼回事？

她居然不是在丑時三刻或逢魔之刻，而是在普通的點心時刻登場。

「早安。」

「早扯了！」

註29　日文「鵜之眼鷹之眼」是瞪大眼睛仔細尋找的意思。

忍隨便回應。

「早安」加「太扯了」的新詞誕生了……這種口頭禪要是增加更多衍生型，大概會難以收拾吧。忍東張西望到最後，終於看向我。

「唔……」她察覺了。「原來在那裡。哼，真的是燈塔下方反而黑呢。」

「慢著，燈塔下方是黑的，對妳來說是好事吧？」

她以象徵很高的燈塔形容我，我隱約感到痛快，回應她的視線。

「怎麼了，妳找不到我？」

「錯。」

忍說完指向我。

不對，不是指向我，是指向我手上的托盤。

「原來味道來自那裡啊。」

「嗯。啊啊……我想在休息的時候補充糖分……」

我從一樓廚房端到自己房間的托盤上，擺著一個裝點心的盤子，以及一個倒入黑咖啡的馬克杯……這傢伙真的是在點心時刻起反應，從影子蹦出來的？

這是哪門子的吸血鬼？

王族的舉止卻降低怪異的品格？

「若是沒蛋糕，就死心吃麵包。這就是吾。」

「這種生活會弄壞身子喔。」

「不過，甜麵包難以分類。甜麵包究竟是甜點還是麵包？是主食還是點心？是哪一種？」

「甜麵包是點心喔，別煩惱。」

「不過，如果漢字寫成同音的『假死麵包』，就可以當成吸血鬼之主食吧，喀喀！」

忍露出淒滄的笑容。

不，這張笑容本身非常上相，不過在兩人隔著甜食的這種場面，完全不應該一邊聊甜食，一邊露出這種笑容……

「所以，點心是什麼？甜甜圈嗎？甜甜圈吧？肯定是甜甜圈。」

「啊啊……總之，是甜甜圈沒錯。」

我的實際身高沒燈塔那麼高（那當然），不過忍現在完全是幼女的身高，所以從她的角度，看不到我手上的托盤放了什麼東西。

她以充滿興奮與期待的眼神看我，老實說，我不知道該如何回答。不過要是不好好說明，該說會留下禍根嗎……

「只是忍，雖說是甜甜圈……」

「是甜甜圈！何其美妙！」

忍高舉雙手。

完全是孩童的動作。

昔日令我感覺有我兩倍高的外型與威嚴，從她現在這個動作完全看不出來。這是當然的，畢竟以她現在的個頭，就算高舉雙手也搆不到我的頭。

「吾之直覺完全命中！吾早就預料今天之甜點是甜甜圈！來吧，吾之主，盡快將那些甜甜圈獻給吾吧！」

「要是盡快，我的點心時刻就沒了……不對，那個，我說小忍……」

命令將點心獻給主人的這個神祕幼女，我語塞不知道該怎麼對她說明。既然這樣就百聞不如一見吧，如此心想的我蹲到她的視線高度，將托盤放在地上。

「呀呼～～！……嗯？」

忍瞬間更亢奮地大聲歡呼，卻立刻露出疑惑表情。她凝視托盤上面大盤子裡並排的五個甜甜圈。

「汝這位大爺……」

「什麼事？」

「這是什麼？Mister Donut之新產品？」

「不，忍，這是手工甜甜圈。」

「名為『手工甜甜圈』之新產品？」

「要是賣這種名稱的甜甜圈，感覺其他甜甜圈都不是手工製作了吧？不對不對，妳當時可能還在影子裡睡覺，不過戰場原剛才過來，送我這些甜甜圈當成戰場上的慰問。」

「……？」

忍一臉無法理解的樣子。

要是在這時候內心沒相通，我們連結在一起究竟是為了什麼？

「就說了，那個傢伙在自家廚房做了這些甜甜圈，拿來慰勞我。」

我重新以幾乎相同的意思說明一次。關於這件事，我只能耐心解釋。

而且我就是預料到這種結果，所以沒當成宵夜，而是當成下午的點心，想趁著忍沒睡醒的時候自己吃掉……

「嗯？咦，等一下，我想一下。」

「妳的遣詞用句變得正常了喔。妳的古人用語去哪裡了？」

居然說「我想一下」。

這也太淺白了吧？

「換句話說，掛名汝這位大爺之戀人，那個傲嬌姑娘（18）她……」
「（18）這個情報沒必要吧，（600）？」
「吾是（598），不准四捨五入。」
「將十位數捨棄很久的傢伙講這什麼話？」
「傲嬌姑娘（鬼也18）她……」
「她又不是鬼，不准把別人的女友講得像是粗茶。而且鬼是妳。」（註30）

話題沒進展。

或許忍就是如此混亂吧。雖然沒胡鬧，卻也代表她受到多麼大的打擊。那麼之後就恐怖了。太恐怖了。

「傲嬌姑娘仿冒 Mister Donut 嗎？不行，這是犯罪喔。」
「不是仿冒啦，是普通的、正常的甜甜圈，是家庭風味，真要說的話不需要用到專業技術的甜甜圈。」

進一步來說，雖然這是戰場原也做得出來的甜甜圈，不過可以的話，我不想將自己的女友講得這麼卑微。

註30　源自日文諺語「鬼も十八，番茶も出花」，直譯是「醜鬼十八也上相，粗茶初泡亦芳香」，女大十八變的意思。

「吾不太懂……」

忍雙手抱胸，像是檢查盤子上的甜甜圈般定睛注視。視線強烈到像是怒目而視，幾乎要以視線開洞。

不過，甜甜圈打從一開始就有個洞。

「不，總之吾知道發生了什麼案子。」

「居然說『發生了什麼案子』……不要講得像是什麼大事件。不准把我女友送慰勞品講得像是歷史事件，這完全是日常生活。」

「換句話說，那個傲嬌仿冒師為了送慰勞品給汝這位大爺，並非前往 Mister Donut 忍店，而是在自家開發獨特之甜甜圈？」

「開發……不，算了。總之，雖然形容的話語有問題，但意思大致沒錯。」

我不知道有沒有「Mister Donut 忍店」這種分店，不過她說的應該是她經常造訪，我們城鎮唯一的那間 Mister Donut 吧。

與其說她常去，不如說她只去那間店比較正確……

「為了什麼？」

忍一臉正經地問。

這雙筆直又烏溜溜的視線，彷彿在詢問人類為了什麼而誕生，又為何死去。不過她問的不是這種「為了什麼」，而是「在自家做甜甜圈是為了什麼」。

「慢著，就算妳這麼問……她是為了鼓勵我準備考試……」

除此之外，大概也想確認我是否好好用功，或是我是否絕望到自殘之類，但主要目的肯定是激勵。可惜忍問的也不是這個問題。

「吾之意思是吾不懂。換句話說，刻意自己製作市售之物，究竟是基於何種意圖？」

「沒有誇張到要形容為『意圖』啦……」

「用買的比較便宜吧？」

「…………」

活了將近六百年的吸血鬼，居然對我聊金錢效率的問題……從成本效益比來看，或許是這樣吧？單純看材料費，自己做或許比較便宜，但是考量到購物與料理花費的工夫，也就是考量到戰場原黑儀的人事費，她說「用買的比較便宜」或許也有道理……

不過，聽她講這種不擅長做家事的人在講的話也……

「Mister Donut 在促銷期間，一個只賣一百圓喔。買五個是五百圓喔。加入消費稅也只要五百二十五圓。五百二十五圓。雖然要視狀況而定，但這個金額一般來說很便宜吧？那個傲嬌姑娘卻捨不得出？」

「不是捨不得……她這樣反倒比較費工……」

「吾就是在問為何要費工。」

她執拗地追問。

不對，形容為「執拗」聽起來像是在問什麼正常的問題，這時候不應該形容為「執拗」，而是「死纏不休」。

「即使消費稅今後上漲為百分之八……唔～五百乘以八是……」

忍開始屈指計算。

雖然百分之八沒有百分之五那麼好計算……但手指沒辦法計算乘法吧？

「唔！不知道！不要照階段慢慢來，一口氣將消費稅漲到百分之十不是很好嗎？」

「妳太豪邁了吧？」

這樣很好計算就是了。

然而付錢的不是妳，是我。

一輩子負責照顧忍的生命，無疑代表我要多養一個人。我逐漸正視這個現實的問題。

「總之，不含稅就是銅板價！為何不付？為何要用自製之甜甜圈當點心？」

她終於開始不考慮稅的問題了。

消費稅啊……哎，就算我現在認真研讀社會科，知識也沒有豐富到可以參與政治討論，不過光是聽這個名稱，會覺得這個稅莫名其妙。消費就要繳稅……代表人光是活著，光是活在世間就要花錢嗎？

「不過，在沒有促銷的時期，就算不含稅也不可能是銅板價吧？」

「不是整年大多在促銷嗎？吾察覺了喔，其實沒促銷的期間比較短。」

「慢著，我覺得終究沒這回事……」

不過，那間知名的甜甜圈店，動不動就推出一個一百圓的特賣活動，這是事實。

我不禁想計算每年促銷日的比例。

「這麼說來，上次也推出甜甜圈半價之特惠。」

唔。

這麼說來，以前只要有百圓特價，這個吸血鬼就會吵著要我帶她去（甚至因此再度接近、遭遇那個騙徒），不過在半價特惠的那時候，忍沒對我提出特別的要求。

「如果是半價特惠，大致算起來，五個大概三百圓嗎……？」

「不，吾認為半價特惠太過火了。希望他們盡量不要賤賣自己。」

忍感慨地說。

所以當時才沒逼我帶她去Mister Donut忍店嗎……並不是顧慮到我正在準備考試。

「現在日本或許採取低物價高稅金之政策，不過這很明顯遲早會每況愈下。必須想辦法讓國民知道『好東西值得高價』之道理。」

「不准談論政治，不准憂國。」

金髮幼女不准做這種事。

也可以說吸血鬼不准做這種事。

「物價便宜，就代表某人是廉價勞工。必須讓周圍徹底明白此事。」

「所以說啊，戰場原甚至是免費做這些甜甜圈送我喔。」

「咦？汝這位大爺不付錢？」

「我沒聽過天底下哪個女友送食物慰問還收錢。」

「怎麼可能……那個守財奴……」

「…………」

總之戰場原的形象很差。

想到上個月發生的事，如今那個傢伙不只是我，也是忍野忍的救命恩人……但這個幼女似乎沒有對此心懷感謝。

「汝這位大爺小心點啊。這裡面可能混入某些東西。」

「慢著，妳把別人的女友當成什麼了……就算混入東西，也是愛情喔。」

「愛情依照料理方式，同樣會變成毒。汝這位大爺上個月肯定體驗過吧？」

忍輕哼一聲，謹慎拿起一個甜甜圈。

完全是處理危險物品的動作。

我個人不想容忍她如此對待戰場原親手做的料理，但我知道甜甜圈對忍來說是多麼特別的東西，想到她的心情，我不得不原諒她這麼做。

因為這就像是銅鑼燒之於哆啦A夢。這麼說來，哆啦A夢愛吃銅鑼燒的設定是何時出現的？

「唔唔唔，觸感無異常。不過，那個毒女人不可能設下一摸就摸得出來的機關……」

「毒女人……不，那個傢伙很久沒用毒舌謾罵了……」

「最近不是復活了嗎？嗯……」

忍將手上的甜甜圈湊到眼前觀察，似乎是使用前吸血鬼的視力，確認甜甜圈表面是否異常……不對，我覺得就算她這麼做，也只會看到表面灑的糖粉……

「包含這次送食物慰問，那個傢伙最近反倒對我很溫柔喔。」

「那當然吧，死期將近之人，任何人都會溫柔以對。」

「誰是死期將近的傢伙？那件事我會想辦法的。賭命想辦法。」

「這麼輕易就賭命才是問題吧？真是的，吾之主完全沒反省……唔！」

忍散發的氣息變了。

不對，她表情原本就嚴肅，但這股氣息更加強烈。

「這個洞是什麼？」

「洞？」

「可疑之洞。或許從這裡注射了某種東西。」

忍說完狠狠瞪向我。從甜甜圈的洞瞪向我。

「……慢著，不要插入這種老掉牙的搞笑好嗎？甜甜圈中間都有洞喔。」

「為什麼？」

「嗯？」

「沒有啦，吾以為至今都是這種設計，所以沒有特別深思……但甜甜圈為何有洞？挖一個洞不是很浪費嗎？」

忍這次將手指插入甜甜圈的洞，當成呼拉圈旋轉起來。

只因為不是Mister Donut的甜甜圈就粗魯對待……好想叫她不准玩食物。

我書讀得少，不知道哆啦A夢什麼時候開始愛吃銅鑼燒，但幸好知道甜甜圈為什麼有洞。

應該說，其實我是在今天，在剛才知道的。是拿這些甜甜圈過來的戰場原告訴我的。

居然像這樣挖洞製作甜甜圈，真是講究呢……我展現沒常識的這一面之後，戰場原溫柔對我說明。

為求謹慎，我先把話說在前面，這裡的「溫柔」並非挖苦的形容詞，她真的很溫柔，而且講得很簡單、很好懂。

「忍，這種開洞的甜甜圈，歸類為環型甜甜圈。像這樣在中央挖洞，油炸的熱度比較容易傳入整個甜甜圈。這是前人的智慧。」

「熱傳導效率？是這樣說嗎？」

「哎，就是這麼回事。如果甜甜圈中間沒洞，中央就不容易炸熟，所以才會挖掉中央的部分。」

從製作方式來看，形容成「挖掉」或許不適當，不過我形容的時候以易懂為優先。

「哇……原來如此。」

「怎麼樣，我博學多聞吧？」

「這個形狀叫作環形啊。」

「不要佩服這個好嗎？」

「環跟圓的差別是什麼？」

「就是立體不立體……像是甜甜圈或貝果這種立體形狀叫作環……圓就只有圓圈的意思……那個……」

「喂喂喂，吾之主，連這種程度之問題都不會，要怎麼突破聯考關卡？」

不。

聯考不會出這種問題。

「年輪蛋糕之洞亦相同嗎？」

「不，年輪蛋糕是在烤的時候就以棒子穿過洞。年輪蛋糕的做法和甜甜圈完全不一樣……」

「中間沒洞之甜甜圈怎麼炸？熱度傳得到中央嗎？Mister Donut 亦有很多這種沒洞之甜甜圈，卻不會沒炸熟啊？其實根本不需要開洞吧？」

「妳對甜甜圈的構造太感興趣了吧……別忘記當初的目的。妳的目的是檢查甜甜圈吧？」

看向時鐘，已經三點半了。

我設定休息時間是三十分鐘，算算已經用完了。雖然不是沒設定傷停時間，不過很遺憾，我想要優雅享受點心，攝取糖分，穩定自己精神的企劃，看來只能不了了之。

哎，反正我也覺得一個人吃五個太多了。雖然和原本的意義不同，但我就提供封口費給囉唆計較的忍，為這一幕打上終止符吧。

「忍，不要拐彎抹角調查觸感，妳調查口感看看吧。」

「嗯？啊？」

「沒有啦，我的意思是說，只要試吃就知道有沒有毒吧？」

「意思是要吾試毒？居然將吾當成礦坑之金絲雀，汝這位大爺何其殘酷！吾無言以對！」

忍嘴裡這麼說，表情卻放鬆了。

綻放光輝。

以動畫手法來形容，就是腮紅變得明顯，眼神閃閃發亮。

「被當成金絲雀之吾，真想淒厲大喊！沒錯，如同打洞之甜甜圈！」

「妳想好好比喻，但是腦子混亂了喔……總之快吃吧，吃完閉嘴。」

至少她咀嚼甜甜圈的時候會安靜下來吧。我身為監護人，自認沒把她教導成會一邊吃東西一邊講話的孩子。

總之，即使戰場原送來當成戰場慰問品的這些甜甜圈真的下毒，忍應該也不痛不癢吧。鯛魚就算腐臭依然是鯛魚，吸血鬼就算乾掉依然是吸血鬼。

這傢伙吞下鐵製手銬都面不改色，肯定不會因為區區的有毒甜甜圈就死掉。

「受不了，汝這位大爺真急著下結論。話說在前面，吾可不是看到甜甜圈就照單全收啊？以為拿一個來路不明傢伙製作之甜甜圈給吾吃就能收買吾就大錯特錯了。若想逃離吾之追究，現在就立刻去Mister Donut忍店購買黃金巧克力口味之生蜜糖波堤回來。真的可以置信嗎？光是生蜜糖波堤就是新方向，還衍生出黃金巧克力口味耶？究竟要重疊幾層啊？簡直是層層堆疊。雖然吾還沒吃過，但那種味道光是想像就滿口留香，吾肯定會無視於旁人目光大喊『太扯了』！」

她喊了。

她剛才明明那麼擔憂這個國家的經濟，卻因為大喊的時候口齒不清，聽起來像是在讚揚日本。

003

在這裡聲明一下，我的女友——戰場原黑儀的廚藝絕對不算好。不，正確來說，她在人生的路上，沒有和料理有過太大交集就成長到現在。體弱多病的小學時代、成績突飛猛進的中學時代，以及被怪異附身的高中時代……她在任何時代都是優等生無誤，卻無暇鍛鍊廚藝，這就是真相。雖然這麼說，不過在怪異問題暫且打上終止符的現在，她似乎也有餘力顧及這種雜事，撥空學習至今認為是雜事的領域，所以即使緩慢，她的廚藝卻也日漸進步中。

我擺在盤子上的這五個甜甜圈也是，老實說，造型看起來各有不同，沒有統一，不夠均衡，大小不一。換句話說，外型難免讓忍有所提防，不過關於味道，甜甜圈評論家——忍野忍老師似乎給了及格分數。

因為足以令她這樣大喊。

太扯了！

如果 Mister Donut 的黃金巧克力口味生蜜糖波堤（我還沒親眼看過，完全不知道實際長什麼樣子）是三顆星，這些甜甜圈至少可以拿一顆星吧？

「那個姑娘真有一套！吾早就覺得她遲早會立下大功，沒想到就是今天！」

「不，我覺得她立下大功的日子，應該是上個月二號拯救我們生命的那一天吧……」

「嗯！吾對於甜甜圈亦只是一知半解，但這個真的做得很好！」

「我覺得妳只有一知半解也是理所當然吧……」

總之，實際吃過許多甜甜圈的傢伙都這麼說了，實際上應該做得很好吧。

「幹得好！叫傲嬌姑娘過來！吾想當面誇獎她！」

「不要講得像是叫主廚過來……」

嚴格來說，盤子裡的食物是甜甜圈，所以在這種時候應該不是叫主廚，而是叫西點師傅過來嗎？

嗯……

總之，即使沒下毒是理所當然，不過老實說，我收下甜甜圈的時候想品嘗的不是味道，是心意，所以看到忍像這樣吃得滿嘴鮮奶油又讚不絕口，我率直感到開心。

但我什麼都沒做就是了。

「可是，妳至今明明幾乎和戰場原沒有交集，不可能為了稱讚甜甜圈就和她見面吧？」

「吾至今稱呼她為傲嬌姑娘，吾想為此道歉。雖然還不到 Mister Donut 之程度，但吾好歹可以給她 Master Donut 之稱號。」

「這稱號挺風光的耶……」

稱讚到這種程度應該稱讚過頭了吧？

感覺不只是讚不絕口，甚至是捧上天了。何況戰場原做其他料理大致還在「有待進步」的程度，卻只有這種油炸點心得到這麼好的評價，也令我抱持純粹的疑問。

聽說比起製作三餐會吃的料理，製作甜點反而比較困難……因為甜點不能只靠感覺製作……包括分量或時間，要求的精確度遠遠不是一般料理能比……啊，原來如此，是這麼一回事啊。

我懂了。

我在腦中輸入一個假設，並且接受。依照戰場原的個性，要求精確度反而比較容易吧。既然不是依賴自己的味覺，而是依賴說明書或計量工具，照道理就不容易粗心大意。

畢竟這種油炸甜點，幾乎要到製作完成才能試吃……外型之所以大小不一，應該是因為這是唯一只能依賴自己品味的部分。

「…………」

哎，這才是牽強附會。

或許真相只是因為戰場原獨特的味覺，和忍獨自的味覺湊巧一致。

我也得先吃女友親手做的甜甜圈，確認味道才行。

我還沒伸手，忍就迅速將我想拿的甜甜圈，連同盤子移動到旁邊。

「……嗯？這是在做什麼？」

「吾才要問汝這位大爺在做什麼。吾還沒試毒完畢。」

「不，已經完畢了吧？妳不是正常吃掉，正常說好吃嗎？」

「難說。或許是遲效性之毒，或許是遲效性之劇毒。」

忍以慎重的語氣說。

雖然嘴邊滿是鮮奶油與糖粉，語氣卻很慎重。

幫她把嘴邊舔乾淨好了。我心想。

但我沒這麼做。

「即使現在沒事，亦可能是影響汝這位大爺子子孫孫之毒。」

「不對，要是戰場原讓我服這種毒，就代表她的子子孫孫也不會沒事吧？」

「不不不，那個傲嬌姑娘不一定會和汝這位大爺繁衍子孫吧？」

「…………」

總之，考量到我現在身處的狀況，或許不應該持續逃避現實，差不多該進入下一個階段，想想至少讓戰場原一個人得救的方法吧。

至於我與忍……以最壞的狀況，只能共赴黃泉了。

「所以，吾要繼續檢驗毒素。」

「繼續？妳想講的是『由衷』吧？」（註31）

「放心，這裡就完～～全交給吾吧。只要再以四種方式檢驗，肯定就能自然得出結果。」

「四種方式？可愛的小忍，就我所見，甜甜圈剛好也只剩下四個耶？」

「喔，一樣嗎？這真巧。正合吾意。」

「不對，妳是故意調整實驗的次數。交出那個盤子！」

「不可。吾身為隨從，有義務保護汝這位大爺不受絲毫之風險。」

「不准只在稱心如意的時候露出一臉隨從樣！」

一臉隨從樣？

雖然是情急之下脫口而出，但這句話真誇張。

「交出那個盤子。」

我重複相同的話語，但忍抱著盤子不肯放手。不對，嚴格來說不是抱著，是單手不太穩地拿著。

她當然是故意這樣的。

註31　日文「繼續」與「由衷」音近。

要是我貿然撲過去可能會打翻盤子。她打造出這個淺顯易懂的膠著狀況。

要是我想硬搶盤子，導致四個甜甜圈都掉到地上，那就賠了夫人又折兵。這傢伙失去吸血鬼之力，就開始老是耍這種小聰明，令我傷腦筋。

「忍，這是最後的警告。交出那個盤子。」

「喀喀，汝這位大爺真不擅長協商呢。」忍始終不太穩地捧著甜甜圈盤子對我說。「像這樣不改強硬態度，堅持要人交出東西。就是因為這樣，所以專家總管託付之符咒才會被搶吧？」

「唔……」

不，她說得沒錯。

不過，這可以和甜甜圈爭奪戰相提並論嗎？那張符咒被搶走，導致我與妳陷入慘的狀況，甚至連周圍都遭殃耶？

「當時，要是汝這位大爺協商技術再好一點，吾等就不會陷入現在這種狀況了。反省得還不夠喔，反省。」

「…………」

關於這件事，我覺得誰對我怎麼說都無可奈何，即使如此，我還是要刻意講明，只有妳沒資格講這種話。

我確實很冒失，但妳也相當冒失吧？

「不不不，吾始終在講正經事喔。」

似乎在講正經事的金髮幼女單手捧著甜甜圈挺胸，有點囂張地說。

「為了避免汝這位大爺之人生再度發生現在這種悲劇，應該從日常生活就好好訓練。這就是吾想講之意思。汝這位大爺連吾都無法說服，卻以為這樣可以說服蛇神嗎？」

「唔～～……」

總之聽她這麼說，我就無話可說了。

我當然得擺脫現在的悲劇，但若這是當然要做的事，確實也得考慮今後該怎麼做。

如果我不擅長協商是導致現狀的元凶，這就是我必須克服的缺點。忍野那種能言善道的協商術，以及成為各處橋梁維持平衡的做法，當然不是一朝一夕就學得會。即使如此，正因為一朝一夕學不會，所以平常就要像這樣練習……

「……不，這個道理還是很奇怪。」

「嘖。被發現了嗎？」

「與其說發現，我明明是要阻止妳吃甜甜圈的慾望，為何動不動就需要協商術？正常還給我吧。還給我。我堅持要妳交出來，還給我。這樣只是內鬨吧？」

「因為是蛇神，所以起內鬨？」

「剛才是最後一次警告，但我就基於善意再說一次，堅持一次吧。忍，交出那個盤子。」

「若是只要交出盤子就好，吾可以答應這個要求喔。」

「怎麼可能交出盤子就好？」

「俗話說『吃到毒就連盤子一起吃』。吾吃甜甜圈，汝這位大爺吃盤子。吾認為這樣分工很公平吧？」（註32）

「一點都不公平，而且妳還預設戰場原的甜甜圈有毒。開什麼玩笑？」

我們的想法從剛才就完全沒相通。我自認和忍的交情也很久了，不過要跨越種族之間的隔閡似乎挺困難的。

忍似乎也感受到相同的心情，她毫不掩飾地發出「啊～～」的失望嘆息。

露骨展現「我對你很失望」的態度。

這方面的想法似乎相通，但是除此之外的各方面都沒連結，沒相通。

「到頭來，吾認為汝這位大爺拿這些甜甜圈給吾看就已經失敗了。這種東西應該別

註32　一不做二不休的意思。

讓吾看見就吃掉，別吵醒吾偷偷吃掉。這麼一來，就可以避免這種無謂之糾紛。」

「無謂的糾紛是妳引起的吧……真的是鄰居沒事找事做。」

而且妳不是鄰居，是躲在我的影子裡，我吃的時候絕對不可能不被妳發現。妳連熟睡的時候都會聞到味道醒來，我根本束手無策。

「嗯，這就是重點……」忍說。「在學習協商術之前，汝這位大爺或許該磨練藏物之法。」

「藏物？」

「到頭來，根本用不著協商，只要更巧妙藏起那張符咒，吾等就不會陷入現在這種狀況吧？將那張符咒藏在那種容易發現之處，堪稱是悲劇之開端。」

「唔～～……我不是不理解妳的說法……」

像這樣跟著討論起來，或許是我的缺點。我之所以不擅長協商，也是因為我生性容易聆聽對方怎麼說。

「不過，要藏在哪裡也確實令人傷腦筋吧？該怎麼說，那種狀況就像是別人給我某種兵器……」

可以說給我，也可以說塞給我。

「放在遠離身邊的地方很危險，但是帶著走更危險……到最後只能藏在那種地方吧?」

「結果不就是輕易被發現嗎?真是的,若是以塔羅牌來譬喻,汝這位大爺就是愚者。」

「慢著,為什麼要刻意以塔羅牌譬喻?直接說我是愚者就好吧?」

其實一點都不好。

考生直接被說是愚者還得了?

「吾以塔羅牌來譬喻就是月亮。」

「不,塔羅牌有惡魔與死神吧?吸血鬼比較接近這種意義吧……?」

「是月亮。證據就是如果由吾來藏,應該能將那張符咒藏得更隱密,而且也會藏起這些甜甜圈吧。給我好好認清一個事實,汝這位大爺現在所處之狀況,是汝這位大爺之愚蠢招致的!」

「………」

這傢伙真令人火大。

相對的,我覺得要是不能像這樣將自己的事放在一旁,就沒辦法長壽。

畢竟在無法放在一旁的當時,這個傢伙就想尋死。

總之,關於我現在所處的狀況,蛇神那邊必須等待至今的對策是否奏效,不過甜甜圈的問題要是沒有立刻解決，我就無法繼續用功準備考試。

這部分挺緊急的。

「忍，那妳說說看吧。先不提符咒那件事，妳會用什麼方法藏甜甜圈？」

「很難用講的。嗯，俗話說『言易行難』，不過這時候應該相反，實際示範一次比較快吧。」忍說。「給吾五分鐘，吾就會從汝這位大爺之雙眼漂亮藏起這些甜甜圈，絕對看不見。」

「五分鐘……不，等一下，現在要是給妳五分鐘，妳會吃光四個甜甜圈吧？吃光之後再說『看，藏好了』完全是犯規耶？」

以怪異技能將甜甜圈拿進影子裡當然也是犯規。如果使用這種方法，先不提符咒，忍肯定可以完美藏起甜甜圈。

「喀喀，以為吾會用這種小手段？」

「妳應該會用吧……」

到頭來，她拿戰場原甜甜圈當人質的現狀，就足以形容為狡猾。

「總之，先不說四個全部，但如果是一兩個，吾可以完美藏起來。要來比賽嗎？吾以五分鐘藏起來之物品，汝這位大爺能在五分鐘內找到嗎？」

「…………」

「現在剩下四個甜甜圈，汝這位大爺沒找到之甜甜圈，吾就可以吃。換句話說，若是汝這位大爺將四個全部找到，那就都給汝這位大爺吃。」

「嗯……」

甜甜圈的所有權原本在我手中，卻拿來當成賭注，我實在不太願意，應該說如果對方不是幼女的外型，我大概會一時衝動揮拳打下去，不過……為了盡早繼續用功準備考試，我在這時候也只能配合了。

「好，我知道了。不過我要再度強調，不可以用隱藏當名義吃掉喔，不可以藏在妳的胃裡喔。」

「吾知道吾知道。吾亦不會藏在胸前之乳溝。」

「幼女胸前哪來的溝？」

反倒是拿兩個甜甜圈藏在胸前謊稱罩杯升級比較實際吧？就算這樣，頂多也只能藏兩個就是了。

「不過有個問題，如果妳像這樣違反規定，就沒辦法復原了……總之只要瞞著我偷偷吃掉，到時候我說什麼都來不及了。」

「吾太沒信用了吧？」

「好，那就加一個罰則吧。如果妳這樣犯規，我就會把手伸進妳嘴裡，逼妳吐出來。」

「不，吾不打算這麼做，要設定何種罰則請自便，不過汝這位大爺想把我吐出來之甜甜圈吃掉嗎……」

忍對我露出懼意。

妳是我同生共死，現在也面臨相同際遇的唯一搭檔，別用這種眼神看我。

「……不過，忍，還有另一個問題喔。不是要防止妳犯規，而是玩這個遊戲會面臨的現實問題。」

「什麼問題？」

「妳不是被我的影子束縛嗎？既然這樣，妳要瞞著我藏東西就更難了吧？」

「瞞著我藏東西」這個說法挺怪的，不過只以我的影子為領土的她，只要我沒睡著，根本不可能瞞著我偷偷行動。不，說不定在我睡著時也不可能。雖然我們的連結在某段時期曾經中斷……

「總之，閉上眼睛就好吧……過了五分鐘，應該說等妳說可以再張開。」

「不，要是汝這位大爺毀約先睜開眼睛，遊戲不就結束了？肯定會睜開一條縫偷看吧？不行不行。以為自己信用這麼好嗎？這個蠢貨。」

「……如果這是我剛才質疑妳的反擊，我覺得妳的用詞有點過火。」

「若是汝這位大爺做出這種事，吾就會把手伸進你眼裡，硬是挖出來。」

「這罰則太過火了吧！」

「總之不能這樣，所以只能矇住眼睛了。」

忍野忍說完，開始愉快地脫起腿上的內搭褲。

004

接下來是後續，應該說是結尾。

「咦？阿良良木，你在做什麼？」

「沒有啦，羽川，那個……」

「無論由誰怎麼想，現在都不是做這種事的場合吧？你為什麼在和小忍開心玩耍？」

「不不不，妳完全說得沒錯，我也是這麼認為……」

「阿良良木，現在是非得用功準備考試的時期吧？」

「…………」

原來是講這個？

不對，講哪個都一樣。

「居然拿內搭褲矇眼，變態。」

罵得好直接。

深深傳入我心中。

「羽川，我要預先聲明，我不是自願用內搭褲矇眼。無論是用內搭褲矇住我的眼睛，還是剛才用內搭褲塞住我的嘴巴，都是忍幹的好事。」

「剛才還塞住嘴巴……？」

「我失言了。」

早知道應該繼續用內搭褲塞著嘴巴。

怎麼可能。

「羽……羽川，我想妳應該很想逐一對我說教，不過打國際電話很貴吧？應該沒時間講這種事……」

「放心，我有時間。」

「……？總之，既然妳說有時間，那我想問一下……妳覺得忍將甜甜圈藏在哪裡？」

「你現在想問的是這個？不是我尋找忍野先生的成果？」

「這個晚點再問。」

「好厲害呢，真可靠。」

「喔，妳挑動我的自尊心耶。」

「挖苦都聽不出來，那就更厲害了。」

「她藏起來的甜甜圈，我只找到三個，沒找到最後一個。就算這麼說，不過是我的房間耶？藏東西的地方肯定有限吧？」

「嗯……」

「這麼一來，只可能是忍吃掉了……不過既然她強調到那種程度，我不認為她會這樣犯規。」

「這確實是最大的可能性……但你雖然嘴裡抱怨，卻很相信小忍耶。總之，既然你這麼說，那她肯定使用了第二大的可能性吧。」

「第二大的可能性？也就是我漏掉哪裡沒找？」

「為什麼明明相信小忍，卻不相信你自己啊……我覺得你漏掉自己房間哪裡沒找的可能性很低。」

「喔喔，羽川對我的信賴程度好高！」

「可能性很低和信賴度很高是兩回事。」

「…………」

好嚴厲。

羽川對變態好嚴厲……不對，這是當然的。

「所以，妳所說『第二大的可能性』是什麼？」

「阿良良木，你找到的甜甜圈後來怎麼了？藏起來的四個甜甜圈之中，你找到的那三個甜甜圈後來怎麼了？」

「當然是吃掉啊，畢竟預先說好了。換句話說，五個甜甜圈以三比二的比例由我和忍分食了。」

「好吃嗎？」

「嗯，確實和忍說的一樣好吃……不過，味道和這件事有關嗎？」

「不，味道無關。只是我也想品嘗戰場原同學身為西點師傅的天分罷了……四比一。」

「嗯？」

「甜甜圈的比例，分食的比例，其實是四比一喔。你吃了四個。」

「啊？不，我吃了三個才對……」

「也就是說，第四個甜甜圈藏在另外三個的其中一個裡面。俗話說藏樹木最好的地方是森林，不過以這種狀況，感覺是將樹木藏在樹木裡。」

「…………」

「你剛才說甜甜圈大小不一吧？那麼，剩下的四個甜甜圈當中，最小的甜甜圈藏在最大的甜甜圈裡。」

「咦……慢著，應該做不到這種事吧？將樹木藏在樹木裡……」

「要將樹木藏在樹木裡，必須挖空內部才做得到，不過油炸甜甜圈就做得到吧？不提外側，內側很柔軟，所以用力壓就好。」

「用力壓……可……可是……」

她說的沒錯，可是……

「就算內側柔軟，外側也很硬啊？要是用這種伎倆，應該看得出來吧？」

「既然是環形甜甜圈就不會穿幫喔。阿良良木，你剛才不是說過嗎？吃完第一個甜甜圈的小忍，嘴邊沾滿黏滑的鮮奶油。換句話說，甜甜圈使用了鮮奶油，不過既然是環形甜甜圈，構造應該和咖哩麵包一樣，將鮮奶油包在裡面吧？我想到的可能性有兩種，一種是把鮮奶油當成表面的裝飾，一種是把甜甜圈當成貝果那樣水平切開再夾入鮮奶油。你說小忍剛開始是以手指捏起甜甜圈，所以這兩種都有可能，不過你說過甜甜圈外側灑了糖粉，這樣就和前者不符，所以可以確定是後者。」

「…………」

我的說明不時洩漏情報。

羽川小姐真恐怖。

「既然是後者，甜甜圈一開始就被切開，所以不必對外側較硬的部分加工，鮮奶油反倒可以當成塞進小甜甜圈之後的黏著劑吧？雖然這麼說……但我沒證據就是了。因為阿良良木已經吃掉證據了。基於這層意義，可以說小忍是將甜甜圈藏到阿良良木的肚子裡。」

羽川如此總結。

嗯……

所以就算我事後再怎麼詢問，忍都不說她把甜甜圈藏在哪裡嗎……她為了隱藏而對戰場原的甜甜圈這樣動手腳，還為了湮滅證據就瞞著我讓我吃掉，所以這種事想必難以啟齒吧。

我不禁以責備的目光看向自己的影子，不過這麼一來，我覺得自己好丟臉。因為我沒發現這個甜甜圈被動了這種手腳，和另外兩個甜甜圈一視同仁，大喊好吃好吃就吞下肚……

羽川剛才問我味道，原來是這個意圖。並不是想知道戰場原這個朋友身為西點師傅的天分。

該怎麼說呢……

在評論戰場原的廚藝之前，我似乎得先養好自己的舌頭。我覺得自己被迫面對這樣的現實。

「不過……這樣不行吧？」

「不行？小忍沒犯規啊，因為她不是自己吃掉的。」

「不，這樣不行吧……忍的目的是吃甜甜圈吧？但她卻給我吃了，這樣不是本末倒置嗎？完全沒完成原本的目的……」

「阿良良木，這就是重點喔。」

「嗯？」

「所以說……放棄自己的利益或目的，不加入主觀判斷。換言之就是奉獻與無私。這才是重點喔。小忍讓你學會這個道理了。」

「……妳說的『重點』是協商的重點？還是藏物的重點？」

「是愛情的重點。」

第十話　曆・種

SUN	MON	TUE	WED	THU	FRI	SAT
	1	2	3	4	5	6
7	8	9	10	11	12	13
14	15	16	17	18	19	20
21	22	23	24	25	26	27
28	29	30	31			

1

January

001

在斧乃木余接的觀念裡，路以及路以外的事物是否有所區別？我總是對此感到疑問。對她來說，無論是重力、浮力或升力，都不是束縛她的東西。在她周圍比比皆是的「人類」這種生物，大致都以雙腳交互向前的方式做為移動手段，所以斧乃木余接只是模仿人類罷了。我不禁如此認為。

現在人類湊巧使用步行當成主要的移動手段，所以她只是跟著模仿，不曾深入思考，也沒有深入的意義，如果人類的移動趨勢是爬行，斧乃木余接大概也不會想太多，跟著以爬行的方式移動吧。

對她來說，合理的事物沒有意義。比起符合道理的事物，符合現實的事物具備更強大的意義。

「符合現實」正是式神斧乃木余接最符合目的之生活方式。不過她是沒有生命的怪異，所以毫無生活準則可言，換個角度來看，她固執地朝著絕對無法達成的目的邁進，這種做法不是生活準則，也沒有意義，只能形容成是一種令人避諱的方式吧。

「對我來說，最安全的移動手段或許不是步行，也不是飛翔，而是遁地。」

忘記是什麼時候了。

我陪著那孩子，被迫陪著那孩子以「例外較多之規則」在超高空移動（這要叫作「跳躍」還是「飛翔」，大概得依照觀察者的喜好而定）的時候，她是這樣說明的。

她說得毫無音調起伏。

也可以說毫無脈絡可循。

如同模仿失敗，以機械合成般的平板語氣對我說明。

「對我來說，如同地鼠在地下挖掘前進，或許是最安全的移動手段。我是這麼認為的。」

如果這不是以「近道」與「地下道」作文章的那個常見詼諧語，那我就完全聽不懂她想表達的意思。（註33）

安全。

地底或許安全。

尤其像她這種將戰鬥視為必然的傢伙，堪稱必備要件的「安全」或許就在那裡。

在那裡，在地底，或許有著地面沒有的安全。

因為在四面八方，連上面、上方（不是比喻）都完全封閉的環境，不用擔心會遭

註33　日文「近道」與「地下道」音同。

受任何偷襲。物體要達到最快的速度，當然得在毫無遮蔽物的空中移動，但是自己周圍沒有遮蔽物，就代表自己周圍沒有掩蔽物。

所以斧乃木余接才會說在地底移動最安全吧。我是這麼解釋的，不過斧乃木余接靜靜搖頭否認我的這個推理。

面無表情地搖頭。

並且以平淡的語氣這麼說。

「錯了。因為周圍沒人。」

因為周圍沒人。

沒有模仿的對象，正因如此，沒有造成影響的對象。

這樣才能成為最真實的自己。

002

「啊，鬼哥哥，簡稱鬼哥，居然在這種地方遇見，真巧呢。咿耶～」

「…………」

「喂喂喂，為什麼想當作沒看到？這種行為會對我的品行教育造成不良影響喔，要是我學壞了，你打算怎麼對姊姊負責？咿耶～」

「………」

我轉身想沿著原路往回走時，斧乃木以看不見的迅速動作繞到我面前，像是把我當成攝影機般，一直比著勝利手勢。雖然不應該對認識的小女孩這麼說，不過我內心感到不耐煩。

煩到不耐煩。

不，請各位不要誤解。

我不是覺得斧乃木很煩。她不知道從哪裡學來的「咿耶～勝利手勢」使我難掩若干的不耐煩心情，不過這個式神怪異，接受專家指使差遣的憑喪神——斧乃木余接，我基本上對她抱持好意。

「鬼哥哥」、「鬼哥」這種不光榮的綽號，是來自我的吸血鬼特性，並不是我曾經對斧乃木做出魔鬼般的行徑。

對女童溫柔。這是我的座右銘。

不過，如果在不想見面的時間點見到不想見的人可以形容為「差勁透頂」，那麼在不想見面的時間點見到想見的人應該怎麼形容？對我來說，現在正是這種時間點。我難免覺得不耐煩。

具體來說，現在是一月中旬。我剛考完大學第一階段的中心測驗返家。我在考場填完第二天的答案卡，搭乘電車回到我居住的城鎮，送戰場原回家之後，徒步踏上歸途。

剛好在戰場原家與阿良良木家中間的地點，我近距離遭遇這個女童。

總覺得時間抓得太準了……甚至覺得她是在埋伏等我，不過就算我有理由埋伏等待斧乃木，斧乃木應該也沒理由埋伏等我，所以這大概只是巧遇吧。肯定如此。

「來啦。鬼哥，你在做什麼？」

「嗯？」

「來啦，來啦，來啦。」

斧乃木對我招手。

不對，這個肢體語言似乎不是招手。雖然應該是催促我做某件事，不過肢體語言基本上是在雙方有點默契之後才能使用的語言表現。

怪異原本就是難溝通的對象，加上斧乃木面無表情……如果以漢字來比喻，就是不常用的艱深漢字。

換句話說，我看不懂。

「咿耶～」

「慢著，不准比勝利手勢。原本就看不懂的手勢變得更複雜了。」

「真是的，不管是誰都會計較我的勝利手勢。」

「不管是誰？除了我，還有其他傢伙在抱怨？是誰？」

「這是祕密。」

「是祕密？」

「那當然啊。我沒有任何可以告訴你的事。有點自知之明吧。」

「…………」

該怎麼說，我可能真的貿然闖入她的私人領域吧，但她為什麼非得強硬抗拒到這種程度……

「有點互知之明吧。」

「互知？和妳嗎？怎麼回事，這種表現意外地熱情……」

「這個肢體語言，這個動作的意思是……」

大概是覺得沒完沒了吧，斧乃木開始說明。但原本是我覺得沒完沒了……

而且，感覺她現在的肢體語言和剛才完全不同……這具人偶該不會是當場想到什麼動作就做出來吧？

「『我正在找個東西，所以鬼哥，如果有空可以幫忙找嗎？』的意思。」

「誰看得懂啊！」

不准以兩根手指表現這麼複雜的委託！

以為我會心電感應嗎？

「心電感應？不是心嬌感應嗎？」

「那是什麼屬性？傲嬌的衍生形嗎？」

「所以怎麼樣？願意幫忙還是不願意幫忙，快點講清楚啦。如果不想幫忙就立刻滾吧。」

「…………」

遣詞用句……

講話方式……

這孩子的品行教育是誰教的啊？話說，斧乃木在怪異之中，也是容易如實受到周圍影響的怪異，或許她最近在和壞傢伙打交道。

這個女童完美詮釋了「近墨者黑」的道理。

真是的，交朋友要挑一下吧……我雖然這麼想，但我或許沒資格這麼說。我最近的人際關係也好不到哪裡去。

「我想幫忙，可是……」

找東西啊……

所以我是在斧乃木找東西的時候巧遇她嗎？就算這樣……

「我剛考完試，現在累壞了。而且在戰場原家對答案的時候不太妙。」

我剛才說「不想見面的時間點」就是這麼回事。不只是斧乃木余接，我現在不想見任何人，也不想和任何人說話。

我必須趕快回家，複習寫錯的問題，克服我不擅長的範圍。所以老實說，不只是找東西，原本我甚至不想花時間停下來像這樣和斧乃木交談。

「考試？是喔，就是之前說的『中心測驗』嗎？不過在我的時代叫作『共通一次』。」（註34）

「慢著，雖然這是某個世代之前的人肯定會說的台詞，但是女童不准說。」

所以她究竟是受到誰的影響？

「以前明明是『一次』，現在卻是『中心』，這名稱是怎麼換的？意義完全相反吧？這是命名權的問題嗎？」

註34　「大學共通第一次學力測驗」的簡稱。

「濫用命名權改名才是問題吧？」

「是用答案卡作答對吧？我知道喔，哼哼。咿耶～」

「…………」

她知道這件事很了不起，不過應該是我告訴她的。我記得「上次提到」的時候順便告訴她這件事。

「什麼嘛，不是已經考完了嗎？那為什麼要裝忙？我現在沒空陪鬼哥強調你現在很忙喔。」

「慢著……我可沒強調我現在很忙。」

還是我下意識地做出這種舉止？

肯定沒這回事。我如此心想，向她說明。

「坦白說，我對過答案的結果不甚理想，看來接下來得更加衝刺才行。」

「是喔……哎，鬼哥在這方面頗具武士風範呢。即使是答案卡，遇到不懂的問題也不會以直覺作答。我會賭上五分之一的機率，不過鬼哥會灑脫留白。」

「並不會。」

我沒這麼高風亮節。

反倒是寡廉鮮恥。

不然的話，我哪能在這麼驚濤駭浪的一年繼續悠哉過生活？

「只是我的直覺不可靠。猜對機率五分之一的這種問題，我全猜錯了。」

「咿耶～……不對，哇喔～」

看來她把動作與口頭禪的順序弄反了。

天底下哪有這種口頭禪？

「這真厲害呢。雖說是五分之一，不過要是正常用功的話，機率應該可以提高到三分之一或二分之一吧？結果卻是這樣。鬼哥，你這一年究竟在做什麼？去死算了。」

「……………」

為什麼要說得這麼狠？

我才想問，從上次見面到今天，妳交了什麼朋友？

「這一年大致來說，我被吸血鬼襲擊，差點被貓殺掉，有女生從天而降，然後迷路，被猴子踹，被蛇纏身，被騙徒騙，妹妹被盯上，體驗時光旅行，被闇襲擊，現在剩下半年的壽命。妳要我什麼時候用功啊？混帳。」

「我沒要求用功，不過鬼哥去死算了。」

「總之不准咒我死。」

「只要不幫忙找東西，我就會一直臭罵鬼哥，一直咒鬼哥去死。」

「不准一直咒我死，死了要怎麼幫妳？」

「不肯嗎？」

「怎麼可能肯？」

「你這不好肯的傢伙。」

「不准講得像是『不好惹的傢伙』，不准講得這麼帥氣，這句話沒妳想像的那麼帥氣。知道了知道了。」

我擺出投降姿勢。

和剛才斧乃木擺的姿勢不同，天底下應該沒有比這更好懂的肢體語言吧。

「我放棄了，我就幫忙吧，我肯。妳要找的東西在這附近吧？」

「天曉得。不一定在這附近。」

「…………」

這種態度真令人不悅。

這個女童不會道謝嗎？

總之，既然有空這樣拌嘴，不如趕快找到斧乃木要找的東西，然後和平說再見，這樣效率應該比較好吧。

與其事後關心斧乃木後來找得怎麼樣，還是現在就當場解決這件事吧。這樣我今後用功準備考試的時候也會比較順利。

…………

老是在想這種撐場面的事，才是我損失用功時間的主因吧？就像是用功之前打掃房間比較有效率那樣。

總之無論如何，既然已經答應了，現在也不能反悔直接回家。何況斧乃木擁有最後的手段——「例外較多之規則」。

要是使用那一招，要逼我聽話是易如反掌。在對方採取強硬手段之前就乖乖聽話，這才是處世之道。

防止強硬手段的老套手段。

就算講得帥氣，也絕對不帥氣嗎……

「總之，既然不一定在這附近，就抱持這個心態找吧。所以，斧乃木小妹，要找什麼東西？」

「天曉得，是什麼東西呢？」

「…………」

「咿耶～」

「……咿耶～」

好想回家咿耶～……

003

到最後，我甚至不知道斧乃木要找什麼就幫她找東西。千石撫子曾經找過「神體」，但這次更沒有著力點。我不知道為什麼會變成這樣，只是事實上就是變成這樣，所以也沒辦法。

即使詢問也沒完沒了。

而且老實說，斧乃木自己似乎也只是隱約知道要找什麼東西。她在這方面想要巧妙敷衍我，不過我和她的交情雖然不長卻頗深。

斧乃木似乎也是依照某人的命令，只靠著模糊的情報找東西。

「好像是一眼看到就知道的東西。」

從她的這句話就看得出來。

與其說看得出來，應該說聽得出來……

一般人無法只靠著「好像」之類的模糊情報找東西，但她是式神怪異，真要說的話，這對她來說或許是家常便飯吧。

進行不知道目的的任務、搜索不知道身分的對象。

她是專家擁有的消耗品，不允許反過來詢問主人。

總之，不屬於任何人擁有，也並非不允許反問的我，同樣得靠著這種模糊的情報找東西。

這樣簡直好像我才是式神怪異。但我不是被專家使喚，而是被式神使喚，所以更加莫名其妙。

在這種狀況，我處於何種立場？

「這附近大致已經找過一遍，所以我正想改去河岸找找看。」

「這樣啊……真可惜呢。」

所以要是我搭乘晚一班的電車，就不用像這樣近距離遭遇她了。世事未必都稱心如意呢。

「啊啊，先把話說在前面以防萬一，我剛才說的『找過一遍』，不是在說鬼哥哥。」

「妳說誰是綁架犯？」（註35）

註35　日文「找過一遍」與「綁架犯」音同。

「在找東西的過程中，我想請鬼哥幫忙的是……」

完全無視於我的吐槽。

無視於搞笑之後的吐槽，是違反禮儀的行徑。難道這孩子沒簽條約嗎？還是當真認為我是綁架犯？

「是擴張視野。」

「視野。」

「我實在是陷入瓶頸，開始認為可能必須換個角度來看。」

「……慢著，哎，妳要怎麼認為是妳的自由，但如果和我有關，希望妳明講要我怎麼做。總歸來說，既然要找東西，多幾個眼睛一起找比較好，對吧？」

「天曉得，是在討論怎樣比較好嗎？」

「不准這樣回答。這可不是讓我火大這麼簡單。」

「不只是火大？不然還能怎樣？插旗嗎？」

「我沒有可以插在女童身上的旗。」

「這裡的『旗』是『旗子』的意思吧？所以插旗就是豎起旗子的意思……不過究竟是Z旗還是白旗就很難判斷呢。」

「…………」

身為式神女童，動作與想法近似機器人的她，偶爾……應該說經常會搞錯事物的優先順位。不對，在我非得用功的現在，像這樣陪女童找東西的我，也不是隨時能夠正確判斷優先順位，不過在這時候討論旗子是Z旗還是白旗的優先順位肯定很低。

沒有比這更簡單的判斷。

「哎，總之比起多幾個眼睛，我更想換個角度來看。因為如鬼哥所見，我原本是寵物娃娃，是個小不點。」

「小不點……」

「換句話說，我找東西的時候不夠高。你想想，在房間找東西找到逼不得已的時候，都會爬到椅子或桌子上，從高處環視一次對吧？找東西的時候，長得高的人比較有利。」

「嗯……哎，從視野的問題來看，應該是這樣吧？如果要找的東西以某種方式隱藏起來，俯瞰應該比較容易發現……」

但也不能一概而論就是了。

小不點——個頭小的人比較容易鑽進某些地方，而且有時候視線高度比較低更利於找東西。

她的主人應該是認為這次尋找的東西需要視線高度比較低的人，才會命令她負責找。斧乃木在現場判斷無計可施，所以要求我幫忙。

「可是，斧乃木小妹，我的視線高度確實比妳高，但這只是以相對的高度來說，如果以絕對的高度來說，我長得不算高啊？」

「這我看了就知道。從這麼低的視線高度也看得出來。鬼哥絕對不高。」

「是『以絕對的高度來說不高』，不是『絕對不高』。」

「鬼哥確實絕對是敵人啦……」

「錯了，我是自己人。」

「問題在於觀看的角度喔。鬼哥這樣的身高確實差不了多少……不過鬼哥既然也是考生，應該知道『加法』這種運算方法吧？」

「就算不是考生，也知道『加法』這種運算方法喔。」

「我這個算法少女當然也知道。」

「算法少女……」

聽起來好像古代的日式算術法。

這樣想就覺得日本真厲害呢。

在「魔法少女」之前，就存在著「算法少女」的概念。

這個國家的大眾文化，或許出乎意料從古至今都沒什麼改變。

「但我實在不認為妳是算法少女……」
「真沒禮貌。那我就告訴你證據吧？告訴你最大的質數是什麼。」
「光是提到『最大的質數』，就證明妳的數學素養是零吧？」
「『零』就是我發現的。」
「好煩！」
「現在是在講加法。我很矮的身高加上鬼哥挺矮的身高之後，哎呀真奇妙，如同怪異一樣奇妙，居然就變成相當高的身高喔。具體來說大概三公尺。」
「…………」
她毫不客氣就說我的身高挺矮的，總之先不提這個……如果將斧乃木這種機械式的說法，簡化到連我這種國語能力的人也聽得懂，我覺得她應該是想要騎在我的肩膀上。
這就是這具寵物娃娃的哀求吧。
總之，即使形容為三公尺太誇張，不過從兩公尺多的高度俯瞰，確實可以從完全不同的角度，尋找斧乃木要找的東西。原來如此，是女童騎肩膀的事件啊。
我完全不期待這種事，也完全不認為這種事件可以一掃考試的憂鬱，但是為了盡快回家，這也情非得已。

為了折斷不知不覺豎起的這根旗子，我只能讓女童騎肩膀了。

慢著，等一下？

之前發生過類似的事。

以為是騎肩膀事件，沒想到我是騎在上面的那一個……這個瘋狂事件在鎮上傳了好一陣子。

變成這種街談巷說又能怎樣？

要傳的話，至少也要傳吸血鬼的傳說吧？

斧乃木是式神怪異，肌力確實足以讓我騎在肩上，不過在這個狀況，始終應該是由斧乃木騎我肩膀吧？凡事都有所謂的平衡，遵守平衡才能維持世間之理。

不過，對方是缺乏常識的斧乃木。是除了常識，還缺乏顧慮與人情味的斧乃木。

我甚至想寫成報告提交……但現在沒這種時間，所以只能口頭詢問。

但我覺得無論如何，應該只是我白操心吧。不只白操心，應該說白費工夫。

不過，斧乃木的回答過於超乎人類常理。

我應該先確認一下。

「斧乃木小妹，我想確認一件事。」

「想確認事情？且慢，如果想知道我抱起來多麼舒服，請等任務結束吧。」

「用不著回答得這麼瀟灑……既然要將身高相加，代表我要讓妳騎肩膀，是這樣對吧？就算妳力氣再大，妳騎在我肩膀上比較體面對吧？妳不想遭人指指點點吧？」

「但我覺得除了不想遭人指指點點，這個問題還隱藏其他的理由。」

斧乃木明明是式神怪異，卻像是莫名精通人類想法般，說了這句開場白。

「錯了喔，鬼哥。」

接著，她這麼說。

「咦？妳剛才說什麼？」

「錯了喔，鬼。」

「給我加上『哥』這個字。」

「別計較啦。我說啊，鬼哥，我不騎肩膀。」

「咦？」

「我不會用大腿用力夾住鬼哥的頭。」

「直接說『不騎肩膀』就好。反問的時候，複誦原本的說法就好。」

「我不騎肩膀，也不被騎肩膀。想想看，騎肩膀的損失很大吧？」

「損失？」

「無論是誰騎誰，騎肩膀是坐在脖子的高度吧？既然是坐著，代表只能加上坐下來的高度。鬼哥或許對於自己坐下來的高度有自信，就算這樣，上半身加下半身的高度也不可能比上半身低吧？」

「哪有人上半身加下半身的高度比上半身低？腿的長度不就變成負數了？」

「其實負數也是我發現的。」

「那妳可以拿費爾茲獎了。甚至可以設立斧乃木獎了。」

「斧乃木獎……聽起來真迷人呢。」

「總歸來說，既然提到損失，代表騎肩膀達不到妳想要的高度嗎？不對，就算這麼說，斧乃木小妹，這是無法避免的損失吧？基本上除了騎肩膀，沒有其他方法能提高視線高度，應該說沒有其他方法能讓視線高度比騎肩膀更高啊？就算我把妳抱起來，頂多只能讓妳的視線高度和我一樣高。」

「這樣不是『抱起來』，只是『抱緊』。」

「那麼，就算玩飛高高的遊戲……」

「我確實是女童，卻不想被當成這麼小的孩子……沒什麼啦，鬼哥，其實很簡單喔，做我平常做的那件事就好。」

「平常做的那件事？」

「如果形容成『平常被逼著做的那件事』，鬼哥應該就猜得到了吧？」

「……？」

猜不到。

應該說，我不想猜。

004

數分鐘後。

我站在視線很高的地方。

應該說，我站在斧乃木上面。站在斧乃木朝天伸直的一根手指上。

「…………」

她是專家的式神，我不清楚她主要的職責是什麼，不過斧乃木在日常業務擔任的職位似乎是「司機」。

雖然這麼說，但當然不是真的由女童開車。使役她的是受到「不能走地面」這個限制的專家，因此她讓主人站在手指、肩膀或頭頂，讓主人免於行走地面。

不只是將一個人當成行李載運的斧乃木很厲害，我覺得像這樣被載的專家也很厲害。但我沒想到自己也由斧乃木這樣載運。

沒有啦，確實沒錯……

這樣在高度上就沒有損失了……

不只如此，先不提我對自己的身高有沒有自信，這種做法可以完全利用到我的雙腿長度，連一公分都不浪費，而且還加上斧乃木的手臂長度，所以我得以站在斧乃木剛開始所說「超越三公尺」的未知高度觀看。

上次騎在某人肩膀上的視線高度也很高，但這次更勝於上次。哎，若是採用這個做法，我基本上不可能在下面，可是……一般來說也不可能在上面吧。

居然站在一根手指上。

我是籃球嗎？

…………斧乃木雖然沒轉動我，但我的平衡感不是很好，之所以能像這樣站在斧乃木的手指上（即使不太穩），似乎是因為她巧妙調整平衡。

看起來像是相當高明的表演，雖然現在不是想這種事的時候，但我覺得挺有趣的。

「斧乃木小妹載運那個人的時候，也像這樣維持平衡嗎？」

「不，載運姊姊的時候不需要。因為姊姊的站法有點特殊。雖然這麼說，但我還是得花點心思，以免姊姊失敗摔下來。要是摔下來，姊姊可不只是隨便生氣這麼簡單。」

斧乃木說。

「這樣啊，不只是隨便生氣這麼簡單嗎……」

是生氣到「太扯了！」這種程度嗎？

順帶一提，忍在這個時間正在睡覺。

斧乃木和忍交惡，所以忍可能醒著，但或許在裝睡。堂堂吸血鬼居然裝睡，身為怪異的格調大概下降到不敢置信的程度吧。

「要是姊姊摔下來，即使是姊姊失誤，同樣會怪我。雖然不會被懲罰，卻還是得費心處理，麻煩死了。相較之下，鬼哥就算摔下來也毫無怨言，所以載鬼哥輕鬆得多。」

「抱歉，斧乃木小妹，我很高興聽妳這麼說，但我做人沒好到這種程度。」

基於這層意義，這是絕妙的高度。

要是摔下來肯定不會毫髮無傷，但只要沒摔到要害就沒有生命危險，而且也不會昏迷，可以盡情抱怨斧乃木為何讓我掉下來……

「…………」

「掉下來」是嗎……

「我說，斧乃木小妹，總之我就以這個姿勢繼續找東西……」

「鬼哥放棄得真快呢。」

「要說我心情切換得很快。」

「不愧是以『看不懂的問題就別解了』這句標語名聞遐邇的鬼哥。」

「這種傢伙要怎麼成功考上大學啊？」

不對，戰場原也說過，跳過不懂的問題也是應考時不得已動用的技巧，不過羽川在這方面主張「先解答困難的問題，之後會比較輕鬆」這種驚異的技巧。這也太驚異了。

「這樣可不只是引人注目的程度，所以我想趕快找到……不過既然是要找東西，代表這個東西掉在某個地方嗎？」

「嗯？」

「慢著，別『嗯？』了，斧乃木小妹……就算不是妳掉的，但妳是不是在找某人掉的東西？」

「天曉得。因為我是只會依照命令做事的聽命照辦妹。」

「如果要為屬性取名，麻煩名字取得好叫一點。不過，既然妳說要找東西，一般來說都是找失物吧？」

「不一定。如同我等等會讓鬼哥掉下來，不一定是掉落的失物。」

「不准暗示這種不祥的未來。」

「或許是尋找某人藏在某處的東西，也或許是尋找因為某些意外而失去的東西。要擅自推理請自便，但是請不要以急性子的判斷擾亂現場好嗎？」

「…………」

講得好毒……

明明連她自己都不知道在找什麼。

「妳說一眼看到就知道，意思是我看到也會知道嗎？妳像這樣讓我站到瞭望台上，應該是這麼回事吧……如果妳有所誤會就抱歉了，但我最近的吸血鬼技能消耗得很嚴重，要是妳期待我發揮怪異的視力，我沒辦法回應這個要求。」

「放心，我對鬼哥不抱任何期待。」

「……既然這樣，為什麼要我站上瞭望台？為什麼把我當成神轎扛？」

「嗯，我之所以讓鬼哥當成神轎『喀喀！』的原因是……」

「不要毫無意義模仿忍。」

「……即使沒有怪異等級的視力，也看得見那個東西，所以才請鬼哥像這樣如同風向雞到處張望。」

「我可以預設那個東西掉在地上嗎？」

「不准預設。鬼哥只要定睛尋找就好。」

「…………」

我為什麼要聽女童的話……人要是個性軟弱一點，就會朝著輕鬆的方向隨波逐流呢。

不對，聽女童的話是否比較輕鬆還很難說……

「總之，就算不是可疑物體，只要看到在意或覺得奇怪的東西，就逐一向我報告吧。」

「架子擺這麼高……」

她的角色定位還是一樣亂七八糟。

那個暴力陰陽師，居然使喚這麼亂來的式神……不知道她怎麼控制的。

果然是使用暴力吧？

依照狀況可以稱為「家暴」。

「在意或覺得奇怪的東西……我們映在十字路口凸面鏡的身影是例外吧？」

「要挖苦麻煩晚點再說，我現在很忙。」

「…………」

甚至不准我和她交談？

只是負責撐住我，為什麼會忙？雖然我如此心想，但斧乃木似乎一邊以一根手指撐住我，一邊觀察周圍。這條路她應該找過一次，不過俗話說「找過七次再懷疑別人」……不對，這句話不是用在這裡。

「我也沒有很閒喔。」

「意思是餘生剩下半年嗎？」

斧乃木就這麼支撐著我，就這麼繼續找東西，對我這麼說。毫無脈絡可循就說得如此直接。

「在鬼哥這一年的所作所為之中，只有這件事還沒解決吧？剩餘的壽命順利減少中吧？中心測驗的結果不理想也是這個原因吧？」

「…………」

「不過，鬼哥在意的肯定不是自己剩餘的壽命吧。在意的不是壽命，而是老婆。」

「別在講嚴肅話題的時候夾入原本的語氣。」

「以這種狀況，希望鬼哥別說這是原本的語氣，應該說是輕浮的語氣。」

「就算是輕浮的語氣也不准夾。」

「什麼？果然希望我用大腿夾？那就抱歉了，我的大腿沒有粗到堪稱大腿。喜歡肉感的鬼哥，對不起。」

「小心我宰了妳喔。」我臭罵女童。「斧乃木小妹，妳要為另一件事向我道歉。」

「咦？那麼，鬼哥討厭肉感？」

「這是另一回事。還有，戰場原還不是我老婆。」

「哎呀，我可沒說是戰場原喔。」

「嗯？不是嗎？妳說的是忍？」

「不對，是戰場原。」

「既然想夾入輕浮的語氣，麻煩和我輕鬆交談吧。還有，不准直呼戰場原的姓。妳沒見過她吧？」

「沒見過。」

斧乃木說完在路口轉彎。

她究竟要去哪裡？這條路和我家方向相反……我今天回得了家嗎？畢竟怪異的距離感與時間感和人類完全不同……

如果她至少說明尋找物品的範圍就幫了大忙……不過看斧乃木至今的行動，她似乎也沒確定要找的區域多大。

不一定在這一區或哪一區。

真要說的話很像那個暴力陰陽師的作風，但這個指示下得真籠統。不，回想之前發生的事件，記得使喚斧乃木的不一定是暴力陰陽師？

尤其如果是那個專家總管……

「鬼哥大概還剩下多少壽命？撐得到考完試嗎？」

「妳問得真直接耶，毫不客氣。」

不，這時候應該形容為爽快吧。

比起莫名有所顧慮，像這樣爽快講出來，我會比較輕鬆。

「很難說。考試會先結束，但接下來是畢業典禮，畢業典禮之後才放榜。」

「就某種意義來說很幸運呢。」

「哪能這麼說？」

「吸血鬼技能消耗得很嚴重，也是這麼回事吧？鬼哥這種無謂的努力，應該說無謂的敗北，至今依然不斷反覆吧？」

「並不是無謂……」

不過事實上確實沒效果，甚至造成反效果。

每次回復就一味衝鋒的作戰，到了這個時間點或許該修正了。

「在這個世界，居然有『一味衝鋒』這種作戰啊……」

斧乃木聳了聳肩。

這個動作差點害我從指尖摔落。

「聽妳這麼說，我無從反駁……」

「我以為只有姊姊會使用這種作戰。」

「世間明明有這種作戰吧？」

哎，那個人應該做得到。

不過，蛇神不是不死之身的怪異，所以我覺得那個不死怪異的專家沒有出場的餘地。

斧乃木對此也有同感。

唔，這麼說來，我聽某人說過，蛇被視為神聖的原因之一，是基於「脫皮」這個生理現象的不死性質……咦，我是聽誰說的？

記憶模糊，無法連接。

最近經常這樣。

大概是最近用功過頭吧。

「羽川姑且正在走遍世界找忍野，不過很可惜，感覺還沒有成果。」

「這樣啊。忍野哥哥……我也好一陣子沒見到他了。」

「是喔……」

說真的，那個放蕩的無賴漢跑去哪裡了？

羽川甚至出國找他，但我實在不認為那個傢伙有護照……

「鬼哥，所以你今後打算怎麼做？如果鬼哥希望，我可以和上次一樣幫你聯絡臥煙小姐啊？」

「不……」

先不提她為何這麼高姿態，但我不考慮請斧乃木聯絡那個人。到頭來，就是那個人「身為朋友」的請求招致這種狀況。不，我果然不能講得像是別人的錯。

不過，如果不是怪罪給某人，而是怪罪某種東西，那麼那個人託我保管的那張符咒堪稱主因。

是萬惡的根源。

「……何況就算這麼說，但我違背那個人的意思，沒使用那張符咒。考量到我現在的立場，事到如今我無法拜託那個人。」

「別這麼說。她或許出乎意料將鬼哥當成朋友，願意通融耶？」

「我知道她不是壞人……但那個人要求朋友報恩或答謝的程度太過分了。」

哎，即使如此，既然攸關我自己以及戰場原的性命，我或許應該不惜付出任何代價。在這種狀況要付的代價，至少肯定是忍野忍，以最壞的狀況來說就是千石撫子吧。

這我做不到。

到頭來，要是我做得出這種判斷，就不會陷入這種狀況。我很清楚現在沒空玩文字遊戲，不過無法做出冷酷判斷的我，只能採取熱血作戰。

「哎，說得也是。要是貿然拜託臥煙小姐，接下來就會受苦受難。如果鬼哥想保護某些事物，別拜託她比較妥當。」

「就是說啊……但我現在面臨天大的災難就是了。」

「應該說……既然臥煙小姐這時候都沒主動聯絡，就代表臥煙小姐完全不想協助鬼哥。」

「那也沒辦法硬是拜託她了吧？」

「巧妙避免朋友硬是提出要求，正是臥煙小姐高明的地方。」

「她也太精明了吧？」

「不過，忍野哥哥在這方面也一樣吧？即使羽川家的小翼找到他，他也不見得願意幫忙吧？他會說『小妹妹，我救不了，自己人只能自己救』。」

「怎麼變成語序亂七八糟的外國腔？他是在哪個國家生活啊？」

「說話毫無情感的我和外國腔的忍野哥哥交談，旁人肯定聽不下去吧。」

「我想應該聽不下去，所以妳講話加點情感吧？」

「這毛病改不掉。」

斧乃木斷言說。莫名堅定地斷言。

雖然她講話不加入情感，但是語氣平淡的程度怪怪的。

怎麼回事？

她的角色定位又失準嗎？

「……總之，忍野或許會這麼說吧，所以羽川幫忙找忍野，對我來說只像是心靈的慰藉。而且羽川也是趁著出國順便找的。」

哎，應該不是順便吧，但我沒有抱持更大的期待。

「也就是說，到最後只能由我自己想辦法。這是我播的種，我會想辦法。」

「如果這真的是鬼哥播的種，確實應該這麼做吧。」

「嗯？妳的意思是說，這是別人播的種？但我不這麼認為喔。」

「不可能這麼認為吧？因為種子是埋在地底的東西。直到發芽，甚至沒人察覺種子的存在。」斧乃木說。「不過，鬼哥不覺得奇怪嗎？最近只有鬼哥身邊逐漸反常，如同在取得平衡，也如同在對答案……」

「…………」

「雖說遭遇怪異就會受到怪異的吸引，但是連這方面都逐漸維持平衡了。我覺得鬼哥沒有遲鈍到不覺得這樣不自然。」

「……我很遲鈍喔。我總是光要解決眼前的事件就沒有餘力，而且如今終於達到極限了。」

我說。

雖然對方是怪異，但我對女童發牢騷也很丟臉，即使除去這一點，斧乃木終究站在那個人那邊，我不應該講得害她兩難，所以這個話題應該就此打住。

如此心想的我，回到剛才找東西的話題。

「完全沒看到類似的東西……斧乃木小妹，確定在這附近嗎？」

「我不需要『什麼都沒有』這種報告。立下成果再給我回報。」

「就算這麼說……」

我不只是不求報酬，甚至耗費寶貴的時間幫忙找東西，她不應該對我擺出這種態度吧……

「一眼看到就知道的東西……究竟是什麼啊？」

「天曉得。就算這麼問，我也不知道該怎麼回答……不過鬼哥，我猜想可能是某個東西喔。」

「是喔，什麼東西？」

「無論是誰，一眼看到就知道的東西，但是一開始尋找就會失去的東西。那就是……」

斧乃木抬頭看向以手指支撐的我，然後這麼說。

「笑容喔！」

毫無情感地說。

毫無表情地說。

「…………」

這確實是我想盡快找到的東西。

005

接下來是後續，應該說是結尾。

不，只有這次別說結尾，到頭來什麼事都沒發生，女童用手指撐著我找東西的這段經歷別說是怪異奇譚，連日常之謎都稱不上。

而且到最後，我們在鎮上四處晃到傍晚都沒找到任何東西，也沒立下任何成果，所以甚至連笑點都沒有。堪稱我只是和斧乃木在鎮上散步。

「沒找到呢。沒辦法了。那麼，拜拜。拜拜咿耶～」

斧乃木擺出勝利手勢離開，看起來沒因為找不到東西而消沉。而且即使面無表情，依然甚至令我覺得她工作一整天之後頗為滿足。

或許是領時薪吧。

即使沒得出成果，只要工作相應的時間就行嗎……至少就我看來，她完全不想加班。

不過，式神採取業績制也不太對……

就這樣，我被她隨便扔下之後，很正常地沒發生任何事就回家，沒發生任何事就繼續用功備考。雖然這麼說，由於我白天考試造成精神疲勞，幫斧乃木找東西造成身體疲勞，所以我夜還沒深就上床就寢。

在回家路上和女童嬉戲，回家之後就睡覺？

喂喂喂。

這種事別說後續，連開頭都稱不上，不算終章，甚至不算序章，感覺像是到不了尾奏的前奏猜謎……各位難免會這麼認為，但是為這個沒有解答的猜謎提出答案的人，該說「果然」還是「又是」，正是羽川翼。

實際上，我覺得羽川的破案率太高了，不過請各位認定這純粹是學歷與智慧的差距，並非強調我總是依賴羽川。

不過，羽川剛聽完我的說明時，沒告訴我任何事。「是喔，原來發生這種事啊。在這種時候？」她只這麼說。

我也不覺得這段對話有什麼不自然的地方，只是正常認為「現在應該不是做這種事的時候」。因為現在應該不是做這種事的時候，也沒有不自然的地方。

換句話說，我沒有察覺。

沒察覺斧乃木與羽川顧慮到我，打造出並非不自然的狀況。

「你覺得最難找到的東西是什麼？」

不久之後，關於蛇神的各種事件結束，卻又有各種事件開始發生的時候，羽川像這樣問我。

慢著，羽川突然這樣問，我一時之間聽不懂她想說什麼。

「咦？這是在說什麼事？」

「就是斧乃木小妹那件事。阿良良木，你現在和斧乃木小妹同居吧？我覺得既然這樣，說出這件事應該比較好。你覺得最難找到的東西是什麼？」

「最難找到……」

是什麼？

這麼說來，忍之前曾經玩過在房內藏甜甜圈的遊戲。那個……我依照當時的經歷回答就好嗎？

「那個，我認為最難找到的東西是……」

「不，這個問題只是開場白，你怎麼想或怎麼回答都沒關係。」

「居然沒關係？咦？那麼妳講完這段開場白打算問我什麼問題？」

「『你覺得最容易找到的東西是什麼？』這個問題。」

「……我想，應該正是『一眼看到就知道』的東西吧……」

不過，「一眼看到就知道的東西」是什麼？仔細想想，大部分的東西都是在看到的瞬間「一眼就知道」的東西吧。

只要答案不是「笑容」……

「不不不，阿良良木，不可以被這句話綁得太死喔。因為這是謊言。」

「謊言？」

「形容成『謊言』太過頭了。斧乃木小妹沒在找任何東西喔。總之，最難找到的東西就是這種東西吧。不存在的東西永遠找不到。」

「…………」

咦？

等一下，這個道理我懂……但她為什麼要對我說這種謊？

「難道斧乃木小妹只是想和我玩，才編這種無罪的謊言……？」

「不是這樣。」

羽川很乾脆地否定。

乾脆過頭了吧？

「答案是『最容易找到的東西』喔。容易找到的東西當然是顯眼的東西，說到什麼東西最顯眼……應該沒人比『正在找東西的人』顯眼吧？」羽川說。「停下腳步、東張西望、蹲下、或是挺直身體……怎麼做都很可疑吧？不拿大聲怪叫這種沒節制的做法做比較，不過站在像是娃娃的女生指尖從高處找東西，就是這麼顯眼的行為對吧？」

「…………」

不只是引人注目，甚至是引起萬人注目吧。

「換句話說，斧乃木小妹的意圖是讓你顯眼，才會把你當成旗子高舉。」

「旗子嗎……」

不是插旗，而是被當成旗子插？

天底下有這種男生？

「可……可是，斧乃木小妹為什麼想讓我顯眼？想讓世間知道我這個傢伙是在中心測驗考爛的笨蛋嗎？」

「這或許是原因之一吧。」

居然或許是原因之一？

在這種時候，拜託很乾脆地否定一下好嗎？

「不過，不只如此。真是的，你也知道吧？一月的時候，這座城鎮有個你絕對不能見到的人吧？」

「…………」

「你不能見到，對方也不想見你的人。總之，雖然最後還是見到了……」羽川繼續說。「不過這個人幾乎每天都會來這座城鎮，所以我覺得哪天擦身而過都不奇怪，但斧乃木小妹大概是在你們可能遇見時阻止吧。她讓你變得顯眼，這樣對方也比較容易迴避。」

「要我尋找一個找不到的東西，藉此讓我容易被別人看見……」

這是避免那個傢伙——那個騙徒近距離遇見我。

「…………」

「雖然不確定對方是否會發現這麼顯眼，如同一柱擎天的阿良良木，但是只要看見，肯定會避免彼此相遇吧。以斧乃木小妹的心態，肯定不希望當時剛考完試的你更加費神。沒發生任何事，沒有劇情起伏的平穩狀況，出乎意料是由某人的貼心成立的。」

斧乃木余接的貼心之舉。

我沒察覺的貼心之舉。

「不知道自己的和平生活由誰暗中支撐，就這樣宣稱自己要想辦法解決面臨的問題，這樣確實滑稽。難怪那個傢伙會揶揄我。」

「或許吧。雖然某人常說『人只能自己救自己』，不過實際上，一個人不可能獨力活下去吧？」

羽川模仿忍野的口頭禪說。這或許是她從自己以勘查為名義數度出國生活的經驗得出這個感想。

「沒辦法獨力活下去，即使想獨力活下去，再怎麼樣都會受到他人的照顧。包括飲食、移動、換衣服，說不定連睡眠都是託某人的福才能順利。」

「哎……說得也是。不過平常度日的時候，完全不會注意這種事就是了。」

「是啊。或許這種不經意的貼心，正是最難找到的東西吧。」

羽川如此總結。

如果由斧乃木以毫無情感的語氣這樣總結，我聽在耳裡不知道會多麼不悅，不過說來神奇，聽羽川這樣講就沒這種感覺。

不對，即使由斧乃木來說，我或許也沒這種感覺吧。

我現在處於這樣的心情。

第十一話　曆・無

UN	MON	TUE	WED	THU	FRI	SAT
				1	2	3
4	5	6	7	8	9	10
1	12	13	14	15	16	17
8	19	20	21	22	23	24
5	26	27	28			

2

February

001

至於影縫余弦，我說的不是比喻、印象或概念，她真的不在道路行走，不在地面行走，在這樣的限制之下度日。

只聽我這樣說明，似乎是小學生的遊戲。

將地面當成海或地獄，只在石階、磚塊或某些物體上行走，只在高處移動。真要舉例的話，就像是獨自玩高鬼遊戲般的生活方式、行進方式。我第一次遇見她的時候，她站在郵筒上。（註36）

總之，小學生這麼做是玩遊戲，但成人這麼做就完全是特異行徑了。何況那個遊戲是體重輕的小學生才做得到，對於長大的成人來說意外地難。那個人的身體能力多麼優秀，事到如今無須重提，不過或許是平常做這種特異行徑鍛鍊出來的成果。

只是再怎麼以言語粉飾，這種行徑依然特異，而且過於特異，我有點難以提及，從來沒有直接詢問原因。

不過，從至今對話的細節推測，以及從某個愛摺紙男性透露的情報推測，她這麼

註36　捉迷藏遊戲的衍生型，鬼不能抓站在高處的人。

做似乎確實基於某個理由。應該說，至少可以確認不是當成鍛鍊身體，或是當成遊戲而這麼做。當然，假設是基於某種理由，要是沒有相當的信念，就無法貫徹這個行動準則。

曾經和她為敵，應該說和她正面交戰過的我（別說戰鬥，我根本是被她當成準則貫穿），覺得天底下像她那麼恐怖的人肯定不多見。

包含忍野在內，我見過好幾個和影縫余弦一樣的專家，但我覺得最恐怖的果然是她。

覺得她可怕。

比怪異還恐怖。

比鬼還強。

以暴力除掉怪異的陰陽師，應該比怪異還稀有吧？然而，正因為她是這樣的人，所以行動原理筆直又易懂，卻也因而反常。

不走道路的隨機性，或許是她的反常象徵。

這麼說來，她說過自己專精對付不死怪異的原因是「這樣就沒有下手過重的問題」，但實際上不得而知。真的可以將這句話字面上的意思照單全收嗎？

比起忍野或貝木，她的方法論淺顯易懂，不過基於反社會性的意義，她是最無法融入這個世界，身為人類卻住在比怪異更黑暗的地方。我希望將來找機會問她一個問題。

道路是什麼？

我想這樣詢問不走道路的她。

她肯定會這樣回答吧。

「行走的地方，即使不是道路也無妨。」

002

「嘿！」

「呀呼！」

「嘿！嘿！」

「呀呼！呀呼！」

吆喝聲與慘叫聲都很可愛，各位或許覺得這只是描寫和睦嬉戲的情景，不過實際上，這是以非常委婉的方式，表現出影縫把我打得落花流水的構圖。

「嘿！」

最後，影縫使出如同掏挖側腹的後迴旋踢（我還以為身體某部位像是達摩塔一樣被打飛）打倒我之後，這段交手就結束了。

「什麼嘛，真不長進。在夏天那場戰鬥，您應該更有骨氣一點吧？不過當時我將您的骨頭全打碎了。」

影縫說完，從往上跳的姿勢落在全新的石燈籠上。

降落在神聖神社的石燈籠是會遭天譴的行為，但這座神社現在沒有神，應該可以被原諒吧。不過影縫不能降落在地面，所以即使在有神的神社，她肯定也會這麼做吧。

相對的，我也是仰躺在參拜道路的正中央，所以真要說的話沒資格批評。

「嗚……」

我發出呻吟。

感覺得到全身瘀青。

「荒唐……這次肯定限制禁止打鬥啊……」

「沒這種限制。只限制禁止使用上帝視角而已。」

「原來如此……我誤會大了……」

「話說，明明是您約我打一場吧？」

「對喔……」

確實是這樣。

我完全搞錯了。

如果只節錄這段對話，各位或許誤以為我想自殺。是的，我今天是自願，以自己的意願向影縫討教。

居然說「討教」，我真想問我是哪個流派的格鬥家。

結果則是如此悽慘。

「別看我這樣，我姑且有放水耶？簡直是洩洪。」

「是的，我感覺得到……」

不過可以的話，希望她再放點水，多洩點洪，就像滿是洞的海綿那樣。

「我深刻感受得到……」

「話說，您突然挑戰我，是基於什麼目的？」

「…………」

她知道內情，所以我一直以為我不用講明，她也會察覺我的用意，接受我魯莽的挑戰……不過影縫似乎沒基於什麼特別理由，也不知道任何理由，就把我打得落花流水。

這個人真了不起。

這可不是隨便做得到的事。

她是忍野的同屆同學，所以我不禁期待她和那個傢伙一樣「看透」……但這個人果然和忍野或貝木完全不同。

基於好的意思來說很好理解。

基於不好的意思來說也很好理解。

不過，同樣是沒那麼好應付的人，這部分倒是堪稱共通點……

「唉……」

二月。二月下旬的某天，我造訪北白蛇神社。

再度沒有神的這間神社，是我好幾次差點沒命的地方，又是最近出過人命的地方，所以絕對不是抱持隨便心態就想過來看看的地方。

不過今天，我想找的專家影縫——暴力陰陽師影縫余弦就在這裡，所以也逼不得已。

是的，如同忍野咩咩逗留在這座城鎮時，住在如今拆掉的補習班廢棄大樓，影縫余弦現在逗留在這座城鎮時，就住在北白蛇神社。真的假的？她的心臟強度令人如此質疑。

她這個專家，應該最清楚這裡是什麼樣的地方吧……我以為是那位專家總管命令她來的，不過聽她說明就覺得並非如此。

而且說來理所當然，應該說大家都這麼認為，那個人和影縫在個性上似乎合不來。影縫在這間神社生活，真要說的話就是即使不到造反的程度，也想給那個人一點難堪。

總之，還有正弦的那個事件。

這種讓人難堪的手法太粗暴了……影縫大概是多少也有這種自覺，所以沒讓自己的式神怪異——斧乃木余接同行，而是將她寄放在我家以防萬一。

居然將女童寄放在我家……

這樣真的防得了萬一嗎？

「…………」

總之，不提這個。

報告一下我的近況，應該說簡單整理現在的狀況吧。去年春假，我被傳說的吸血鬼吸血，居然同樣變成吸血鬼。後來好不容易回復為人類，但軀體殘留少許的吸血鬼特性。如果只是這樣，並不影響我以人類身分過生活，但愚蠢的我依賴體內殘留的吸血鬼特性，應付後續遭遇的各種難關。

我不覺得這麼做是錯的。畢竟當時都是非得這麼做才能通過的難關。

不過在蛇神的那個事件，我即使依賴這種吸血鬼特性，也完全沒克服事態。

即使早知道會變成這樣，也只能這麼做。

只是，我必須付出代價。

依賴怪異之力、依賴黑暗之力的代價是什麼？

自行持續接觸黑暗、踏入黑暗的我，身體再度逐漸染黑。自行染黑。

簡單來說，我的吸血鬼特性變得明顯。這不是我自願的，而且無法復原。

目前只是鏡子或照片映不出我的身影。是的，只有這種程度的問題，不過要是今後也依賴吸血鬼之力，我大概照到陽光會化成灰，沒辦法吃大蒜，淋到聖水就會溶解吧。

即使能夠因而獲得絕對、極強的力量，卻無望在人類社會生活。

換句話說，我今後無論怎麼處理事情，都再也不能依賴吸血鬼特性。就是這麼回事。

「……所以，在各種事情告一段落的現在，我想請影縫小姐鍛鍊我。今後我再度遇到難關的時候，我希望別依賴吸血鬼之力，像影縫小姐一樣俐落處理。」

「啊～～」

影縫輕敲手心。

她依然蹲在石燈籠上。

「原來如此，是這麼回事啊。不過，您最好打消這個念頭喔。」

「這樣啊……」

最好打消這個念頭嗎……

雖然她隨口就這麼說，不過既然這樣，我究竟為何要挨打？

「第一，我的做法不是一朝一夕學得來的。第二，這在專家眼中大多是旁門左道，我不太想教年輕人。」

「…………」

但我覺得，就算影縫應該滿二十歲了，在業界也還算年輕吧。

此外，偷偷講個祕密，我想學影縫做法的理由，在於「以暴力壓制怪異」是極度簡單易懂的交涉手法。不過正因如此，反倒不是一朝一夕學得來吧。

單純是最難的。

做學問也一樣。

「我再說第三點吧，如果您想以這種方式，以實戰向我學習這種做法……」影縫說。「那您會在學到之前死掉。」

「…………」

嗯。

不拜影縫為師的理由，光是這個就夠了。

學費太貴了。

到頭來，我在吸血鬼模式都拿她沒轍，人類肉身的我當然連邊都搆不著。我如此心想時，呼吸總算調整回來，所以從仰躺狀態起身。

即使是沒有神的神社，躺在神社境內也不太舒服。

「到頭來，您現在是做這種事的時候嗎？大學考試即將進入緊要關頭吧？該怎麼說，現在是考幾間私立學校當安全牌的時期？」

「很抱歉，爸媽不太期待我的表現，所以我只考唯一一所志願校。」

「是喔……就某方面來說，我覺得您膽子很大。我當時是怎麼考的……我不記得了。感覺回過神來就進入大學了。」

「應該不可能是這樣吧……」

「然後回過神來就畢業，回過神來就進了這一行。我當時只是把路邊閒晃惹人火大的玩意兒修理一頓罷了。」

「…………」

如果這是真的，那她確實是天賦異稟。

她說的「路邊閒晃惹人火大的玩意兒」是怪異吧……還是包括人類？

唔～～……

雖然像這樣前來討教，不過我還是不想和這個類型的人當好朋友。

「總之，過度費神也不太好。到了這個時期只能聽天由命了。」

「聽起來甚至有種放棄的感覺呢。不過，對於餘生延長的您來說，當個重考生或許是得償所願吧。」

「不，基於各種隱情，我想避免重考。」

「那現在更不是和我在這種無人神社對打的時候吧？」

影縫這麼說。剛才不是對打，而是我單方面挨打，但總之她講出成熟大人會講的建議。

「您以為我為什麼派余接潛入您家？您至少暫時不必為怪異的事情煩心，這樣不是很好嗎？」

「哎，這部分我懂……不過，只被女童與幼女保護的日常生活，也令我過意不去。」

「您說的幼女是前姬絲秀忒？那是六百歲的怪異喔。而且余接雖說是女童，卻是屍體人偶的憑喪神。」

「想到這裡就發現，我的日常生活被很誇張的東西保護呢……」

記得羽川說過，風平浪靜的日常生活，是由某人保護而成立的。

「正因如此，那一位也變得無法貿然出手。」

「那一位？」

「與其說『那一位』應該說『某一位』……哎，算了。總之，您還是別勉強自己找我學東西吧。至今也有好幾個傢伙做過類似的事，我也不是未曾心血來潮扮演起這一行的師父，但是未曾順利過。」

影縫哈哈大笑這麼說。不，具體想像「未曾順利過」的光景，就覺得影縫心血來潮收的徒弟應該很難全身而退吧……

嗯。

我還以為這是好點子，果然還是太淺慮了嗎……應該說，我必須由此得到一個教訓——不應該一想到什麼就行動。不過這種說法像是在模仿那個騙徒……

「影縫小姐……」

所以，我拋棄這個稱心如意的想法，不再向影縫求教，而是單純基於好奇心詢問。

「為什麼要涉足這個世界？」

「嗯嗯？這個世界？」

「沒有啦，也就是關於怪異、關於怪異奇譚的這種世界……」

「老實說，我很少這樣區分……只是看到不欣賞的傢伙就教訓一頓。」

她剛才也說過這種話。

這個人的行動準則似乎比想像中更簡單。我在暑假那時候也這麼覺得。

正義與邪惡的對立構造。

不對，與其說正義，不如說……善性？

只不過，如果由忍野來說，這個世界也充滿令人不欣賞的正義，或是令人不愉快的善性。同樣的，也充滿受到期待的邪惡，或是由衷期盼的邪惡。

所以影縫是以單一準則，活在準則不一的世間嗎……

「幼稚園時代，我打了令我火大的小壞蛋，那是我第一次動手吧。現在回想起來，那個小壞蛋或許也被某種髒東西附身。總之，這是我還沒專門對付不死怪異時的事情。」

「哎，如果從幼稚園時代就專門對付不死怪異，那才嚇人吧……」

影縫的幼稚園時代，我實在難以想像，但是不知為何，我覺得我甚至和當時的影縫對打都沒勝算。

祈禱當時被影縫小妹打的那個小壞蛋平安順心。

「記得您現在專門應付不死怪異，是因為沒有下手太重的問題吧？但是反過來說，代表您下手太重很多次，所以才專門走這個領域嗎？」

「哎，就是這樣。怎麼啦，問題真多。難道您想讓我也進入傳說中的阿良良木後宮嗎？」

「…………」

她為什麼知道阿良良木後宮的存在？不，這種品味差勁的組織不存在。是斧乃木提供的情報吧。

情報都外洩了。

和斧乃木同居之後，情報或許外洩得更嚴重吧。不過這樣也便於行事。讓影縫知道月火正常過生活，對我來說絕對沒壞處。

「我好想成長為可以追求影縫小姐的大人呢。但是別說成為大人，再這樣下去，我說不定會變得不是人類。」

「別擔心，到時候我會宰了您。我派余接監視您也是基於這個原因。我吩咐過她，要是您繼續脫離人類之路踏入歧途，就要毫不留情收拾掉。」

「…………」

人類之路啊……

我自認走在頗為正當的人類之路至今，但究竟是在哪裡變成這樣？

而且，斧乃木原來是刺客……

她隨口公開驚人的事實。

不，這種事想一下就會懂，不過直到剛才聽影縫說，我完全沒這麼想過。斧乃木外型是可愛的人偶，所以不小心就會忘記，不過說來沒錯，她同樣是專門對付「不死怪異」的專家。

「哈！」影縫笑了。「話是這麼說，但我認為您不需要這麼消沉。只要維持現在的平凡生活，您毫無問題能以人類身分活下去。」

「……即使鏡子照不出我？」

「不能照鏡子也不會死吧？如果陽光照到會化成灰，就是很嚴重的問題。鏡子照不出來的原因不明會很恐怖，或許會讓人坐立不安，不過目前連原因都還沒查清楚，只要沒有過度吸血鬼化就無妨吧？」

「我懂您的意思，只是我不認為自己可以就這樣風平浪靜過完一生。因為自從我首度知道怪異這種東西，光是一年就發生這麼多事。」

「是啊，您遭遇麻煩的頻率很高。」

「…………」

頻率很高的麻煩事之中，有一次是關於影縫與斧乃木，但我沒說出口。雖然現在也絕對不算是自己人，但彼此還是成為可以交談的關係了。

就算她完全沒有陪我商量事情的感覺也一樣。

「不過，天底下有人一輩子沒遭遇任何麻煩嗎？但是人們大多不會成為吸血鬼，不用靠我這種旁門左道就能解決問題，再怎麼樣都能勉強解決。坦白說，我和您因為認知怪異的存在，內心變得軟弱。」

「內心……軟弱……」

「我們已經明白自己害怕未知的存在，不知道會發生什麼事，日常生活的不安要素增加，所以變得無法專心在日常中度過。我想忍野在這方面也抱持相同的煩惱。」

「忍野他……？」

不過在我的印象中，忍野很少煩惱。

他給我的印象是極度悠哉的極樂蜻蜓，我好像從來沒看過他深思的樣子。

不對，只是我對他沒抱持這種印象。

回想起來，他想維持平衡到近乎神經質的態度，或許可以解釋為他害怕失去平衡、失去中立。

害怕到病態的程度。

「在這方面，貝木似乎就真的很悠哉……那傢伙絲毫不考慮自然界的平衡，想怎麼做就怎麼做。」

「因為貝木處於不相信怪異的立場。不過，也可以說他藉由站在這個立場自保。以平衡論當成立場的忍野和他大同小異。」

大同小異……也是啦，畢竟他們曾經是朋友。

何況，雖然是我自己這麼說的，不過比貝木更不適合以「悠哉」形容的人也很罕見。

畢竟「悠哉」近似「不祥」的反義。

「只是，我與您不可能站在這種立場。無法以平衡論、否定論或任何論點當立場。」

「不可能……的意思是？」

「畢竟您自己就近似怪異，我則是身邊有余接。啊，您身邊有前姬絲秀忒，基於這層意義，您和我完全一樣。」影縫說。「就算想取得平衡，但是再怎麼樣都會偏向怪異、依附怪異。要是否定怪異，就等同於否定自己的存在。」

「…………」

該怎麼說，我聽她這麼說就感到困惑。

影縫充滿自信，光明正大，毫不害羞也不在乎地進行「不走道路」這種奇特行徑，秉持並貫徹自己的信念而活。我動不動就飄到各處，如同斷線沒有意志的風箏隨風飛動。影縫卻講得好像我們有共通點……不對，說不定我正是下意識感覺到這個共通點，才會像這樣來到不太想來的北白蛇神社向她求教。

………也對。

要是一直詢問影縫，她可能真的懷疑我想邀她加入阿良良木後宮（就說這種組織不存在了），不過即使如此，如果我排除萬難也想問影縫一個問題，或許就是這個問題吧。

不是詢問如何以肉身和怪異交戰，不是詢問影縫為何踏入這個世界，也不是問她至今「下手太重」幾次，當然更不是問她為什麼知道阿良良木後宮的存在。

我想問的問題，想問影縫余弦的問題是……

「那個，影縫小姐……」

「什麼事？」

「影縫小姐和斧乃木小妹是什麼關係？」

003

專家——影縫余弦。

式神怪異——斧乃木余接。

事到如今無須重新確認，這兩人是陰陽師與式神的關係。這是主從關係、上下關係，對於影縫來說，斧乃木是她擁有的物品，是用來和怪異戰鬥的武器，也是交通工具。

如果要補充更深入的情報，成為憑喪神斧乃木原型的的屍體人偶，是大學時代由影縫、忍野、貝木、手折正弦四人為代表的超自然研究會聯手製作的成品，後來由影縫接管到現在。

我知道這麼多。

反過來說，我只知道這麼多。為什麼在那之後，為什麼直到現在，影縫與斧乃木都是共同行動？我完全不知道。

因為仔細想想，這不是很矛盾嗎？專門對付不死怪異，將不死怪異視為違反常理的存在，每天……應該說每晚？總之不斷戰鬥至今的影縫，卻將沒有生命，即使粉身碎骨也不會死掉的不死怪異收為左右手，當成交通工具。

簡直和我與吸血鬼的關係一樣矛盾。如同我將吸血鬼當成無法原諒的對象而封鎖其存在，卻還和她一起生活。

簡直一模一樣，同樣矛盾吧？

我曾經聽說，影縫為了避免涉入黑暗世界太深，所以由斧乃木代勞。不過為了避免接觸黑暗而利用黑暗，同樣很矛盾。

這部分我做過各種想像，卻沒有明確的結論，所以我想直接問影縫。

因為我覺得無論她怎麼回答，我都可以當成參考，處理今後忍和我的關係。

我這個宿主逐漸成為吸血鬼，這個事實當然也逐漸影響到忍。

老實說，現階段無法判斷是正面還是負面影響，但為了將影響轉換成正面影響，我想徵詢影縫的意見。

和怪異共同生活的專家。就我看來，這或許是理想的形式。

不，我並不是想在將來成為半人半妖的專家，我沒有做這種像是夢的夢。絕對沒有。

「我和余接的關係？」

詢問他人之間的關係，或許問得有點深入，但影縫只露出有點意外的表情，看起來沒有壞了心情。哎，要是壞了影縫的心情，可能會壞了我的身體，所以想想這真是賭命的詢問。

影縫露出意外的表情，看起來是覺得我怎麼事到如今還問這種問題。「我還沒說過嗎？」或是「你沒聽別人說過嗎？」的感覺。

「當然就是如您所知，我們是主人與奴……陰陽師與式神的關係。」

「您剛才是不是想說『奴隸』？」

「我原本想說『Do Re Mi』。」（註37）

「主人與Do Re Mi？」

聽起來像是不成材音樂類型女僕動畫的標題……

「不，我當然知道妳們是陰陽師與式神……可是，斧乃木小妹不是稱呼您『姊姊』嗎？」

「確實是這樣稱呼。」

「所以我覺得妳們也有近似姊妹的關係。」

「若要這麼說，余接不是也稱呼您『哥哥』嗎？那個傢伙大致都叫人『哥哥』或『姊姊』。叫忍野『忍野哥哥』，叫貝木『貝木哥哥』。」影縫說。「但她叫臥煙『臥煙

註37　日文「奴隸」發音是「Dorei」。

小姐』。總之那個人是特例。」

「這樣啊。可是……」

原來她稱呼貝木為「哥哥」？

真是不知恐懼為何物呢……

「她稱呼您只用『姊姊』兩個字吧？我的話，她都叫我『鬼哥哥』，簡稱『鬼哥』。」

她對我的稱謂居然就這樣定案。

「但她只以『姊姊』稱呼您。」

「嗯……」

影縫聽完我這個不算根據的詢問根據，耐人尋味地沉默了下來。不，應該說我以為她沉默了。我是這麼認為的，她果然也沉默了，但她在同時採取行動。她在沉默的同時，從石燈籠上跳起。

毫無預備動作，甚至令我以為留下殘影。就我看來，比起跳躍更像消失。

這也是當然的。

因為她以眼睛看不見的速度，跳到我的頭上。如同剛才蹲在石燈籠上，蹲在我的頭頂。

「那個，影縫小姐……」

忍曾經因為被影縫小姐踩在頭上而大為消沉。原來如此，別人踩在自己頭上確實不是單純的屈辱，而是風味獨特的敗北感……

我阿良良木，似乎有新的性癖好要覺醒了。

不過，影縫和當時一樣消除體重，所以不會覺得重……雖然不是忍，但操作體重正常來說是怪異的能力才對。

斧乃木只以「特殊」兩個字解釋就是了……

「您猜得挺不錯的，直覺很敏銳？考試的選擇題，您拿了滿分？」

「大家經常這麼說，但完全沒有。」

「是喔。不過以機率來說，選擇題一定猜錯也很厲害。」

「我的人生不需要這種厲害。」

「所以，您認為是什麼原因？」

「我認為……這個嘛，影縫小姐、忍野、貝木與手折正弦在學生時代製作，後來成為余接小妹原型、雛形的那具人偶，是影縫小姐以親妹妹屍體製作的。我個人難免期待背後有這麼一段往事。」

「不准讓別人的人生背負這麼沉重的過去。」

她的腳底用力朝我的頭使力。

好痛。

雖然痛，卻居然只到這種程度就收手呢……我的期待，應該說我的猜測就是如此過分。

「不過，要說妳們是親姊妹，長得也不像……斧乃木小妹沒表情，所以這方面看不出來。因為要判斷兩人長得像不像，除了看五官構造，表情也是很重要的因素。」

「哈，聽您這樣推理，就知道您的直覺沒什麼了不起。這樣下去您肯定考不上大學。」

「不，考試絕對不會考斧乃木小妹的身世吧？」

「嗯。總之，這沒什麼好隱瞞的，要告訴您也行。」

影縫在我頭上一副在思索的樣子。不過由於發生在我頭上，所以我看不到。

「不過該怎麼說，聽您這樣鄭重詢問，我就想賣關子了。不知為何變得不想告訴您。」

「…………」

咦～～

影縫的個性如各位所見般豪爽，所以我認定她不像貝木每次問問題都要收錢（但她踩定我了），她卻意外展露彆扭的一面。

說得也是……

和那個忍野與貝木同屆的人，不可能只是個性豪爽而已。聽人鄭重詢問就不想回答，也是一種好懂的個性，但依然不是易於打交道的個性。

早知道應該更隨口詢問，或是混入剛才的詢問攻勢之中。

我要求和她過招時，她明明連理由都不猜就爽快答應……

「那麼，您不願意告訴我？」

「不，我沒說不告訴您。放心吧，我不會像忍野或貝木那樣，要求您用工作償還或付錢。這樣吧，就以繼續戰鬥當條件如何？」

「咦？」

繼續戰鬥？

荒唐。

戰鬥劇情不是已經結束了嗎？

「那個，難道您的意思是說，只要我打贏您，您就會告知斧乃木小妹的真實身分嗎？不，請等一下，這根本不可能，強人所難也要有個限度……」

我甚至覺得付五百萬圓給忍野，或是被貝木搜刮零錢還比較有希望。依照暑假的經驗，以及這次過招的經驗，我確定我花一億年都打不贏這個人。

一億年。

吸血鬼都活不了這麼久。

老實說，我對現在同居的斧乃木身世很感興趣，卻不是不惜捨棄難得撿回的生命也想知道。

「哎，我終究不會要求打贏我啦。我不會要求您做至今沒人做到的事。」

「…………」

咦？

這個人此生未嘗一敗？

我與忍挑戰這樣的人，有幸讓她放我們一馬？

…………事到如今，我深刻感受到自己至今走的路多麼危險。

「一下就好。」

此生不敗的專家說。

依然是在我的頭上這麼說。

「您和我交手，只要能打中我一下，我就將余接的真實身分告訴您。」

004

「因為這樣，所以小憐，輪妳上場了！」

「慢著，就算你說因為這樣……但究竟是怎樣？」

我以為能用氣勢說服，但魔法咒語「因為這樣」似乎對火憐不管用。

回家後，我將火憐叫到房間，突然切入正題。另一個妹妹月火正在隔壁房間和斧乃木一起玩。

對於月火來說，斧乃木是「布偶」，所以與其說「和她一起玩」不如說「用她來玩」，不過想到兩人的關聯性與至今的過節，就覺得這對玩樂搭檔很恐怖。

其實也可以在找火憐之前先問斧乃木本人，但是向被擁有者斧乃木詢問擁有者影縫不肯說的事，應該有點犯規吧。

「不應該一想到什麼就行動」的原則，或許也該適用在這種時候。也就是問題應該拿來問該問的人。

不過，斧乃木現在的角色定位也很乖僻，所以我認為就算問了，她也不會乖乖回答我……

而且，她說過「我的人生從姊姊讓我復活時開始」，這樣的她是否掌握真相就另當別論。

「總之小憐，基於某些原因，我不能詳細說明，不過有個人強得跟鬼一樣，我根本無計可施，卻想打中那個人一下。妳有什麼好方法嗎？」

「這個哥哥把我當成什麼啊……」

火憐一臉疑惑。與其說一臉疑惑，不如說一臉遺憾。

「我是走在武術之道的武道家喔。就算知道行使暴力的方法，也不可能傳授給哥哥這種外行人吧？至少不能只因為這種隨便的情報就傳授。」

「別這麼說啦，今後我會在妳喜歡的時候摸妳胸部。」

「嗯？是嗎？哎，既然這樣，我也準備讓步……怎麼可能啦！我沒有喜歡讓哥哥摸胸部的時候！」

激動了。

真急躁的妹妹。

我這個做哥哥的好丟臉。

「不，小憐，妳仔細想想。在妳喜歡的時候被哥哥摸胸部，以及在妳討厭的時候被哥哥摸胸部，妳想要哪一種？」

「嗯？啊，我想要在喜歡的時候被摸！這樣相比就很明顯了！不愧是哥哥，頭腦真好！」

「…………」

不愧是小憐，頭腦真差。

我這個做哥哥的好擔心。

「好，我知道了。我原則上不收徒弟，但只把哥哥當特例吧。嗯？收哥哥當徒弟？這樣就搞不懂是哥哥還是弟弟了，真模糊耶！」

「是哥哥吧？不，我並不是想拜妳為師……妳面臨這種狀況會怎麼做？對手明顯比妳強，但妳還是想揮拳打中對方一下，妳會怎麼做？」

「辦不到！」

她充滿精神回應。

為什麼精神百倍？

「不，我是正經回答。雖然我不知道詳情就被徵詢意見，不過既然對方提出這種條件，代表很難揮拳打中對方一下吧？而且別說造成傷害，想隔著防禦打中也很難吧？」

「沒錯。我不是說過嗎？我束手無策。」

「既然實力差這麼多，那就不能打了，必須逃離這種對手，這才是武道。」

「…………」

火憐講得煞有其事。

不過，我數度目擊這傢伙不顧一切朝著沒勝算的對手突擊，而且我每次都抱著必死的決心阻止。不是玩文字遊戲，我真的以為她「必定會死」而拚命阻止。

俗話說「見賢思齊，見不賢而內自省」，但我覺得即使自己做不到，果然還是可以要求別人呢。

「到頭來啊～～就算好不容易揮拳打中對方一下，之後要怎麼辦？僥倖打中實力差距明顯的對手，要是對手火大怎麼辦？不就會被反擊到落花流水嗎？」

「嗯……確實沒錯。」

假設我歪打正著打中影縫一下，以她的個性也不會說「您幹得真好！」拍我肩膀。真要說的話，應該會說「您居然害我出醜！」拆我肩膀。

影縫在我心中的形象還真差……不過，總覺得我為了打聽情報而背負的風險太高了。說得也是，影縫又不是一定會守約，我卻依然想打中她一下……

不提這個，對於影縫來說，這個條件終究只是遊戲，乾脆搓手對她低頭哈腰說「別這麼說，請告訴我啦～～」或許才是聰明人該用的手段。不對，聰明人根本不會這麼做……

嗯……

「小憐，如果妳一定想打某個傢伙一下，妳會怎麼做？」

「像是哥哥這樣的傢伙嗎？」

「不不不，是和我完全相反的壞傢伙。如果妳絕對打不贏對方，妳會打出什麼牌？」

「我不是說過嗎？沒有牌能打，也沒有拳頭能打。我想想，頂多就是將眼光放遠吧。以戰勝這個傢伙為目的開始鍛鍊。」

「鍛鍊……」

與其說將眼光放遠，不如說要很有耐心吧……

我並不是不惜接受格鬥訓練也想知道斧乃木的過去。不，我確實想得到赤手空拳的戰鬥力，到頭來，這就是我去找影縫的原因，所以整體來說，這樣還算符合邏輯……

「打中一下就代表已經成為戰鬥，所以非得抱持戰勝的決心出手吧？如果是一擊必殺就另當別論，但如果實力足以一擊必殺，就算戰鬥也沒問題吧。」

「唔～～這麼想就覺得，武道到最後依然是用來比對方強的技術。與其說是讓弱者戰勝強者的技術，應該說是讓強者更強的技術……」

「將武道當成技術思考就不會變強。這是我師父的教誨，卻也是無法避免的現實喔。到頭來，從武道得到的觀念，就是強大的力量伴隨著責任。所以我要貫徹正義。」

「那麼，如果出現一個無法以正義貫徹的傢伙，妳會怎麼做？」

「沒人無法以正義貫徹喔，我的正義是水刀！」

「水屬性啊……」

妳不是火炎姊妹嗎？

即使最近妳們兩姊妹經常分頭行動……

這種傢伙快成為高中生了，真恐怖。

此時，我靈機一動。

即使我在這裡向火憐問出空手道精髓，並且向影縫展露，雖然她之後不一定會說明斧乃木的事，甚至可能修理我一頓，但這是因為我和影縫實力差距太大，階級差距太大的關係吧？

或許並不是一定要由我打中影縫一下。是的，肯定可以找人代理。

比方說，我面前這把水刀如何呢？我不能讓月火和影縫見面，但說來很巧，火憐曾經和影縫有過一面之緣。

那麼，究竟如何？

「嘿，小憐。」

「哥，什麼事？」

「想代替我上場打嗎？」

「不想。」

她連想都不想。

「哥哥連一下都打不中的對手，我怎麼可能打得贏？」

「…………」

妳也太信賴妳哥哥了，真恐怖。

「話說啊，哥哥，從哥哥剛才的說明推測，換句話說，只要哥哥打中某人一下，對方就會回答某個問題。是這樣的狀況對吧？」

「嗯，一點都沒錯。憑小憐的能耐居然這麼敏銳。」

「這樣應該是委婉拒絕吧？」

「…………」

「哥哥肯定是拐彎抹角問問題吧？所以對方用這種圓融的方式迴避吧？也可以說是將問題掉包……哥哥，你不知不覺滿腦子只想打中對方一下，不在乎對方是否會回答問題對吧？」

「天啊……」

我啞口無言。

我沮喪到好想寫下「喪」這個字。這個打擊沉重到我以為這輩子再也說不出話。

或許我再度開口說話的光景會描寫成感動的最高潮。我現在就是如此失落。

造成打擊的原因有兩個。雖然這兩個原因大同小異，不過比起問題不知不覺被掉包所造成的打擊，有兩個原因更重要。

首先，不只是腦袋，說不定連內心都裝滿肌肉的妹妹——阿良良木火憐如此指摘很丟臉，令我感到羞恥，這是第一個打擊。此外，貼心地如同變魔術般隨手將問題掉包的不是別人，正是影縫，這是我受到的第二個打擊。

一切都想以暴力解決，如同自走暴風雨的影縫余弦，居然會做這種事……某人曾經將忍比喻為颱風，不過基於災害的意義，影縫的危險度可能會帶來更勝於忍的損害。這樣的她居然會做這種事。

「…………」

不過，或許因為影縫這樣深謀遠慮，火憐才得以看穿吧。

「原來如此……那是影縫小姐展現的成熟做法嗎……」

和忍野或貝木不同。

她將我的冒昧詢問轉變成遊戲，使得當時氣氛不會尷尬，順利收場。

不對，或許是我的詢問過於「深入」，讓影縫一時之間無法使用暴力解決，選擇這種偏離常理的「成熟做法」。

「那麼，既然這樣，我該怎麼應對？」

我詢問火憐。

因為自己冒失，應該說再度一想到什麼就行動而意氣消沉的我，同樣只能完全依賴火憐。

火憐如今是我崇拜的妹妹。

「關我什麼事？自己想吧。」

「…………」

我崇拜的妹妹好冷漠。

「不過，我想想，如果是我，既然對方這樣貼心，既然讓對方這樣貼心，我應該會努力保住對方的面子吧。至少要避免對方發現自己像這樣找聰明的妹妹商量，看穿對方是以決鬥為藉口拖延。」

「我不知道妳說的聰明妹妹是誰，不過，妳說得對。指摘這種事是不解風情的行為。」

神原可能會這麼做。

假裝沒發現對方不經意的貼心之舉。

現在的我做得到嗎？不對，現在的我，做得到什麼事嗎？

「不過，假裝沒察覺的話，就得直接和這個人對決了……換句話說，就是明知沒勝算卻去挑戰，毫無意義被打得落花流水……」

「這也沒辦法吧？去被打得落花流水吧。」

「妹妹，妳不想保護哥哥的身體嗎？」

「我保護的不是哥哥的身體，是意志。」

「妳不願意保護我不想被打得落花流水的意志嗎？」

何況先不提意志，若要隱藏我想回應影縫這份心意的意圖，做出這種不經意的貼心之舉，我去找影縫的時候需要藉口。

沒準備勝機就應戰，實在過於莽撞，被誤會是故意來輸也不太好……就算這麼說，就算我輕易死心表示放棄挑戰，影縫也不會好心收手吧。

就算好心收手，也可能害影縫丟臉。

「…………」

這是什麼莫名其妙的狀況……

不是為了戰勝影縫，而是為了巧妙輸給影縫，為了打中她一下，所以我非得想個合適的辦法？

非得思考戰勝的方法，卻不能用這個方法戰勝……我為什麼非得做這種像是幕後布局的事？

就像是故意答錯問題，以免拉高全班的平均分數。我為什麼要做這種事……這當成「一想到什麼就行動」得付出的代價，那也太大了。

「進退兩難呢……」

「身體登峰造極？哇～～哥哥什麼時候精通武道了？」（註38）

火憐講了蠢話。

這種呆子居然指摘出我的冒失，想到這裡就……

005

接下來是後續，應該說是結尾。

註38　日文「進退兩難」與「身體登峰造極」音同。

我以何種方式解決我的疏失？以何種方式構築虛假的勝算？

總之，不是需要賣關子的點子。我的行動與思考模式沒這麼多樣化。

所以，我基本上沿用暑假和影縫交戰時使用的方法。

事到如今為不知道的人說明一下，我在暑假那天挑戰影縫的方法，就是讓傳說吸血鬼落魄而成的忍野忍吸血……藉由吸血提升彼此的吸血鬼特性，強化自己（也強化忍）之後挑戰。

總之，就算吸血鬼技能再怎麼暴增，面對專精對付不死怪異的影縫，我也束手無策到嚇人的程度。即使如此，這也是我能採用的最好方法。

最壞，同時也是最好的方法。

所以，如果在毫無限制的狀況下，被忍吸更多的血，讓自己強化到更勝於當時再挑戰影縫，是我最好想、最容易想到在這個遊戲贏過影縫的方法，是我可能掌握的勝算。不過這次不能直接沿用這種做法。

我不能繼續化為吸血鬼了。影縫也知道這件事。所以如果我假裝化為吸血鬼挑戰影縫，真的會被她修理的更慘吧。

不，就算不是這樣，如果我更加提高吸血鬼特性，影縫身為專家，身為打倒不死怪異的正義專家，肯定會抹滅我的存在。

暑假時，她放我一馬真的近乎奇蹟。因為她這個人基本上不會被眼淚打動。

因為她是專業人士。

所以即使是為了打輸，也不能使用「化為吸血鬼」這個點子。不過「借用忍的力量」這個點子可以用。

借用忍無中生有的力量。

像是能量守恆定律或質量守恆定律，完全無視於這種東西，隨心所欲從影子或黑暗創造出想像的物品，這是忍身為吸血鬼的技能，應該說特異功能。

這次我請她用這個技能製作槍。

手槍。

呀呼〜〜！

就算影縫再強，只要用手槍就可以輕鬆戰勝！

沒這回事。

別說槍，即使拿火箭砲也贏不了那種人。吸血鬼被銀製子彈貫穿可能會死，不過無論用哪種子彈打影縫，我覺得別說打死，連貫穿都做不到。

但我還是拿出手槍這種道具，在於我要鑽文字漏洞。

影縫當時說「一下」。打到「一下」就好。

既然這樣，這一下無論是用拳頭或用子彈打都可以吧！

這確實也是愚蠢如我想得到，突發奇想的急躁點子，而且最重要的是，這個點子百分百會失敗。是具備說服力的失敗點子。

就算我扣下扳機，子彈也擦不到影縫一根寒毛吧。

有個蠢妹妹的蠢高中生，挑戰遊戲的結果是一敗塗地，事情肯定就此結束。以臨時想到的點子回應不經意的貼心……不對，用這種方式為自己的疏忽善後，肯定可以打個及格分吧。

所以在隔天，我單手拿著手槍（這是忍隨便製作的手槍，所以設計上像是自動兼左輪手槍，相當奇特），造訪北白蛇神社。

我這種冒失傢伙拿著手槍，連我自己都覺得很危險，但是先不提這個。

我想知道影縫余弦與斧乃木余接的關係，這個想法依然沒變……不過，應該等我再稍微解決各方面的事情再說吧。

只是，我不太敏銳的直覺告訴我，影縫像那樣不走地面過生活，應該和斧乃木的存在有關。

如同我為了和忍在一起而付出許多犧牲。

可以只確認這一點，只問到這一點嗎？

我想要讓心情稍微平靜一點再上考場。

抵達北白蛇神社境內之後，我再度得知自己不太可靠的直覺又落空了。不，我不是說影縫與斧乃木的關係。

「咦……？」

沒有神的神社。

只有建築物，只有設施翻新，什麼都沒有，空無一物，如同堆放場的神社。

就我所知最強的大姊姊——此生不敗的專家影縫余弦，從神社的境內消失。

消失得無影無蹤。

「咦？」

那個人居然沒道別就離開？甚至留下斧乃木就離開？明明不可能啊？

「咦……？」

我繼續詫異。

第十二話 曆・死

SUN	MON	TUE	WED	THU	FRI	SAT
				1	2	3
4	5	6	7	8	9	10
11	12	13	14	15	16	17
18	19	20	21	22	23	24
25	26	27	28	29	30	31

3

March

001

我不知道臥煙伊豆湖對於「路」的想法。應該說我對她一無所知。對於宣稱無所不知，光明正大講出這種話，威風凜凜如此斷言的她，我一無所知。我頂多只知道她是忍野咩咩、貝木泥舟以及影縫余弦的「學姊」，也是神原駿河的「阿姨」。如果這種程度的知識就算是「知道」，那麼世上大多數的人，我應該都知道吧。

不過在現代社會，光是知道綽號以及手機電子郵件網址，就可以輕易成為朋友，所以從這個觀點來說，我足以算是她的熟人，最重要的是，臥煙伊豆湖將我當成「朋友」。

將不太知道底細的我當成朋友。

不，還是說她早就知道了？

如同無所不知，早就知道我這個人了？

就算這樣，也沒什麼好奇怪的。我在她的知識領域占有毫釐之地也不奇怪。

不過這麼一來，就代表她把握了我這個人，這不是什麼舒服的事。

因為她的「把握」和羽川翼大不相同，比起「把握」更像是「掌握」。這正是「只是剛好知道」的羽川翼和「無所不知」的臥煙伊豆湖的差異。

以將棋舉例比較好懂。

我頂多只能將棋子個別操控，羽川則是將己方陣營的所有棋子當成「一支軍隊」操控，這就是「把握」。她可以將知識組合、連結起來。

可以讓知識與知識相連。

這就是知識分子。也可以說是雜學與知識的差異。

不過，以臥煙伊豆湖的狀況，她不只是己方陣營，甚至也熟知敵方陣營。不對，她沒有單方面將對方陣營視為敵人，而是連對峙排列的棋子都一起當成「一支軍隊」，當成「一個群體」來操控。

這就是「掌握」。

擺在手掌心。

一切盡在手中。

基於某方面來說，她無論段位是高是低都無妨，無論開局是先下或後下都無妨，算是全方位的棋手。不過，被這樣的人當成「茫茫人海中的一員」不是什麼舒服的事，應該說是不舒服的事。即使被她認定是「朋友」，也不過是雕刻成朋友的五角形。

朋友有朋友的用法。

朋友有朋友的用途。

就是這麼回事。

就是這麼回事，意思就是「如此而已」。

不過，我不知道怎麼操控名為「朋友」的棋子。

002

「解決之道就是你死掉。」

「咦？」

「但是不到將軍抽車的程度就是了。」

「咦？咦？」

「放心，只會在一瞬間覺得痛喔。」

臥煙說完揮刀。

我對這把刀有印象。

不，形容成「有印象」不太對，非常不對。並不是看過這把刀，而是這把刀和我知道的東西近似。

近似？

這種說法也不對。

形容為「近似」，聽起來像是我知道的東西才是真品，不過我曾經見過、知道、砍過也被砍過的那把刀才是贗品。

她現在揮的這把刀才是真品。

名為「怪異殺手」的刀。

怪異殺手。

本應早就在古代消滅的元祖「怪異殺手」。

這把刀，這把正牌的刀，砍了我。

砍了我的手指、我的手腕、我的手肘、我的上臂、我的肩膀、我的腳踝、我的脛骨、我的膝蓋、我的大腿、我的腰部、我的軀幹、我的腹部、我的胸部、我的鎖骨、我的脖子、我的喉嚨、我的下顎、我的鼻子、我的眼睛、我的大腦、我的頭蓋骨。

將我切片。

在一瞬間切片。

我想要慘叫，但是用來慘叫的嘴巴、喉嚨與肺臟，都被切成像是套圈圈遊戲用的圈圈。

臥煙說「一瞬間」並非謊言，但她還是說了一個天大的謊言。

因為速度太快，刀速太快，所以我甚至不覺得痛。

003

往前推。

將時間往前推。沿著山路往上爬。

參加志願校入學考試的當天，三月十三日的清晨，我沿著山路階梯前往山頂的北白蛇神社。這已經是這個月養成的習慣。

既然每天都這麼做，應該算是日常的例行公事吧。

總之，這就像是每天健行，應該說每天越野慢跑，應該有益健康吧。不過，連左右自己將來的重要日子，我都沒想太多就乖乖進行這項例行公事，看來我或許出乎意料是個正經的傢伙。

正經不一定是美德，而且以這種狀況來說，我或許只是不容易死心，依依不捨罷了……
那麼就不應該說是「習慣」，應該說是「壞習慣」，或是「壞毛病」。
實際上，比我更正經，正經強度更強的羽川翼就說過，在北白蛇神社尋找已經沒有意義，建議我要找的話應該找其他地方。斧乃木看起來打從一開始就不擔心，但我依然無法放棄……忍不住每天都來到這間北白蛇神社。
來到沒有神，當然也沒有女國中生，而且也沒有專家的神社境內。
「……哎，既然是吸血鬼，至死方休也是理所當然嗎……」
畢竟是不死之身。
不過以我的狀況，雖說是不死之身，卻也只是鏡子照不出身影的程度。只是毫無用處，甚至只會造成困擾的不死特性。
總之，影縫余弦從北白蛇神社消失，沒道別就忽然消失至今將滿一個月。
沒發生任何事。
風平浪靜地經過一個月。
這麼一來，原本應該居無定所的影縫，或許只是和忍野一樣，在這座城鎮辦完該辦的事情之後就如同浮萍離開。只聽推測感覺是對的，但是沒這回事。
不可能是這麼回事。

因為影縫和忍野不同，完全沒做該做的事。「沒做事」是我基於狹隘視野與知識做出的判斷，說不定她有做事，而且已經做完……以那個人的本事，即使是強大的邪惡，應該也可以在一個晚上就打倒。

即使真的是這樣，影縫——陰陽師影縫余弦，也不可能留下式神斧乃木余接自己離開。

「不，也可能會這樣吧？畢竟姊姊在這部分相當隨便。她曾經將我留在遠離人煙的谷底，忘記這件事就回去了。」

……………慢著。

雖然斧乃木自己這麼說，不過「忘在谷底」究竟是什麼狀況？令人費解。

「哎，不過，就算姊姊會把我留在谷底，應該也不會把我留在鬼哥家……」

而且她講得好像我家比谷底還危險，我對此略感遺憾，總之斧乃木至少也對此抱持疑問的樣子。

但她果然不擔心的樣子。

確實，我就不用說了，即使是斧乃木也沒有偉大到可以擔心影縫。

基於某種意義來說，那個人比忍野或貝木更恐怖。大概是世界上唯一能以暴力解決一切的人。

區區如我，為什麼可以擔心這樣的人？需要擔心嗎？

只不過是離開神社，違反和我見面的約定，而且之後再也沒回來……或許她只是心血來潮才這麼做吧？

在那之後的這個月，我反覆這樣告訴自己，卻還是不願死心，至死方休，灑脫到死，忍不住就每天來到神社。簡直像是在進行百度參拜。

「這麼說來，記得沒有『灑脫到死』這種說法……」

不妙。明明今天就要考試，我卻失去自信。

哎，無論如何，已經接受推薦入學的戰場原要帶我到大學，所以我得在會合時間之前下山。

……居然覺得必須帶我到大學，我的信用真差。但戰場原是這麼說的。

「因為啊，就像狗走路也會撞到棒子，阿良良木走在路上會遇到怪異。」（註39）

總之，這是至理名言。

不愧是我的女友，會注意該注意的地方，看該看的地方。

「阿良良木的成績已經達到及格標準，只要迴避無法應考的麻煩事，大學生活指日

註39　禍從天降的意思。

可待。」

她這麼說。

她說我已經達到及格標準，我不知道可以相信到何種程度，但她擔心我無法應考更勝於我的考試成績，我的人生還真是亂來。

不過，我在考試當天像這樣爬山，確實就相當亂來了。

「……然後，考完試終於就是畢業典禮嗎？不曉得會變成什麼樣子。」

我爬著如今完全習慣，即使移動雙腳也沒感到負擔的階梯，獨自呢喃。忍當然在我的影子裡，不過她今天似乎決定早點睡，沒有回應。既然我整天二十四小時和忍在一起，嚴格來說，我說話不算是「獨自」說話，但是既然她沒聽見，就當成是我一個人在說話吧。

不曉得會變成什麼樣子。

這句話的意思，絕對不是我對未來的展望。真要說的話，到頭來我甚至質疑自己是否能過正常的大學生活，抱持一種絕望的感覺。

和怪異共處，自己也化為怪異的我，是否能享受大學生活之類的正常生活？

真是的，雖然我並不是想要依賴，不過影縫離開之後，這方面我還是會覺得沒有依靠。我自身成為怪異的時候，我得知自己成為怪異的時候，她願意陪我商量這件事，成為我相當大的支柱。

這根支柱突然抽離了。

這或許也是我像這樣每天來神社的理由。說來沒什麼，我或許只是假裝擔心影縫藉以自保吧。

對於我身體的異常變化，影縫並沒有特別做過什麼，也沒有要做什麼……不過那個人莫名充滿自信的蠻橫態度，令人待在她身旁就會安心。該說不愧是標榜正義的人士嗎？這部分毫不動搖。

火憐在這方面和她有共通之處……不對，不只如此。

即使她似乎基於某種詛咒，受到「不能走地面」的限制，依然面不改色那樣生活，這樣的她果然可以成為我的指針，但要是這份「面不改色」可能面臨某種威脅……我會害怕也是理所當然。

「只是……哎，到頭來，我很難想像某人或某件事會威脅到影縫……假設真的發生這種事，原因會是什麼？和最近正在發生的一連串事件有關嗎……？」

…………

「正在發生的一連串事件」……我不確定現階段這樣形容的正確性如何，或許不該以「正在發生」的現在進行式形容，而是以「曾經發生」的過去式形容。

至少在影縫銷聲匿跡的這個月，這座城鎮真的沒發生任何神奇事件。

在那之後的一個月沒發生任何事，沒出現任何異狀就度過。這不是形容，是確切的事實。

沒有怪異。

沒有「闇」。

沒有都市傳說。

沒有道聽途說。

沒有街談巷說。

當然也沒有學校的鬼故事。

忍野在場應該會蒐集的神奇事件，或是特殊的事、奇怪的事，全都沒發生。

如同一切已經終結。

如同一切已經結束。

「如果真要說發生了什麼事，就只剩下『影縫為何失蹤』這個謎吧……」

我爬完階梯，要鑽過北白蛇神社的鳥居時，看見了。

神社境內，參拜道路的正中央，神行走的這個地方，我看見一名站在該處，沒有特別擺出備戰姿勢，也沒有擺出敬畏態度的女性。

身穿寬鬆的衣物，帽子壓低，看起來身分不明、年齡不詳的女性。

「……臥煙小姐。」

沒發生任何事就度過的一個月。

化為例行公事的每日參拜。

不過，我原本認為只是白費工夫的百度參拜，實際上卻沒白費工夫的樣子。

某件事即將發生。

而且是決定性的某件事。

不對，或許是某件事即將終結也不一定。

004

「嗨，曆曆，早安。」

臥煙──臥煙伊豆湖這麼說。

平凡無奇的問候。

我覺得無論在哪裡遇見這個人，她都會這樣打招呼吧。即使是在普通道路，或是山上的神社都一樣。

對她來說，特殊的場所或特殊的狀況是否存在？這一點令人質疑。或許在她的心目中，這個世界上沒有任何東西是特別的。

因為既然知道一切，那麼一切應該都是相同的，都是平凡的。

「好久不見，上次見面是什麼時候？對對對，記得是九月那次？呵呵，但我聽過關於你的各種情報就是了……」

「……早安。」

我鞠躬致意。

總之，雖然我和這個人發生很多事，但這個人基本上無疑是我的恩人，和她的學弟忍野同樣是我的恩人。

不對，我不只是必須向她報恩，我曾經對她相當不講義氣，而且還背叛她，基於這層意義，我欠她的人情比欠忍野的還多。

即使不到罪惡感的程度，但我無法否認自己對她抱持內疚與歉意。

所以一旦像這樣無預警地面對面……是的，我不敢直視她。

相對的，臥煙和上次見面時一樣笑咪咪的，如同對我完全沒有芥蒂。不過以這個人的狀況，她總是笑咪咪地使用、拋棄、消費周圍的人，所以這部分完全無法信賴。

想到千石與八九寺——千石撫子與八九寺真宵後來的下場，我其實可以對這個人動怒……但我也知道我這麼做並不合理。

不過只是頗為知道而已。

「曆曆，你的身體似乎發生大麻煩耶。」

「沒有啦……不到『大麻煩』這麼誇張。」

「呵呵，說得也是。總之，想到你至今處理、克服各種非比尋常的危機，你現在的身體狀況……你的健康狀況，或許不到應該擔憂的程度。真要說的話，面臨大麻煩的應該是……」

臥煙轉身向後。

現在位於她身後的只有重新整建完成，依然全新的神社。沒有御神體，只像是空蕩蕩的工藝品。

基於這層意義，這間神社和我昔日上課製作，類似小屋的那個物體沒什麼兩樣。

要是我這麼說，蓋這間神社的工匠應該會生氣吧。

「是余弦。」

「…………」

「影縫余弦——我親愛的學妹。沒想到她會被盯上……哎，即使是我，這一點也出乎預料喔。」

「……應該不是出乎預料吧？」

被盯上。

我並非沒對這段露骨的話語起反應，不過對我來說，臥煙親口說出「出乎預料」這種字眼更令我驚訝得多。

不對，不是驚訝。

我只覺得她在「說謊」。

「您無所不知吧？」

「喂喂喂。曆曆，居然這樣挖苦久違的朋友？無所不知的傢伙，在現實世界不可能存在吧？那只是修辭啦，修辭。只是虛張聲勢講講看。」

「…………」

無法解讀她的真正意圖。

忍野大致上也是猜不透在想什麼的傢伙，貝木與影縫同樣是深不可測的人，但我覺得這個人不愧是他們的學姊。

不……

可是真要說的話，確實不同。

忍野他們難以解讀的特質，以及臥煙難以解讀的特質，我覺得種類不同，應該說絕對不是同類。

忍野咩咩、貝木泥舟、影縫余弦這樣的後輩世代，即使我無法清楚以言語形容，也能找出某種共通點。

我不知道他們在想什麼。

因此，無法解讀。

然而……以臥煙的狀況，我不是不知道她在想什麼，而是不想知道她在想什麼。

因此，無法解讀。

不解讀。不想解讀。

不對，並不是她腦中充滿討厭的惡意而不想解讀，我說的「不想解讀」不是這個意思。

若以這個意思來解釋，那我更不想解讀貝木的大腦吧。單純是臥煙的大腦過於複雜又奇怪，要是試著解讀，我的大腦會爆炸。

所以，我不想解讀臥煙伊豆湖的真正意圖，說穿了是為了自保。

如果沒必要，任何人應該都不會故意去挨重量級拳擊手一拳。

只是……現在或許有這個必要。

她像這樣主動來見我，就是這麼回事。

至少她有必要和我見面，才會來見我。

無論如何，我今天即使是考試當天依然來到這間神社，臥煙如同和我共享同一份行程表般，理所當然知道這件事而前來埋伏。事到如今，她乾脆別說「我有所不知」，直接說「我無所不知」更能讓我放心面對她。

應該說……反而比這座鄉下城鎮正在發生連臥煙都無法掌握的事件還恐怖。

希望這真的只是修辭，是朋友之間的胡鬧……即使不是如此，我也希望這是她在謙虛。

希望她讓我這麼希望。

「別露出這種表情啦。曆曆，這不是露給朋友看的表情喔。在這種狀況，我說的『出乎預料』等同於扔一顆五面都是『1』的骰子卻扔出『6』。我確實知道按照機率可能會出『6』……但我也知道機率低的狀況不容易發生。」

「…………」

「我沒想到有傢伙會對暴力王影縫余弦出手，正因如此，我才會派她來處理你身體發生的異狀。」

「您說『有傢伙出手』……我很在意您這個說法。」

我戰戰兢兢，自認很謹慎地提出這個疑問。

「嗯？」

臥煙歪過腦袋。

看起來很假。

「曆曆，這是什麼意思？」

「沒有啦，那個……我非常感謝您派影縫小姐過來，可是……」

沒錯。

關於這件事，我甚至必須在剛見到臥煙的時候就道謝。不過影縫當前下落不明，在這種狀況與其道謝，或許道歉比較好。

臥煙的學妹現在下落不明，雖然稱不上是我的錯，但至少如果不是因為我，影縫肯定不會再度來到這座城鎮。

只是，現在比起道歉或道謝，我更想詢問。

「哈哈哈，曆曆，別這樣啦。雖然俗話說『親兄弟也要明算帳』，但我和曆曆之間不需要這樣見外。所以，你問的是什麼意思？」

臥煙講得像是在敷衍，卻完全沒脫離話題本質，重複相同的詢問。感覺這不是話術，而是程序。

「您說『有傢伙出手』……和我對影縫小姐的印象不同。在這種狀況，我覺得不應該說有傢伙對影縫小姐出手。」

「原來如此，這是對影縫實力的絕對信任呢。總之，你實際和影縫打過，在暑假魯莽挑戰影縫，或許有資格這樣問我吧。基於這層意義，其實早就有傢伙對她出手了。」

「…………」

「哎，我並不是已經忘記這件事。只是我不像你這麼相信影縫的實力。我知道人外有人，應該說我知道即使機率很低，實力也沒有絕對。」

臥煙對我招手。

招手？

我質疑這是怎麼回事，不過單純只是隔著鳥居不方便交談的樣子。

我下定決心，鑽過鳥居。

我應該解釋成「有人在暴力層面比影縫還強」？還是解釋成「有某種方法可以讓她無法發揮實力」？依照我的解釋，臥煙這番話的意思似乎會改變，不過，無論是哪一種意思……

「……你不敢相信有傢伙不惜冒風險，也要對影縫下手？」

沒錯。

我自己對此抱持疑問。

究竟要基於什麼理由，才會想和影縫對峙，和這個活生生的暴力對峙？以我的狀況，是因為這攸關妹妹的性命。

對於臥煙來說，這應該是「機率低的狀況」……但這只是我思慮不周，如果我早知道影縫具備何種能耐，我或許會選擇別的戰略。不對，就算不是這樣，要是沒有忍，我實在沒膽量挑戰影縫吧。

而且我如此依賴忍的代價，就是喪失人類特性。不是心理上的人性，是身體的人類特性。

…………

也對。這時候該推測的或許不是那個人對影縫出手的理由，而是那個人出手之後付出的代價。

「傢伙」。

臥煙理所當然般如此形容對方。一般來說應該只是用詞喜好，沒什麼特別的意思，不過既然出自臥煙口中就不會是這樣。

換句話說，「影縫自願離開當成根據地的這間神社」這個可能性，至此完全消失，不留痕跡。

傢伙——一般都是用來稱呼人，卻也可以用來稱呼怪異，或是其他東西。

臥煙說的「傢伙」究竟是指什麼？

「哎，她是依循那種生活方式，使用那種戰鬥方式的專家，所以確實容易得罪人。但她自稱正義使者可不是基於體面或瘋狂，即使會得罪人，應該也不會恨人而反遭記恨吧。」

「…………」

我有兩個基於體面或瘋狂就自稱正義使者的妹妹，所以這番話聽在我耳中很痛，應該說內心很痛。

「換句話說，臥煙小姐認為，這次惹麻煩的原因不在影縫小姐身上？」

「曆曆，與其說我怎麼認為，不如說這是事實喔。話說余接怎麼樣了？」

「咦？」

她突然改變話題，我嚇了一跳。但既然臥煙這麼做，代表這肯定是必經程序吧。

我不知道她跑這種程序的意圖，明明認為、知道順著她的意圖走很危險，依然就這樣無法解讀、不解讀臥煙的真正意圖就回答。斧乃木的第一監護人當然是影縫，但是考量到斧乃木的出身，臥煙也是廣義的監護人之一。監護人有權知道被監護人的現狀。

「過得……很好喔。她面無表情，我不知道她對這次的事件有什麼看法……不過那孩子是最懂影縫小姐的人，目前看起來似乎毫不擔心。」

斧乃木對於冰淇淋的慾望強烈到踰越法理……但我判斷不需要連這種瑣碎的情報都提供，所以大致像這樣整理斧乃木的近況向臥煙報告。

總之，她想問的應該是這些吧。

「余接最懂影縫？哈哈……曆曆，你才是最不懂的人呢。」

「咦？」

「不過，余接是怪異，比起莫名假裝自己懂，她這樣好太多了。順帶一提，我無所不知，所以當然知道余接的事。」

臥煙這麼說。這個人意外地喜歡自我宣傳。總之她說的大致沒錯，我對於斧乃木一無所知。

住在同一個屋簷下已經一個月了，但是關於那個女童，我至今只知道她愛吃冰淇淋。真要說的話，我甚至不需要這種情報。

「只不過，你現在也正在化為怪異，所以並不會因為對方是怪異就不懂……但你如果認為怪異可以彼此理解，這也是一種幻想。」

「這樣啊……哎，畢竟斧乃木小妹與忍交情也不是很好……」

多虧這樣，阿良良木家的阿良良木室現在的氣氛有點糟。剛開始是吵架吵不停，現在偏向於冷戰狀態，白天行動的斧乃木和夜行性的忍，過著沒有交集的無溝通生活。老實說，壓力超大。我最近正值準備考試的最後衝刺階段，卻遲遲不順利。

「何況基於人造物的意義，余接在怪異之中也很特異。」

「人造物……」

「那個傢伙和正弦對峙的時候也面不改色吧？我試過一次喔。我曾經試著命令她和影縫交戰。」

臥煙隨口說出驚人的往事。

「我覺得那個傢伙或許具備近似人類的情感，當時的我不認為機率很低，那個女童卻毫不猶豫就襲擊『姊姊』。」

「…………」

「不過，這場戰鬥本身是以影縫勝利告終。明明只要下令就可以阻止余接，那個傢伙卻沒這麼做，真像是她的作風。啊啊，曆曆，你放心，就算我突然講這段往事，也不是要暗示影縫失蹤的原因與凶手是斧乃木余接。」

臥煙眼尖發現稍微掠過我腦海的質疑，並且釐清。即使看似不經意也不准出現任何無謂的程序，這種感覺簡直像是在設計棋局。

「因為那個傢伙只要沒接受命令、沒受到使喚，就不會展現這種舉動。」

「哎……說得也是。」

不是「不動」或「不行動」，而是刻意說成「不展現舉動」，聽起來並非完全否定斧乃木的個性與自由意志。不過確實沒錯，回想起她和正弦相對、敵對時的樣子，臥煙的論點基本上是對的。

如同沒有表情，也沒有感情。

所以當然也無情。

「只是正因如此，影縫才會被排除。」

「咦……排除？」

動不動就對臥煙的話語起反應，我覺得這樣的自己好煩。即使不解讀她的意圖，但是面對她的時候，我還是想沉住性子和她從容交談。

沒有羽川那種程度的沉穩，就無法面對臥煙嗎……不過，我有點難想像羽川和臥煙交談的樣子。

「您說的『排除』是什麼意思？」

「所以如我剛才所說，影縫失蹤的原因不在影縫身上喔，曆曆。她原本和這座城鎮上演的一連串故事幾乎無關。雖然因為曆曆的妹妹而在一瞬間和故事產生關聯，卻以曆曆自己的努力迴避了。與其說迴避，不如說抗拒。」臥煙說。「正因如此，我這次才會派她過來……不過，這個事件的根比想像的深。」

「即使比想像的……即使根比想像的深，也符合您早就知道的狀況嗎？」

「曆曆，別這樣逼問啦。可愛的學妹被曆曆殃及，我怎麼可能不心痛？」

「……………」

「啊啊，雖然你殃及影縫，不過你算是被貝木殃及吧。不對，說真的，那個傢伙是什麼狀況？各種情報錯綜複雜，我即使知道一切，但問題在於這些情報大概都是假的，大部分是那個傢伙放的假情報。學姊有個不孝的學弟很不幸喔。至於忍野……哈哈！」

臥煙即將提到忍野，卻輕輕一笑置之。不對，對我來說，這可不是可以笑著帶過的話題。不只是關於忍野的事，當然也包括關於影縫的事……以及關於貝木的事。

「嗯？不不不，貝木是自作自受喔，所以別在意。就算我這麼說，我覺得以曆曆的個性應該辦不到吧。但是別在意。包括忍野的事也是……只不過，關於影縫的事，在這時候講明應該比較好。這是為了今後著想。為了曆曆的今後著想，也是為了這座城鎮的今後著想。」

「為了……我？」

「嗯。為了曆曆的現今與後來著想。總之，關於城鎮的問題……不需要由你一個人負擔到這種程度。」臥煙說。「影縫之所以被排除，純粹是因為礙事。不是影縫余弦礙事，是她使喚的式神斧乃木余接──派到曆曆身邊的斧乃木余接礙事。為了將斧乃木余接這個式神兼憑喪神兼人偶無力、無效化，才會將主人收拾掉。斧乃木余接是只服從命令，完全聽從使喚的式神，只要站在指揮系統頂點的主人不在，那個愛露招牌表情的女童就不足為懼。」

收拾。

如此直接的形容，使我的內心不安起來，刺痛起來。

005

「臥煙小姐……『收拾』的意思是……」

「收拾。不過從影縫的角度來看，應該是沒收拾好吧。雖然這麼說，但那個傢伙嚴格來說不是為了工作而待在這裡，所以責備這一點也不太識趣。」

臥煙說。

她說的「這裡」應該是狹義的「這間北白蛇神社」，但當然也是廣義的「這座城鎮」吧。

確實，影縫的「工作」——身為專家要處理的工作，在她對我的身體變化提供意見時，就已經大致完成。後來的正弦事件對她來說只是順便，後續逗留在這裡是違反規定的行為。

「真要說的話是私人行為。不是職業興趣，是個人興趣。但她不是以好奇心行動的傢伙……總之，不是以求知慾，而是以求美慾為動力的正弦出現在這裡，所以她多多少少變得感傷，這應該可以確定吧……總不可能是擔心曆曆家的余接才留下來……我是這麼希望的。」

是這麼希望的？

臥煙小姐，不要講得像是「可能性不高卻可能發生」好嗎？

「曆曆，她將余接送進你家是為了打造意外性，也是覺得余接是純正的人工怪異，所以應該可以保護你……不過似乎有傢伙厭惡這種做法。」

「厭惡……」

傢伙。

「只是即使如此，這個傢伙應該也不會直接對余接下手吧，因為她是純正的怪異。

所以那個傢伙朝主人下手。這就是有傢伙出手的理由，那個傢伙會出手的理由。」

傢伙。

厭惡的傢伙，出手的傢伙。

臥煙重複這幾個詞，如同在對我下暗示。

「接下來應該會分歧的劇情，大致分成兩種走向。余接正如預料被癱瘓，成為只待在你身旁的無意義保鏢；或是余接的人性意外覺醒，以自己的意志想要保護曆曆的亂來之舉……失去怪異的本分。」

「…………」

「怪異失去本分會變成什麼樣子，應該不用對曆曆說明了吧？因為你肯定已經親眼看過實際的危害。」

在這種狀況，不再是純正怪異的斧乃木余接，將會成為可以出手的對象，不足為懼。

臥煙以說明的語氣這麼說。原來如此，聽她這麼說，即使是影縫突然失蹤，我也逐漸看得到其中的合理性……

到頭來，正弦的事件也是這樣。

當時可能的模式有兩種。我為了拯救「人質」而讓身體更加吸血鬼化；或是斧乃木為了防止我這麼做而主動施展暴力，在我面前發揮她的怪異特性。

這種怪異特性，可能會破壞現存於我與斧乃木之間，或是今後可能誕生的關係。實際上實現的是後者，不過該怎麼說，真要說的話，是我這邊的心理問題。是我的心態問題。

後來在影縫的策劃之下，我和斧乃木開始同居，因而迴避這種事態。但也可以解釋成正因如此，我才能風平浪靜直到現在。

說到「正因如此」，臥煙說的「傢伙」也是正因如此才排除影縫，讓斧乃木成為實質上只待在我身旁的人偶。

…………然而，我不懂。似懂非懂。

做到這種程度究竟有什麼意義？簡直像是在阻止我做某件事……還是說想促使我做某件事？

無論如何……我心情不可能舒服。

感覺對方如同從周圍慢慢進攻，使我孤立。

這麼一來，我不免覺得我的身體化為吸血鬼、化為怪異，是某人設的局。至少我這種想法應該不完全是被害妄想吧。

如果沒有千石的事件，沒有這間神社的事件，我也不會那樣過度依賴忍……那麼忍呢？

在這種狀況，忍的立場又如何？

說到我的保鏢，忍比斧乃木更像是這個角色……啊啊，對喔，為了避免我的身體繼續化為怪異，我再也不能依賴忍……所以就某種層面來說，忍也和斧乃木一樣變得無力。

既然我無法強化，就代表忍也無法強化。

那個傢伙如今真的是落魄至極的怪異渣滓，只是普通的金髮幼女。對於我或是她自己來說，都無法成為王牌。

不是王牌，也不是利器。

「曆曆，小忍她……」

如同看出我的思緒落在忍身上，應該說，臥煙是誘導我的思緒落在忍身上。從剛才，臥煙就不時將視線從我身上移開，並且投向忍，肯定是為了誘導。

「正在熟睡嗎？」

「是的……她最近完全是夜貓子。」

我沒說是因為斧乃木的關係。畢竟真要說的話，不像是斧乃木在迴避忍，而是忍在迴避斧乃木。

「所以這個時間大多在睡覺。」

「呵呵。這部分應該是她有自己的想法吧。刻意讓生活接近怪異的本質，以便出事時來得及應付。不過，已經逐漸不再是怪異的她，做這種事也沒什麼意義……曆曆也沒有因此回復為人類就是了。該說是樂觀還是抱持希望，小忍似乎死抱著這個希望呢。」

臥煙說。她的語氣隱約像是同情，卻也像是維持某種程度的清醒，純粹在陳述一件事實。

忍的做法或忍的想法，全都只不過是沒價值的白費工夫。臥煙似乎只是在陳述這個事實。即使如此，我完全沒察覺忍做出這種不像她的貼心之舉，所以不能對此說三道四。

「不過，這樣可能害曆曆陷入更艱困的絕境。」

「咦？更艱困的絕境？」

「呵呵。現在的姬絲秀忒・雅賽蘿拉莉昂・刃下心不是完全的不死之身，也不是完全的吸血鬼，再怎麼樣都不能二十四小時全天候保護你。要防止暗殺是一件困難的事。比方說，如同將棋對奕的時候不被吃掉任何一顆棋子就獲勝，就是這麼強人所難。再怎麼知名的棋士，即使面對不太懂規則的小孩，也沒辦法不失去任何棋子就獲勝。再怎麼光榮重情義的指揮官，也難免會派出棄子。我說的就是這個意思喔，曆曆。」

「想要保護一顆步卻失去王……是這個意思嗎？」

「並非只限於步。俗話說，拙劣的棋士寵愛飛車更勝於王，但無論是飛車、角、金將或銀將，在某些時候都可能成為棄子。只有王不可能成為棄子。」

「…………」

「仔細想想，將棋真是神奇的遊戲呢。即使王將以外的棋子都被吃掉，只要王還活著，甚至可以只靠王戰勝，這種遊戲平衡真神奇，設計得很好，非常反映世間的狀況。那麼曆曆，你覺得自己是王將嗎？」

臥煙唐突這麼問，我沒能多加思索。

「啊，不。怎麼可能……」

我反射性地回答。或許我應該回以更好的答案，但我的個性沒有歡樂到敢自稱為王。即使吸血鬼是怪異之王也一樣。

「憑我的能耐不可能當王。」

「我想也是，你是這種謙虛的傢伙。而且這座城鎮現在沒有王。你不是王，姬絲秀忒・雅賽蘿拉莉昂・刃下心也不是王，而且千石撫子也……」

臥煙再度轉身看向後方的神社，如同剛才做的那樣。

「不在這裡。」

「…………」

「這座城鎮的王位現在是空的，所以會發生各種問題。換句話說，就像是將棋對奕的時候只拿掉王。哈哈，我聽過將棋會拿掉飛車與角當成讓步，但是拿掉王讓步的將棋就很稀奇了。在這種狀況該怎麼分勝負呢？」

「在這種狀況……沒有勝負可言吧？因為沒勝利條件，也沒敗北條件。」

「沒錯，這是沒有勝負的狀態。人們稱之為『無法地帶』……王沒必要一定是最強的棋子，只要待在該處就好，光是待在該處就能收場，即使這個場是戰場也一樣。」

「……就算您將這座城鎮譬喻為將棋，我也聽不太懂。聽您說這裡是戰場，我就更不懂了。」

我率直說出想法。

說出這種率直的想法，或許……不對，我不知道是否說得出率直的想法。

或許只是不想懂。

空位。

成為混沌狀態之前是空白。記得這是……貝木說的。

「這麼說來，影縫小姐也提過將棋……提到貝木、忍野先生與影縫小姐曾經設計詰將棋來玩。」

「哈哈，即使是詰將棋，沒有王也很難呢。」

「……以詰將棋的狀況，王只要一個就好吧？即使有一個王位出缺……」

「也有一種叫作雙玉詰將棋的玩法，不過這不是現在的正題。」

我大概是基於本能察覺到危機，試圖隨口轉移話題，但臥煙不允許這樣。

「我將這座城鎮譬喻為將棋，只是在炫耀常識罷了。並不是特別想要講得淺顯易懂。」

「…………」

「將王譬喻為神，要說風俗習慣也算啦，畢竟將棋沒有『神』這顆棋子。好啦，姑且還是讓我說下去吧，忍野想要維持空位，讓這座城鎮在靈力層面穩定，但我希望即使只有形式也好，一定要填補王位。我將這個任務託付給曆曆，後來曆曆失敗了。這就是至今的過程吧？」

「總之……若要整理成好懂的前情提要，大概是這樣沒錯。不過在我身邊發生的各種事件沒這麼單純……」

「沒這麼單純，但也不複雜。應該說還不到複雜的程度。哎，我覺得將余接放在你身邊，如果能順利牽制就好，不過看起來沒這麼順利。影縫下落不明、貝木銷聲匿跡、忍野不知去向，這麼一來，狀況終於火燒眉毛，所以我只能自己採取行動。」

「……您說的『採取行動』是什麼意思？」

若非必要，臥煙這個人不會採取行動。

上次來到這座城鎮時也一樣。

這個人會像這樣等我，就代表她必須等我。不可能是前來熱心仔細講解這座村莊所處的現況。

我確實一無所知，希望有人熱心仔細講解，但這個人不可能只為此跑一趟。

「曆曆，我想為受害程度逐漸增加的現狀加蓋。所以與其說採取行動，應該說阻止行動比較正確。尤其要阻止曆曆你的行動。」

「我的……？不，我並不打算行動……沒這回事喔。影縫小姐就是為此派斧乃木小妹到我這裡吧？擔任保鏢兼監視員……」

「說得也是，就算是曆曆也好歹明白這一點。但余接已經無法勝任這個工作了。因為指揮系統瓦解，所以余接再也無法保護你，也無法阻止你。是正如字面所述的傀儡。慢著，『傀儡』這個詞也有『鬼』這個字？」臥煙說。「所以你『可以行動』。已經可以行動了，沒人能阻止你。而且麻煩的是只要你行動，『那邊』也會行動。」

「『那邊』……？」

「你不用思考『那邊』是哪邊。總歸來說就是『那個傢伙』。」

臥煙講得像是要封鎖我的思考，然後繼續說下去。

「問題在於你行動就會危險。應該說那邊一直在等你行動。如同誰先動就輸的決鬥。我覺得我陷入兩難。」

「兩難……哪兩件事讓您為難？」

「也就是說，雖然我找到解決之道，但要付諸執行會令我有點心痛。」

解決之道……？

她說的解決之道，是要解決什麼？

在這座城鎮，我身邊確實發生各式各樣的事件，不過極端來說，這一切都已經終結。

主導終結的人物悉數下落不明，真要說的話是一大問題，不過關於這方面也無從生事。

「究竟是怎樣的解決之道，你在意嗎？雖然已經和你無關，不過……」

臥煙行動了。

朝我接進一步。

既然她採取行動朝我接近，就代表有這個必要。但我不知道是怎樣的必要。
結果，我至今都沒能解讀她的真正用意。
「要趕走長年纏在這座城鎮的『闇』，解決之道就是你死掉。」
「咦？」
「但是不到將軍抽車的程度就是了。」
「咦？咦？」
「放心，只會在一瞬間覺得痛喔。」
臥煙說完揮刀。
我對這把刀有印象。
不，形容成「有印象」不太對，非常不對。並不是看過這把刀，而是這把刀和我知道的東西近似。
近似？
這種說法也不對。
形容為「近似」，聽起來像是我知道的東西才是真品，不過我曾經見過、知道、砍過也被砍過的那把刀才是贗品。
她現在揮的這把刀才是真品。

名為「怪異殺手」的刀。

怪異殺手。

本應早就在古代消滅的元祖「怪異殺手」。

這把刀，這把正牌的刀，砍了我。

砍了我的手指、我的手腕、我的手肘、我的上臂、我的肩膀、我的腳踝、我的脛骨、我的膝蓋、我的大腿、我的腰部、我的軀幹、我的腹部、我的胸部、我的鎖骨、我的脖子、我的喉嚨、我的下顎、我的鼻子、我的眼睛、我的大腦、我的頭蓋骨。

將我切片。

在一瞬間切片。

我想要慘叫，但是用來慘叫的嘴巴、喉嚨與肺臟，都被切成像是套圈圈遊戲用的圈圈。

臥煙說「一瞬間」並非謊言，但她還是說了一個天大的謊言。

因為速度太快，刀速太快，所以我甚至不覺得痛。

「…………」

她不知何時握著刀。

她為什麼握著「怪異殺手」？

我就這麼不明就裡粉身碎骨，在神社境內四散。啊啊，這麼說來，千石昔日也在這間神社，以類似的手法將蛇切片。

思考這種事的時候，我——我全身的部位分散了。

「變成這樣實在遺憾。我真的這麼認為。不過我希望你可以理解，別看我這樣，我也是一直等到最後一刻，等到你考試當天。要是考完試解除限制，連我都不確定解脫的你會如何行動。」

我好像聽到聲音，應該是錯覺吧。我不可能聽得到。因為我的聽覺器官以及接收訊號的大腦，如今都被切片。

「不用擔心姬絲秀忒・雅賽蘿拉莉昂・刃下心可能在你死後復活。雖然不曉得能不能安慰你一下，但我告訴你吧。她已經看過這樣的『未來』，這樣的『世界』一次。所以這個行動，這條路被封鎖了。就算她想失控也辦不到吧。沒有用來失控奔跑的路，因此她能做的……頂多只有自殺。」

企圖自殺的吸血鬼。

怪異以這種方式存在，旁人會怎麼想？如今我不知道這樣是否合適，就算不合適，反正只要橫死路邊就沒什麼兩樣。不過「死亡」和「被闇吞噬」是否一樣就不得而知了。

「接下來不是安慰，是保證。關於你的死，我會負責以盡量不造成打擊的方式告知你的家人、戀人與朋友。」

啊啊。既然臥煙會負責，那應該沒問題吧。

然而就算這麼說，超過半年的時間，我將大半生活用在準備考試，如今卻付諸流水，我果然還是會難過。

戰場原說的確實沒錯。

對於我這種人來說，比起考試本身，能否抵達考場才是最大的難關。而且沒抵達的話似乎會落榜。

櫻花飛散。

阿良良木曆也飛散了。

006

接下來是後續，應該說是結尾。

結尾？

不對，我被砍碎、被切片而散落在地上，我覺得足以當成結尾了。

「……咦？」

但我活著。

我沒死。太陽在我的正上方。

換句話說，時間大概經過了六小時，現在已經是中午。本應被切片的我，卻在陽光底下躺成大字形。

這是怎樣？

怎麼回事？

臥煙不在了。

連痕跡都不留。

怎麼回事？我不是被臥煙……被她揮動的怪異殺手砍成碎片嗎？難道是吸血鬼的不死特性讓我從鬼門關復活？

不，我沒讓忍吸血，不可能是這樣。

臥煙趁著忍睡著時下手，就是避免這樣的萬一，避免我與忍這麼做。即使我真的吸了血，讓身體的不死性質強到可以從那種碎屍萬段的狀態復活，我像這樣待在陽光底下也不可能平安無事。

這簡直是……和「怪異殺手」相對的「怪異救星」造成的效果。

發生什麼事？

究竟發生什麼事？

不對，臥煙她……「引發」了什麼事？

「啊，醒了嗎？」

此時，有個人影俯視不明就裡，躺成大字形的我。

「還是說，我吵醒熟睡的小孩呢？拉拉拜伊哥哥？」（註40）

「……不要把我叫成像是搖籃曲，我的姓氏是阿良良木。」

我反射性地想要如此回嘴。

想對俯視我的少女如此回嘴——對背著大背包的雙馬尾少女如此回嘴。

我語塞了。

不，我當然不是忘了自己的名字……

「說得也是。抱歉，我口誤。」

她笑咪咪地這麼說。這是昔日我好喜歡，最喜歡，如同太陽的笑容。

好懷念。

註40　搖籃曲英文單字「Lullaby」的音譯。

本應再也看不見的……

「所以，結尾就是阿良良木哥哥趕不到考場而落榜嗎？」

「不，這種結尾沒辦法結尾。」

後記

在小說，尤其在推理小說，名為「伏筆」的概念是編劇時的重要元素。說明得粗魯一點，總歸來說就是描寫時帶給讀者「啊啊，當時的那個是這麼回事！」這樣的閱讀樂趣，但我覺得現實世界偶爾也有這種狀況。像是事後回想就察覺那個是那麼回事；現在回想起來察覺那個是那麼回事；事到如今察覺那個是那麼回事，任何人肯定都有回顧往事而有所領悟的經驗吧。該怎麼說，這些經驗大致都會和後悔一同浮現在腦海。如果當時察覺就不會變成這樣了……類似這種感覺？如果讓人抱持「當時肯定也能察覺」、「會察覺的人早就在當時察覺了」這樣的感想就叫作伏筆，那麼伴隨後悔的心情也是一種理所當然，不過實際上呢？若要說非得接受後悔情感的回憶都是伏筆，那麼這個假設絕對是錯的。「後來回想就察覺是伏筆的事件」是否真的是伏筆，如果是小說就可以問作者，如果作者生性老實可能會告知，但現實上這種事無從判斷。人類這種生物，即使從無關的事物都可以自由找出關聯性，所以依照解釋，任何事情都可能成為「伏筆」。雖然不是「朋友的朋友」這種說法，不過有個理論主張，從自己的人際關係延伸到第六人，就可以連結到世界上的任何人。這件事顯示世界意外地小，不過延伸到第六人的人際關係真的可以稱為「關係」嗎？真的可以斷言自己和這個人有交集嗎？「朋友的朋友的朋友的朋友的朋友的朋友」真的可能成為自己人生的伏筆嗎？

以上的內容當然沒有任何伏筆，本書是《物語》系列最終季的第二集。第二集原本應該是《終物語》，為什麼本書會在《憑物語》與《終物語》之間登場？原因在於從系列第一集《化物語》計算，這個系列的本數與年數也走到好遠的地方了，感覺最初那時候和現在似乎沒有相連，所以重新回顧阿良良木曆等人度過的這一年，想要藉此確認連結。這是基於作者個人的隱情。就這樣，本書是以百分之百的突然寫成的小說——《曆物語》，分成〈曆・石〉、〈曆・花〉、〈曆・沙〉、〈曆・水〉、〈曆・風〉、〈曆・樹〉、〈曆・茶〉、〈曆・山〉、〈曆・環〉、〈曆・種〉、〈曆・無〉、〈曆・死〉共十二話。

由於是短篇集，所以請ＶＯＦＡＮ老師繪製了相當多的插圖，謝謝您。最終季接下來是《終物語》以及《續・終物語》，請各位多多指教。或許到時候又會插入其他東西，到時候再說吧。

西尾維新

作者介紹

西尾維新 (NISIO ISIN)

1981 年出生，以第 23 屆梅菲斯特獎得獎作品《斬首循環》開始的《戲言》系列於 2005 年完結，近期作品有《終物語》、《難民偵探》、《悲業傳》等等。

Illustration

VOFAN

1980 年出生，代表作品為詩畫集《Colorful Dreams》，在臺灣版《電玩通》擔任封面繪製，2005 年由《FAUST Vol.6》在日本出道，2006 年起為本作品《物語》系列繪製封面與插圖。

譯者

哈泥蛙

專職譯者。附近小吃店養了一隻貓，每次看到陌生人都會嚇得縮牆角。努力用食物建立交情中。

書盒子
曆物語
（原名：曆物語）

作者／西尾維新　插畫／VOFAN　譯者／張鈞堯
發行人／黃鎮隆　協理／陳君平
總編輯／洪琇菁　國際版權／林孟璇
執行編輯／呂尚燁　美術主編／李政儀
企劃宣傳／邱小祐
出版／城邦文化事業股份有限公司　尖端出版
台北市中山區民生東路二段一四一號十樓
電話：（〇二）二五〇〇七六〇〇　傳真：（〇二）二五〇〇二六八三
E-mail：7novels@mail2.spp.com.tw
發行／英屬蓋曼群島商家庭傳媒股份有限公司城邦分公司　尖端出版
台北市中山區民生東路二段一四一號十樓
電話：（〇二）二五〇〇—七六〇〇（代表號）
傳真：（〇二）二五〇〇—一九七九
北部經銷／祥友圖書有限公司
電話：（〇二）八五一二—三八五一
傳真：（〇二）八五一二—四二五五
中部經銷／高見文化行銷股份有限公司
電話：〇八〇〇—〇五五—三六五
傳真：（〇二）二六六八—六二二〇
雲嘉經銷／智豐圖書股份有限公司　嘉義公司
電話：（〇五）二三三—三八五二
傳真：（〇五）二三三—三八六三
南部經銷／智豐圖書股份有限公司　高雄公司
電話：（〇七）三七三—〇〇七九
傳真：（〇七）三七三—〇〇八七
一代匯集／香港九龍旺角塘尾道六十四號龍駒企業大廈十樓B&D室
電話：（八五二）二七八三—八一〇二
傳真：（八五二）二七八二—一五二九
馬新總經銷／城邦（馬新）出版集團　Cite(M)Sdn.Bhd.
E-mail：Cite@cite.com.my
大眾書局（新加坡）　POPULAR(Singapore)
E-mail：feedback@popularworld.com
大眾書局（馬來西亞）　POPULAR(Malaysia)
E-mail：popularmalaysia@popularworld.com
法律顧問／通律機構
台北市重慶南路二段五十九號十一樓

■中文版■

郵購注意事項：
1. 填妥劃撥單資料：帳號：50003021戶名：英屬蓋曼群島商家庭傳媒(股)公司城邦分公司。2. 通信欄內註明訂購書名與冊數。3. 劃撥金額低於500元，請加附掛號郵資50元。如劃撥日起 10～14日，仍未收到書時，請洽劃撥組。劃撥專線TEL：(03) 312-4212 ・ FAX：(03) 322-4621。E-mail：marketing@spp.com.tw

國家圖書館出版品預行編目資料

曆物語 / 西尾維新 著；張鈞堯 譯.
—1版.—臺北市：尖端出版，2015.09
面 ； 公分.—(書盒子)
譯自：曆物語
ISBN 978-957-10-6120-7(平裝)

861.57　　104013719